欲戴王冠

周宏翔 著

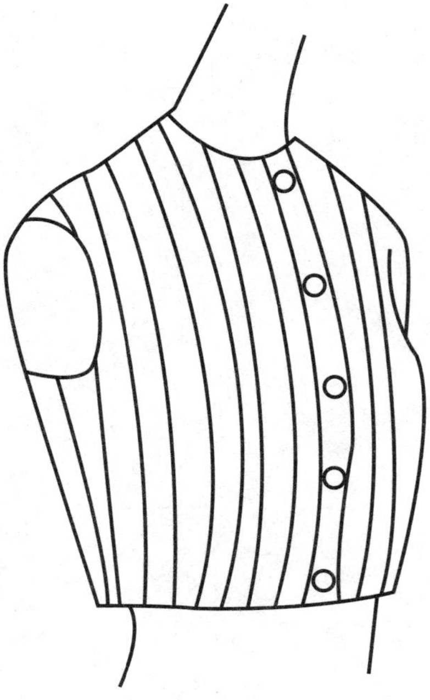

中信出版集团 | 北京

图书在版编目（CIP）数据

欲戴王冠 / 周宏翔著. -- 北京 : 中信出版社,
2019.7

ISBN 978-7-5217-0158-6

Ⅰ.①欲… Ⅱ.①周… Ⅲ.①长篇小说–中国–当代
Ⅳ.①I247.5

中国版本图书馆CIP数据核字(2019)第040728号

欲戴王冠

著　　者：周宏翔
出版发行：中信出版集团股份有限公司
（北京市朝阳区惠新东街甲4号富盛大厦2座　邮编　100029）
承 印 者：北京汇瑞嘉合文化发展有限公司

开　　本：787mm×1092mm　1/32　　印　　张：9.25　　字　　数：160千字
版　　次：2019年7月第1版　　印　　次：2019年7月第1次印刷
广告经营许可证：京朝工商广字第8087号
书　　号：ISBN 978-7-5217-0158-6
定　　价：49.80元

目录

“你就先跟着她干”

一

画好两根眉毛需要两分钟，扣上两只耳环需要四十秒，翘着小指喝下一口养生茶用不了十秒，露齿微笑不超过一秒，把这套动作做得像模像样至少也要学上个把月，而把衣服领口、袖口、下摆边钉线钉得整整齐齐，不偏不倚，脚踩踏板，顺手一拉，熟工上手连三秒都不到，但要真正成为这样的熟工，则至少需要三年。

做衣服比做女人难，这是几年前厉小姐的师父和她说过的话。

此刻的缝制工厂流水车间里，厉小姐环抱双臂，端在胸前，踏着金色的高跟鞋，随着一阵杂沓的脚步声游走其中。这个厉小姐烫着大波浪，穿一件艳丽的石榴红连衣裙，走起路来，紧致的身材让好些人垂涎三尺，说是三十好几，但有些看不出她的真正岁数。厉小姐走路喜欢摇啊摇，摇啊摇，丰腴的臀扭得像是春日湖畔的杨柳。虽然姓厉，却见她逢人就挥手，和颜悦色地问声好，看起来并没有刁难的神色，与姓氏倒有些不相符。她越是波澜不惊，反倒是越凸显出紧随其后的两三个工厂负责人战战兢兢的样子，生怕被厉小姐瞧出点儿什么问题。

厉小姐一手拍在身后的小蔡肩上，笑眯眯地说："小蔡，你见我怎么跟见了阎罗王一样，我有那么吓人吗？"

"没……没有啊，厉小姐这么亲切可人，我怎么会像见了阎罗王呢？瞧厉小姐这话说的。您今天这头发看起来简直精神极了。"

厉小姐听了立马咧开了嘴，甜甜地一笑："是吧，我今天这发型好看吧？"

"好看好看，一下子又年轻好多。"

"啧啧啧，你这么一说，好像我平时很老似的。"厉小姐微微嘟起了嘴。

小蔡赶紧一巴掌轻轻拍在嘴上，说："我这嘴啊，总是不会说话，又惹厉小姐不高兴了。"

厉小姐从流水线上拿起一件成品，伸手摸了摸："我想看看做衬衫的那条流水线，在哪里？"

小蔡只觉浑身一震，立马指着楼梯说："在……在楼上。"

"好，带我去。"

小蔡随即给身后的陈主任递了个眼色，然后带着厉小姐往前走去。陈主任趁机稍稍放慢了步子，抽出口袋里的手机，按了两下，对着话筒说："上来了。"

小蔡拉开门，厉小姐眼角的余光扫到身后的陈主任身上，她凑近小蔡说："我想了想，还是先去楼下看裤子吧，最近那个款的裤子难度大。"说完一笑，拉着小蔡往楼下走去。小蔡的脸色顿时一变，有些尴尬，更多的是手足无措，陈主任离得远了，等他快步跑上楼去，才发现厉小姐和小蔡早已没了踪影。

厉小姐说来就来，楼下的流水线一点儿准备都没有，和刚才楼上井井有条的作业氛围一比，这里简直就乱成了一锅粥——工人们聊天的聊天，听歌的听歌，嬉笑的嬉笑，熨烫工人胡乱抓过一把衣服，也不管有没有褶皱，就随意一烫。小蔡赶紧咳嗽了两声，竟也完全起不到作用，他赶紧朝厉小姐赔笑，大脑里迅速寻找可以用作借口的说辞。然而厉小姐根本不等小蔡开口，就朝摊着一堆素白面料的流水线走去。

36号线最前面坐着一个二十岁出头的小姑娘，戴着耳机，摇头晃脑地踩着缝纫机。厉小姐站在小女工面前，也没有说话，看她钉完一条裤子的裤脚边，又接着钉下一条。小蔡气急败坏地扯掉了小女工的耳机，跺着脚说："没看见厉小姐过来检查工作吗?！还不赶紧好好做！"

厉小姐挡住小蔡的手，笑着说："你别吼，让她做。"

小女工被吓傻了，一下子变得唯唯诺诺，动弹不得。小蔡轻咳了一声，说："厉小姐让你做，你就好好做，平时怎么跟师父学的，就怎么做。"

小女工的手颤抖不已，一脚踩下去，钉线歪歪扭扭不成样子。她赶紧拿起剪刀，把钉线剪断，挑掉，又踩钉了一遍，手一抖，线就歪。眼见她面红耳赤，大汗淋漓，差点要急哭，再一个不小心，手戳到了机针，血珠一下从指尖上冒出来，滴在了素白色的长裤布料上。小蔡一惊，赶紧扯过白布，骂道："你你你……你怎么搞的啦？"

这下小女工真的要哭了，低着头不敢说话。厉小姐皱着眉，对着小蔡说："你骂她做啥？你以为你嘟嘟囔囔骂两句，就可以把责任推卸掉了？刚刚我下楼来，到处乌烟瘴气不说，就是这些边角钉线，我也没有看到一条流水线是钉整齐的！"她用力一拍桌子，"赶紧让所有流水线都给我停下来！"

小蔡立马哆嗦着，跑去挨个通知流水线，闹哄哄的车间一下安静了。他又哆嗦着跑回来，像地主家的长工一样点头哈腰听候厉小姐的吩咐。

厉小姐一手撑在桌上，大声说道："今天做坏了多少，全给我挑出来，不许流到下一工序。员工做不好，你们这些当领班的好像一点责任没有，还有这些歪歪扭扭的钉线，我不信只有今天一天是做成这样的。小蔡，有些事情遮遮掩掩的，别以为我看不见，虽然嘛，我是有点近视，还不爱戴眼镜，但是你也要知道，世上有很多事情，聪明人是根本不用眼看的。"厉小姐逼近小蔡两步，终于露出狠色，压低声说："你要不好好带着他们改，小心我告到你们老板那儿去！"

"是是是，厉小姐教训得是。"

厉小姐又恢复了笑容，从小包里拿出一张创可贴递给小女工，说："别急，做衣服比做女人难。"随即又转身对小蔡说道："这些货啊，立马给我改善，要是下个星期我过来还是这副样子，就等着我给你们老板发撤单通知吧！”

这时陈主任急急忙忙地从楼上跑下来，上气不接下气地站在小蔡和厉小姐面前，打断了厉小姐的话。厉小姐轻哼了一声，说：“怎么了啊？陈主任你是赶着去投胎啊？”

“撤……撤单了……”

厉小姐和小蔡面面相觑：“撤单？”

陈主任咽了一口口水，深吸一口气说：“刚刚老板打来电话，叫我们停下 Mori 的所有单子，别做了。”

厉小姐两手叉腰，说：“谁让你们别做了？我还等着出货呢。”

小蔡也急起来：“怎么回事啊？”

陈主任把小蔡拉到一边，对着厉小姐说：“你们 Mori 的董事卷钱跑路了，刚刚老板接到通知，说你们公司破产了，所有订单钱都收不回来了，还做什么做啊？厉小姐，你也别在这里挑三拣四了，你都失业了！”

厉小姐还是不敢相信耳中听到的消息，破产？失业？怎么可能？！她一紧张，感觉脸上的粉底都掉了大半，嘴角微微抽搐起来。难道前一秒还在颐指气使，教训供应商，下一秒就要被赶出工厂了？她侧过身，拿出手机拨了人事部的电话，可电话怎么也接不通，不禁心急火燎起来。这时一条短信闯进手机里——

“Linda，你在哪儿啊？赶紧回公司收拾东西吧，早上来了一大帮人找张总，听说公司要解散了。”

厉小姐放下手机，望向车间窗外灰蒙蒙的天空，试着让自己尽可能冷静一点。这绝对是厉小姐今年听到的最大噩耗，而且是在她刚刚交完新房首付的第三天。

二

中午的会议刚刚公布了 BUNK 当月的营业额，再创新高的业绩让公司里的每一个人斗志十足，唯独有一个人，从早上进公司到现在都没有露出一丝轻松的神色。

李欧用刚刚烧开的热水冲了一杯苦咖啡，故意没放奶精和糖，为了好好打起精神来。

公司的营业额上涨固然是好事，却不是他这个人事总监的功劳。虽然严格说来也并非全无关系：正因为公司有优秀的人才，才会产出优秀的业绩。可是，与营业额形成鲜明对比的是，公司人员的流失数量也再一次创了新高，而且仅与去年相比，公司人员数量已经趋于负增长了。公司越是成绩斐然，压力相对而言也就越大。招人难，招到人才更难。总部已经第二次下达通知了，今年的招聘要求再一次提高，而人员总数却只许增不许减，这对李欧来说，真是瞎子跑夜路——难上加难。

李欧的电脑屏幕上，招聘网站的窗口已经开到不能再多了，在来回挑选的简历里，始终找不到一份合适的。他起身，端着咖啡走上露台，脚下是上海滩来来往往川流不息数以万计的行人，真的就找不到几个合适的人选？李欧抿了一口咖啡，回头去看办公室里的那些女人——话又说回来，有谁能确保招进来的就一定合适，不被看好的就不是精英呢？从笔试到面试，你能了解一个人多少？听到的也无非是他们的客套话、场面话，以及打了无数遍腹稿的台词。

这时，杨曦然敲门进来，小心翼翼地将一沓资料放在李欧桌上。李欧瞥了一眼，就知道那是上周各部门的报销申请表。

自从上个月总务部的财务小顾辞职后，财务审批的工作就暂时落到了人事部这边，这也是让李欧头痛的事情之一。繁复琐碎地对账和批钱是无聊又容易出错的事情，好在杨曦然帮自己分担了不少。自从这个小丫头提议转到人事部之后，李欧确实轻松了不少，她是个得力助手，却称不上人才，因为性格始终有些局促，做事也放不开手，遇到大事更是拿不定主意。谨慎小心是她的优点，也是她的缺点。

李欧放下咖啡，对杨曦然说："校招的事情准备得怎么样了？"

"嗯，学校都联系过了，这周会安排好时间，PPT（幻灯片）我已经发您邮箱了。"

李欧点点头，杨曦然的声音里总是有一种忐忑和担忧，像是行走在刚刚结冰的湖面上。李欧准备坐下来继续翻查简历，突然想到什么，抬头说："那件事和王烨说了吗？"

"说了，她说……她不想去。"

"她不想去是什么意思？"

原本就一堆事情压在身上的李欧，听到这样的答复差一点儿就要大发雷霆，但还是忍住了。他极度克制地叩了叩桌子，对杨曦然说：

“好，我知道了，你先出去吧。”

杨曦然关上门的一刹那，李欧关掉了电脑屏幕，后仰在椅子上，闭目呼吸。三十秒后，他打开电脑，决定给郭靖发一封邮件。目的很简单：他需要王烨做这次校招会的发言人，毕竟在去年公司招聘的应届生里，只有她，能够成为校招的发言人。

李欧的邮件发得有些不合时宜，或许郭靖也没有想到会在收到李欧的邮件之前接到一通老板打来的越洋电话。如果说刚刚公布的营业额让公司上下心潮澎湃，那老板的这通电话无疑硬生生地往郭靖脸上泼了一桶冷水。

昨天刚在横滨结束的BUNK15FW[1]新品预览会上，国际媒体对BUNK今年的新品并不看好，特别是中国的媒体，这意味着接下来在大中华区的营销就需要煞费苦心了。不仅如此，老板还告诉郭靖，虽然全球营业额在急速上涨，但实际上，真正的毛利率却在下跌。问题还是出在源头上，将制造环节从中国转移至第三国的事情迫在眉睫，但公司之前与菲律宾和印尼工厂洽谈得并不顺利，目前谈拢的只有孟加拉国的几个小工厂。

而据郭靖所知，这一季的预览会是专门请BUNK常驻伦敦的设计总监John策划的，整个发布会涉及城市街道、办公室、户外休闲场所、家庭四个场景，模特年龄也极其多元化，扮演着每个普通人身边的同事、朋友、长辈，甚至在公园或街道上随处可见的孩子。这场预览会

1　BUNK15FW：指BUNK公司2015年秋冬款服装。

租下了横滨最大的会场，光是一天的租金就已达上千万，场景搭建更是煞费苦心。一开始，老板也信心满满，但没有料到的是，往年一向以全SKU[1]展现的预览会，这次居然只选了John认为最出挑的一个花色。虽然John一直对外强调，这些颜色的衣服将会是年度限量款，也并没有引起人们的兴趣。

最后老板向郭靖提到了JFC。如果不是老板提起，郭靖早已忘记了集团为了上市并资在2009年收购的这个美国高档牛仔裤品牌。自从集团收购JFC后，JFC就一直处于低迷不前的状态，如果长期如此，这个品牌的各家门店及流程输出几乎就是在让集团赔钱。老板再三思量之后，向郭靖提议，趁着BUNK形势大好，将JFC并为BUNK的副线，所以这将是今年BUNK最重要的内部计划。

挂断电话之后，郭靖长长地舒了一口气，撑着下巴思考了一会儿。桌上的咖啡已经冷了，他起身将咖啡倒进了水池里，然后从柜子上取下那罐常喝的咖啡。他试探性地摇了摇，确定咖啡已经少到不足冲一杯的量，又打开盖子确认了一下。果然没多少了，他索性放了回去。

老板连珠炮似的指令让他原有的一点儿兴奋感荡然无存，每一件事情听起来都不轻松，而JFC更是像块大石头般压在了他的心上。将JFC并为副线是不容小觑的一件事，首先JFC原本就是比BUNK更高档的服装品牌，光价格就是BUNK的3~5倍；其次，JFC的风格以西部怀旧款为主打，和BUNK推崇的都市时尚感完全不搭；再者，JFC

1 SKU:“Stock Keeping Unit”的缩写，意思是最小存货单位。比如一件同样花纹的衣服有5个颜色，4个尺寸，那它的SKU就是20。

的 CEO（首席执行官）暂时由老板的长子新田川代理，而新田川原本比郭靖还要高一级，并线之后，他会怎么想？何况，一旦并线，组别又要重新划分，在原本人手就不足的情况下，该让谁来负责这一块的业务？郭靖越想越头疼。

李欧的邮件就是在这个时候发过来的，比起老板说的那些事情，这封邮件显得有些无足轻重。李欧只是将今年的校招计划简单提了一下，信尾说希望能让王烨去做校招发言人。邮件内容平淡无奇，让王烨做发言人的事李欧也不需要向郭靖请示，但看到抄送一栏中有王烨的名字，郭靖便立马明白了李欧的用意。他回复了李欧，同意让王烨去做发言人。联想到 JFC 的事情，他又补充了一句："务必完成今年的招聘指标，为 BUNK 招到最合适的人才。"

就在郭靖和李欧往来邮件的时候，王烨正蹲在仓库里清点着新一季服装的样衣。放在架子上的手机，屏幕上不断跳出新邮件的通知，她好不容易将沉重的箱子扛到架子上，脖子和手掌都浸出汗来，腾出手来看手机，一来二去，读懂了邮件的意思。

从年初开始，公司给每个员工都配备了最新款的 iPhone，同时嵌入了公司统一的 ID 和邮箱，目的就是让领导在任何时刻都能找到员工，每一个人也能随时查看公司往来的邮件。

今年年会结束后，王烨照常回到了林丹手下，好像什么都没有发生过，但有些事她们彼此心知肚明。林丹再不像最初那样，什么事情都交给王烨了，她越发亲力亲为，王烨进出林丹办公室的次数也渐渐变得跟钱思思她们一样少。或者说，自从年会结束后，林丹就好像完全变了一个人，往昔的风采被于飞虹抢得丝毫不剩，从威风凛凛变成气焰全无。有人说她其实在卧薪尝胆，蓄势待发，只有林丹自己组里的人知道，她这次是真的“受了伤”。

很少有人注意到林丹和王烨之间关系的微妙变化，大家都觉得是林丹自己出了问题。每周的例会上，林丹在保证自己的商品不出任何问题的前提下，几乎闭口不言。BUNK的会议氛围彻底改变了，过去林丹和高娜针锋相对的局面再也见不到了，大家好像都变得“本分”了许多，会议时间也大大缩短。因为没了热闹可看，几个好事的人也不免抱怨工作乏味了许多。

虽然看起来每天的生活毫无波澜，但王烨的工作量其实比之前增加了整整一倍。公司人员流动性强，产品数量却在不断增加，王烨由管理德鲁一家工厂，变成了同时管理德费和德鲁两家工厂，而且订单的数量也远远超过了年前。

第一个向上级提出需要增加人手的就是她。

一个人的精力是有限的，时间亦是如此，要分心去做两件事，必然会顾此失彼。林丹接到招新申请的第一时间并没有给王烨准确的答复，只是简单地说：“有些事你可以做，有些事你也可以不做，并不是每件事你都要花时间去应付，懂吗？”王烨当然懂，既然如此，那去当校招发言人，在王烨眼中自然就成了“可以不做”的一类，所以果断拒绝了。

王烨从仓库推门出去，正巧碰上迎面走来的郭靖。王烨点头问好，只想去忙别的事情，不料却被叫住。

“那个，王烨……”

“如果是校招那件事，我想就不用说了。邮件我看到了，最近确实很忙，我没办法为太多的事情分心。”

“我想也是，最近的事情确实比较多，所以……”

“嗯？”

郭靖轻轻拍了拍王烨的肩膀：“去校招会找个适合自己的助手回来吧，这也是为接下来的工作节约时间。”

王烨正想辩解，郭靖又抢过话去：“如果你不想要助手，我觉得也无所谓。事情没有你想象中那么复杂，当然，我也相信你的能力，所以如果你愿意锻炼自己的话，我觉得不去倒是好事。”

王烨无可奈何地耸了耸肩：“我去。”

郭靖露出一丝不易察觉的微笑：“你决定好了就行。”

三

离开学校还不到两年，重回时就已感慨万千。学生们的脸上永远洋溢着少年不知愁滋味的云淡风轻，双眸中充满了对未来的憧憬。都说判断一个人是学生还是社会人往往不用看脸，听他说一两句话便知：没上过班的人说话总爱用疑问句，职场老油条说话总爱用感叹句。

王烨不喜欢宣讲会这样的场合，更不愿意做什么发言人。校招像是一剂心灵毒药，夸大其词，为不谙世事的大学生画大饼。什么晋升，什么前途无量，什么成为更好的自己，在王烨眼中都不过是忽悠人罢了。

王烨并没有按准备好的台本发言，她站在台上，看着学生们单纯的眼神，只说了简单的几句话："毕业那年我和你们一样什么都没有，但我知道自己想要成为什么样的人；看清社会前先看清自己，就是你在职场生存的唯一法则。"

话音刚落，便激起了台下无数人的掌声。王烨不知道他们是否真的听懂了自己说的话，还是只是想随大流，客套一下。

在进行面试的房间里，李欧就像娱乐节目的评委导师一样，总问别人"你的梦想是什么"。而要求不了解职场的大学生做出五年十年的职业规划，在王烨看来根本没有意义。

如果一个人真的按照内心想法说出了自己未来五年的理想和规划，HR（人事部）就会录用他吗？

王烨现在还记得，自己参加校招会的前一天晚上，班上的大多数女生都在宿舍里翻查"面试经"，为第二天的面试做准备。就好像此刻王烨面前的小姑娘，非常熟练地背出了 BUNK 的企业理念，又颇有技巧地回答着李欧抛出的一个又一个常规问题。王烨拿起手机，稍稍百度，就找到了和小姑娘的回答一字不差的答案。

小姑娘刚走，杨曦然便快速计算着她面试的各项分数，李欧紧锁眉头，看了看接下来的简历，似乎也没发现什么心仪的人选。就在这时，突然有人"砰砰砰"地敲响了房间的门。

"请进。"

门被轻轻推开，众人抬头，只见一个女人扭着丰满的臀部走了进来，她一身纯黑色的职业装，面色红润。

“请问你们是BUNK公司过来招人的吗？”

李欧对比着手中简历上的照片和眼前的人，发现并不匹配，而且这个女人怎么看都不像是学生：“是的，请问你是？”

“我是来应聘的啦。”说着，她便将准备好的简历分发到李欧、杨曦然和王烨手中。

“厉如花，36岁，中专毕业……”李欧没有继续往下看，就将简历退还到对方手上。“不好意思，今天是校招，社招的话，我们会另外安排。”

厉如花拿着退回来的简历，有点儿不高兴了，微微嘟着嘴，说：“您说这话就是嫌我老咯？”

李欧突然有些语塞：“我……不不不，我不是这个意思。”

厉如花把简历摊到李欧面前，从上衣口袋里掏出一支钢笔，取下笔帽，刷刷刷地在自己的简历上圈画起来：“2006年赴日本东洋参加缝制培训，2008年至今先后在美津浓、ODD、Oulina、Mori工作过，拥有丰富的缝制知识和现场指导经验。”厉如花还想再说，却被李欧硬生生打断了：“今天我们是校招，不是社招。厉小姐，不好意思，希望你理解，后面还有学生等着呢。”

厉如花一气之下，朝桌子用力一拍，双手叉腰，吓得李欧往后一缩，“什么校招社招，我一听说你们招人，一大早就从青浦赶到了杨浦，你这人怎么就这么死板呢？唉，你们是要招人哎，有经验的不是比没经验的更好吗？再说了，我厉如花哪一点比外面那些小姑娘差？要胸有胸，要臀有臀，要论公司里的潜规则，她们还不一定比我懂得多。”

“咳咳咳……”李欧赶紧清了清嗓子，制止住口无遮拦的厉如花：“厉小姐，你把简历留下吧，我回头单独通知你面试好吗？”

厉如花捋了捋头发，扬扬得意的样子里带着些傲气，淡淡地笑着说：“这还差不多！我和你们说，要是你们不请我，绝对是 BUNK 今年最大的损失！”临走时，她又回头看了李欧一眼，两人目光接触的刹那，李欧只感觉到了她强大的气场。厉如花很快放松一笑，对李欧说：“你的西装门襟钉线左右差了 0.5 厘米，下次别穿次货来做面试官啊，好歹 BUNK 也是国际服装大品牌。”

李欧赶紧朝自己的上衣门襟望去，果真左右宽窄不一样，这还是他上次去伦敦出差时花重金买的，当时竟然没有看出来。恼羞成怒之下，他把厉如花的简历揉成一团，直接扔进了垃圾桶。王烨看着厉如花的背影，又仔细看了一遍她的简历，特别是她刚才圈画过的地方。

面试结束后，李欧将仅有的几份还算看得过去的简历收进公文包里，王烨将捏在手上的简历递到李欧面前：“李总监，这份简历，你确定不要吗？”

李欧瞥了一眼，回想刚刚厉如花得意扬扬的样子，顿时没了好感。看着王烨坚持的眼神，不觉微微皱眉，问道：“你觉得她好？”

王烨收起简历，说：“我不知道，不过我觉得她说的也有几分道理。”

“她说的有什么道理？王烨，你还是太年轻，她那副嘴脸，一看就是老油条，什么ODD、Mori，不过都是一些五六线城市居民喜欢的品牌，和我们BUNK完全没法比。它们合作的那些工厂在BUNK眼中就是小作坊，何况她就是个中专毕业生，你觉得她能有多优秀？”

王烨轻轻耸了耸肩：“OK，当我没说。”她把简历递给杨曦然，没打算和李欧争执。

下楼的时候，李欧说要去一下洗手间，杨曦然只好拎着东西等他。王烨说自己还有点事就先走了，刚刚走进大厅，就看见厉如花托着下巴站在大门口，任风吹着她那一头的大波浪。虽然她尽可能不让自己显得那么焦虑，到底没有掩饰住眼神里的情绪。她到现在还没走，王烨知道她在等谁。

王烨原本只想从她旁边绕过，不料被看到了。“欸，小姑娘，小姑娘……”厉如花踏着高跟鞋朝王烨奔来，“姑娘，你等等。”

“嗯？”

厉如花有些不好意思：“那个，你们领导呢？怎么没和你一起下来？”

“他……我也不知道。”

“哦，”厉如花短促地应了声，然后想了想说，“那没事儿了。”王烨点点头，准备离开，走了两步，又被厉如花叫住：“欸，等下，小姑娘……”

王烨回过头，厉如花慢慢走过来，一只手贴上王烨的腰部。王烨下意识地躲闪了一下，厉如花便“啧啧”起来：“你这个裙子口袋没做好啊，左边下口太长，线太松了，从后面看是往外翻的，要是平时东西放在左边口袋，很容易掉出来的。”

经厉如花一说，王烨便想起，之前在左口袋放过两次地铁卡，确实都不见了，她还没有意识到是因为袋口太松，以为是自己不小心弄丢了。厉如花也不管王烨介不介意，又走过去伸手将裙子口袋扯了扯，往上提了一下，口袋看起来立马服帖了不少。厉如花点点头，然后从自己的包里拿出一个针线盒。王烨见她拔针，立马摇了摇手：“不用了，谢谢。”厉如花才不管王烨拒绝，从刚才扯过的位置，抽出一条和裙子口袋一样颜色的线，只稍微缝了两下，口袋就不松了。

“好了！”厉如花呵呵一笑，一边收针线一边说：“我这个人啊，就看不惯那些缝衣工偷工减料。现在这些工人做东西真是马虎啊，只考虑速度，不考虑衣服穿在身上的感觉。有些衣服是看着平整，瞧着服帖，可那都是后来包装的时候用熨斗烫出来的，一开始他们根本不去考虑衣服上身时的状态。衣服还是要一针一线缝好才行，不然一碰水，什么原形都现出来了。”

王烨看了看口袋，又伸手摸了摸。厉如花见王烨盯着口袋看，有些不高兴：“口袋正巧用的是尼龙线，所以不会显得不同，你可别以为我在随便糊弄你啊。”

“没有，谢谢。”

王烨后来仔细看过很多次那条钉线上打的结，那绝不是一般的家庭妇女给孩子缝补衣服时，打的那种粗糙的套结，虽然看起来只是随意扎了两下，但确实可以感受到对方对服装的那份用心。

王烨可以将公司零零碎碎的事情处理得有条不紊，但要论对服装的认识，她相信公司里大多数人都和自己一样，只是一知半解。所有人都可以按照章程办事，保证每一件衣服正常生产发货，但没有几个人可以跟厉如花一样，真真切切地去感受一件服装。厉如花刚刚的一举一动，像是把什么种子撒在了王烨的心里，如果可以浇一些水的话，她很愿意让种子发芽生长出来。

王烨又回头看了厉如花一眼，她迎着风站在教学楼下面，和那些稚嫩嬉笑的学生格格不入。风将她那头蓬乱的大波浪吹得像个灯笼，但她似乎并没有表现出什么羞愧的神色，连等待都显得自然，虽然脸上还是有一丝焦虑的情绪，但那只是因为她太想得到这份工作。

虽然王烨并不打算掺和这件事，可还是在心里默默地祝她好运。

翌日，王烨在茶水间碰到了一筹莫展的李欧。他说，厉如花上午已经来过三通电话了，现在正在公司楼下的咖啡厅里堵他。

“你说说，这大妈在这个节骨眼儿上凑什么热闹？我都要烦死了。”李欧大概也找不到其他人抱怨，只能对着王烨发发牢骚。

王烨笑而不语，却突然想到，她或许可以帮李欧分担掉这份烦恼。虽然她也不确定自己做的对不对，但她知道，厉如花应该进入 BUNK，或者说在这个时候，BUNK 需要厉如花这样的人。这件事怎么看都是两全其美。

王烨快速给郭靖写了一封邮件，她不想再去无聊的宣讲会上做什么演讲，原因是，她已经找到了一个合适的人。

四

厉如花不敢相信自己的耳朵，她认为自己一定是被耍了，特别是当她办好入职手续站在格子间外的走廊里，李欧指着王烨对她说“你就先跟着她干”的时候。

“呵，你是说那个小姑娘？”厉如花扯着嘴角似笑非笑地问。

“没错。”李欧和她说话时，语气与之前没有什么差别，甚至更糟了一些。他对厉如花始终提不起兴趣，感觉她就像一个招摇撞骗的传销大妈，也不知道为什么郭靖会同意让她入职。刚刚在办公室里，厉如花死活要将工资抬到税后6000，让他更加不爽，他认为厉如花的学历让她只够拿扫地工人的工资。

厉如花也打心眼里瞧不起李欧，李欧的穿衣风格老土过时，特别是他狗眼看人低，如果不是……厉如花想了想自己那4500元一个月的房贷，只能什么苦都先往肚子里吞。但当李欧要她跟着一个小丫头学做事的时候，厉如花真的想让他原地爆炸。

“喂，我说，我好歹是一个有近十年工作经验的人，你让我管一个大学生叫师父，未免有点太欺负人了吧？”厉如花从来直言不讳，她知道反正李欧也没正眼看过她。

“你那十年的工作经验在BUNK看来一分钱都不值，我们公司都是按章程办事的，和那些野鸡品牌不一样，你要能接受就干，不能接受，那我只能和郭总汇报，说你嫌BUNK庙小容不下大佛，水浅藏不住真龙了。”

“你……”

“我什么？”

这时王烨从办公区里走了出来，厉如花还在赌气，李欧清了清嗓子，说：“王烨，这是新来的同事厉如花，今天起就正式加入你们组了。郭总和林丹交代过了，接下来主要是你来带她熟悉业务。”

大家都不是第一次见面了，按理说不用这么客气，王烨看见了厉如花脸上的不服气，淡淡地对李欧说知道了，便带厉如花走进办公区。厉如花左顾右盼，首先就被往来匆匆的员工们吓到了，再看整个办公区的格局，简直比 Mori 要大上三倍。厉如花心里感慨，不愧是大公司啊，又忍不住暗骂李欧实在是太抠了，这样的跨国公司才开那么低的薪水，简直就是压榨员工。

王烨的座位旁边已经收拾出了一个空位，该配备的办公用品都已经整齐地放在桌上了，厉如花有些不好意思，但想着王烨这个黄毛丫头要带着自己做事，就觉得憋屈。

厉如花一坐下，就试探性地问了王烨一句：“小姑娘，阿拉不是对侬有什么意见啊，但还是想问问，那个……侬来公司多久了？”

“一年半。”王烨不慌不忙地回答。

“才一年半啊……”厉如花心里更是不满，这李欧果真就没把自己当回事儿，一年半，在她以前的公司里，只能算是刚起步的新人，可能连一个 order（订单）都没有亲自跟过。让这样的人教自己熟悉公司章程，对方大概也只能是照本宣科吧。厉如花对着电脑和一沓新员工手册，觉得又讽刺又好笑。自己费劲千辛万苦，以为找到了一个好东家，却发现在他们眼中自己无足轻重。她有些丧气，随意翻了翻桌上的文件，丝毫提不起精神，回头却见王烨正注视着她。

“厉姐，”王烨的话总是像落刀一样直接，“我这么叫你行吗？”

“哦，行啊，不过我更喜欢别人叫我Linda，显得不那么老气。毕竟我也没那么老是不是？”厉如花一边说话一边理了理自己的大波浪。

“好的，Linda。从你刚才走进办公区到现在，我想你肯定有许许多多的疑惑和顾虑，我就开门见山了。首先，不管李欧刚刚说了什么，我和你都是平级的同事，没有谁教谁这一说，咱们是要互相学习的。当然，你有这么多年的工作经验，也不用担心谁会压制你，毕竟林丹才是我们的领导；另外，部门里现在确实是我手上的活儿最多，公司一方面可能是为了照顾我这个新人，另一方面也是为了让你更快地熟悉流程才会这样安排，事情虽然琐碎繁多，可能会比较累，但两个人一起做，就会轻松一点儿。最后，我想说的是，很高兴你能加入我们组，我叫王烨。”

王烨大方得体地伸出了右手，她坦诚的笑容和利落的谈吐，丝毫没有新人的样子。这一方面解除了厉如花的心理设防，另一方面又让她对自己刚才的记恨和不屑有些不好意思了。

“我……好的……”厉如花尽量掩饰着自己的尴尬，换了张笑脸，打着哈哈，“其实啊，阿拉这个人是很好相处的，你对我好，我自然也对你好啦，同事嘛，当然就是共同做事啦。哎呀，碰到侬也是开心！

今天中午，我请你吃饭！”

王烨淡淡一笑，递给厉如花一张表：“这是一周的会议时间表，你看一下，现在是十一点半，再过半个小时就是午休，下午一点有个例会，在18楼会议室。因为公司的会议室在三个楼层都有分布，所以我特地做了标记。”

厉如花看着那份详细的表格，开心地拍了拍王烨的肩：“好啦，小王，我知道啦！你怎么这么贴心的啦？”厉如花一边客套一边小心翼翼地把表格叠好放进自己口袋里，“对了，小王，你有没有英文名啊？以前我们公司每人都有英文名的，洋气！”

“没有。”

“好，那我给你取一个！……Kelly怎么样？我觉得Kelly好，Kelly Wang，多洋气啊。”

“你开心就好。”

“好啦，那你以后就叫我Linda，我就叫你Kelly啦！”

不远的办公室内，林丹挑起百叶窗往外看，正好看见厉如花在和王烨嬉笑。打印机发出轰轰的声音，吐出一张简历，林丹拿起它仔细看了起来。

“厉如花？”林丹轻蔑地笑了笑。在她看来，这个年头，是个人都想往大公司里钻，从不考虑这份工作适不适合自己，只为了跟别人说起来时能扬眉吐气。

午饭过后，厉如花抱着电脑和记事本，哼着小曲施施然走向电梯，准备去开会。刚要走到电梯口，只见电梯里的小姑娘快速地按下了关门按钮。厉如花一边跑一边喊“等等”，眼看来不及，她立马在电梯门之间塞了一本记事本，电梯里的小姑娘火急火燎地冲着她吼起来：“你干吗啊？”

厉如花有些莫名其妙，皱起眉头来，说：“我也要上去开会啊。”

“我是急着去给飞虹姐送东西的，耽搁了你知道有多大麻烦吗？”

“飞虹姐是谁啊？我上个电梯能耽搁你几分钟？”厉如花不肯服软，伸手挡住电梯门，和小姑娘杠上了。

“你谁啊？连飞虹姐都不知道，还在BUNK混什么混啊？”小姑娘瞥了一眼厉如花胸前的工牌，轻蔑地笑道：“哦，原来是林丹组里的啊，我当是谁这么不把飞虹姐放在眼里呢，原来是手下败将的人不服气，想趁机找碴儿。”

“你这丫头怎么说话呢？明明是你不讲理，怎么开口就骂人呢？”

这时背后突然传来询问声：“怎么了？”只见林丹正拿着电脑慢慢走过来。小姑娘瞧见是林丹，立刻不出声了，厉如花认出是自己的领导，又瞧小姑娘瞬间没了气焰，不禁对她翻了个白眼。

林丹看了看僵持的两人，说：“你们这是上呢，还是不上呢？”小姑娘收回了按关门键的手，朝着林丹笑了笑，说：“丹姐开会哪？”林丹没有理会，神色冰冷，径直走进了电梯，厉如花也赶紧跟了上去。

在电梯上升的那短短几十秒里，三人死一般地沉寂，好像多呼一口气就会立马被拉出去砍头似的。厉如花站在后面，观察着林丹的背影，能够深深感受到林丹身上散发出来的一股怒气，威慑着那个嚣张跋扈的小姑娘。小姑娘的眼睛始终不知道该看哪儿，一只手死死拽着自己的裙摆，捏出了一手心汗，唯恐自己刚才的话被林丹听入了耳中。

电梯门一开，小姑娘就立马急匆匆地往外跑，仿佛不想再和林丹多待一秒，谁知她冲得太急了，高跟鞋卡在了电梯门的凹槽里，“啪”的一声，一下被绊倒在地。小姑娘大叫一声，捂着膝盖露出了痛苦的表情，厉如花吓得捂住了嘴，林丹却面无表情地从她身边走了过去，又默默回头，冷冷地说：“赶紧把东西送到你飞虹姐那里吧，别耽搁了。”林丹的声音很低，低到仿佛她根本没说话，她就这样头也不回地走进了会议室。

林丹的声音幽幽地回荡在办公区的过道里，回荡在厉如花和小姑娘的耳朵边，那声音就像是轰然爆炸的一声巨响，产生了令人难受又无法消除的耳鸣。

隐患

一

车流如织的淮海中路上，一张鲜红色的巨幅 BUNK 海报在沿街翠绿的梧桐之中格外显眼。海报的中央镶嵌着轮放广告的 LED 屏，屏幕后面不时传来轰隆的施工声。工人们挑着担子将废弃物运出来，劳作时的声音掩盖了夏天无休无止的蝉鸣。

一辆路虎极光停在了花园饭店附近，一身藏青色西装的男人和另一个穿灰色丝光西装戴墨镜的男人走下了车。他们站在巨幅海报不远处，墨镜男抬了抬手，藏青色西装男立马递过去一瓶矿泉水。

藏青色西装男陪笑道："这就是 BUNK 要开的旗舰店，不过工期好像出了点儿问题，延工到年底了。"

墨镜男灌了一口水，微微舔了一下有些干裂的嘴唇，咧嘴一笑："这里的租金一个月大概多少？"

“这次BUNK租下的是之前废弃的上海新市百货大楼，总共一万平方米，大概是700万元一个月。”

“老头子果然舍得花钱，不过他是冒险惯了。对了，我让你帮我查的事情怎么样了？”

“嗯，我仔细调查过了，因为环贸iapm商场今年也会完工，很多商家和高端品牌都入驻了iapm，所以一下子空出来了很多铺位。”

“OK，帮我做一份详细的企划书，选择一处与BUNK旗舰店相对的位置，接下来就等着好戏开场吧。”

“是，田总。”

田晓明独自坐回车上，目光还停留在那些支起的脚手架上，回想起早些年在BUNK的种种，不觉有些走神，差点闯了红灯。他打开窗，点了一根烟，抬头看后视镜，注意到了自己新长出的胡茬。离开BUNK之后，他的日子并不好过，一开始以为自己身为BUNK的前任CEO，不看僧面看佛面，很容易在行业内找到合适的工作，可事实上，并没有人因为他的身份而多给他一次机会，因为他的风评从离开公司的那一刻便骤然下滑。田晓明不得不从项目经理开始重新做起，经过一年的时间，再次坐到了总经理的位置。这一年付出的努力，几乎等同于他在BUNK工作三五年付出的。

这一年当然不是他最努力的一年。

田晓明重新踩下了油门，开着车，缓缓驶过上海那些狭长的街道，他意识到，1995年的夏天和2015年的夏天是如此不同，20年好像是过了好几个世纪。田晓明记得那一年的上海，还没有这么多金光闪耀的品牌，也没有这么多外表光鲜、实际穷困潦倒的人，有的只是浦东张江那条宽阔无人、被烤得滚烫的马路，以及不绝于耳的电钻声。

1995 年，田晓明还只是张江某个汽车机修厂的工人，因为主修日本车，所以赶时髦学了点简单的日语。那个时候，田晓明和面朝黄土背朝天的农民差不多，每天跟一群机修工挤在闷热的车间里，汗流浃背地拆卸零件再组装起来。这份听上去不算高级的工作却让田晓明衣食无忧，加上厂里福利待遇不错，常引得好些人羡慕。但是谁也想不到，新世纪的钟声还没有敲响，机修厂却随着国企倒闭的浪潮陷入困境。工厂很快被收购，大部分工人选择买断工龄，下海经商，比起那些大胆的人，田晓明少了一份冒险的勇气。

他带着简历辗转上海各个公司，正巧赶上了 BUNK 决定入驻中国。BUNK 的创始人新田中建亲自挑人时，就是看中了田晓明在机修厂干过这一点。新田中建说，做衣服，和修汽车一样，需要百分之百的准确和零事故率。他语重心长地教导着，并伸手在田晓明的肩上拍了拍，田晓明随即成了 BUNK 的第一批中国区员工。

1999 年的徐家汇商圈，汇金百货刚刚开业，恒隆港汇竣工不久，上海还没有完全蜕变成如今这个洋气时尚的大都市，而田晓明已经可以脱掉那身肮脏的工作服，换上笔挺的西装，行走在通向天钥桥路的天桥上，活成人上人的样子了。那才是田晓明最充实最努力的一年，他为了能和日本领导说上话，每天下班混在日本人聚集的酒吧里，夜里回去后再把他们说的那些日语单词一个一个查出意思来记下。田晓明是聪明人，尽管对服装制作一知半解，但他对如何巴结领导了如指掌。他见证了BUNK在上海的变化，公司从最早的6个员工发展到他任职CEO时的400多个员工。

而如今，BUNK却与他再没了任何关系，想到这里，他不禁冷笑了一声。

田晓明现在任职的杰克斯邦德是一家国产服装公司，最早在温州成立，为了显得洋气一些，顺道哄骗一下三四线城市的消费者，故意取了一个洋名字。创始人的目标很简单，他希望杰克斯邦德能超过真维斯，成为年轻人最喜欢的国产品牌。对于这个定位，田晓明不置可否，但自从他当上了总经理之后，立马对大老板进行了一次彻头彻尾的“洗脑”。田晓明告诉老板，目光一定要远，BUNK之所以能够成为BUNK，是因为他们没有在一开始就将自己定位为服装公司，而是决定要成为星巴克和苹果一样的大企业，让自己的产品成为每个人生活的必需品，这个目标比赶超某个品牌宏大得多。田晓明滔滔不绝，大老板两眼发光，最后拍了拍田晓明的肩膀说，你好好干，我看好你！这感觉和十几年前一模一样，那时候，新田中建也对他说过同一番话。田晓明能够感觉到，自己事业的第二春就要来了。

二

于飞虹挂掉客户的电话，刚松了一口气，便看到了郭靖发来的邮件。她起身穿过办公区，径直走到了最东边的角落，礼貌地敲了敲郭靖办公室的门，然后推门进去。

郭靖让她坐在自己对面，递给她一本宣传册和一沓资料。于飞虹接过来翻了翻，微微挑起眉头，问："JFC？"

郭靖点了点头，说："没错，JFC，你了解这个品牌吗？"

于飞虹看着郭靖，又看了看那沓资料："了解谈不上，我只知道它是集团下面的另一个品牌，常年在海外发展，目前国内也只有北京和上海两个城市有零星的分店。据我所知，去年秋季，北京三里屯那家店因为常年收益不足而被迫关闭。"

郭靖快速点了两下鼠标，然后把笔记本电脑转向于飞虹，那是一段于飞虹从未看到过的广告视频，几个外国人穿着 BUNK 的上衣，下身搭配的牛仔裤却不像是 BUNK 的产品，视频最后并列出现了 BUNK 与 JFC 的 logo（标识）。

"这是？"

"这是目前公司内部的一个企划视频，还没有对外公开过，老板是希望今年年底将 JFC 归并到 BUNK 中，当作 BUNK 的副线品牌，BUNK&JFC 就是品牌的新 logo。"

"郭总叫我过来的意思是？"

郭靖没有直接回答她，起身看向窗外，浦江对岸高楼林立，好像被一团水汽包裹着，上海中心大厦高入云端，看不到顶。

郭靖慢慢开了口："去年你还在伦敦，我记得我专程飞过去和你谈了回国的事情，当时你就问我，如果回来，你能做什么。说实话，当时我也没有想好。接手 BUNK 中国事业部以来，我也试图将它引向新的高度，但到头来才发现，你想的事情越多，能做的事情就越少。”郭靖回过身，看着于飞虹，“我说这么多，其实就是想告诉你，对于JFC，目前集团只能死马当活马医，但是到底谁来医，是一次挑战，也是一次机遇。BUNK接下来自然会更好，但类似JFC并线的事情，可能也会越来越多。”

“那郭总有没有问过林丹的意思？”

“JFC原本就是欧美品牌，我想，在这一块，你的经验比她丰富，我没打算去问她。”

“可是以林丹的经验，未必不能胜任，何况，这样的情况对于任何人来说都是第一次，像林丹这样常年在BUNK工作的人，或许反而能给出一些有帮助的想法。”

“话虽如此，但林丹这半年来几乎没有做出任何业绩，我也很难去和老板提。”

于飞虹点了点头，起身说：“我大概了解了。郭总，给我一点时间，让我好好想一想。”

“嗯，我给你一周的考虑时间，一周后在日本的全球大会上，我打算和老板提一下这件事。”

“嗯，谢谢。”于飞虹和郭靖握了握手，以示感谢。

于飞虹退出郭靖办公室，捏着那一本宣传册，心情无比复杂。这是机遇吗？对于大部分人来说，或许是，但她深知，这是一场博弈。那些冠冕堂皇的话，她早已听过无数次了，她比谁都清楚，在大公司，寻求机遇就等于孤注一掷、铤而走险，要么绝处逢生，要么死无葬身之地。这个烫手的山芋，谁愿意去接？

可是，不答应又能如何呢？

自己在BUNK的这十来年里，已经不止一次期盼过这样的机会了。一个女人混迹职场十年，不管怎么努力，都会受到性别带来的种种压制。如果拒绝，自己未来也只可能在几个平行的岗位之间调换，永远无法再往上一步。当初前往伦敦再回国，不就是在等这么一天吗？

于飞虹顿时想起不久前，郭靖带自己参加了一场酒会。席间，于飞虹到露台透气，郭靖端着酒过来找她，在她毫无准备的情况下，问了她一个唐突而带有杀伤力的问题。郭靖指着不远处的一个中年女人，说："那是*Vogue*（《时尚》）杂志刚刚升上来的主编，你知道她的年纪吗？"

"四十岁？"有时候女人看同性的年龄反而不如男人那么敏锐。

"四十岁估计已经对时尚没有敏感度了吧？三十四，你相信吗？"

于飞虹盯着那个怎么看都已上了岁数的女人，实在无法相信她竟比自己还小，大脑里飞快闪现出这位主编在公司里熬夜加班的情景。纵使她身着最贵的名牌，拿着限量版手袋，可眼角的皱纹却像是一把刀，刺痛着人心。

郭靖继续说："在这样的大城市里，每一个奋斗的人，都会为了那一丁点的机会而不顾一切。你想想，未来五年，你是想继续做COO（首席运营官），还是更上一层做CEO？"

这个问题像一条毒蛇，缠绕着于飞虹，日夜吐着芯子，让她难受。

甚至在许多个夜里，她都会问自己这个问题，却根本找不到答案。

于飞虹回过神来，想下楼去买一杯咖啡，让自己稍稍镇定一些，正好碰到迎面走来的林丹。于飞虹朝林丹微微一笑，林丹也象征性地点了点头，走过于飞虹两步后，又回头对她说："对了，我刚刚从 Leo（李欧）那边过来，人事部今年想在培训新人上做一些创新，所以打算让我们几个老员工开几堂课，让我们准备一下课程，见到你了，就顺道和你说一下。"

"好啊，"于飞虹笑着应道，"你有什么想讲的课程吗？"

林丹也笑了："我也正准备问你这个问题呢，免得我们准备的内容重复了。"

"那倒是，不如你想好主题之后告诉我，我就选别的讲好了。"

"那就麻烦你了。"林丹准备朝办公室走去，于飞虹又叫住了她："林丹……"

"嗯？怎么？"

"其实也没什么，我就是想说，有时候不要和下属一般见识。"

林丹淡淡笑道："多谢提醒，不过，我想，我也没有那个时间。"

林丹走进自己的办公室，有气无力地坐下。她动了动桌上的鼠标，电脑屏幕瞬间亮了起来，不断闪出的新邮件提醒多得让她看不过来。林丹知道这样的状态持续下去，最吃亏的还是自己。她暗度陈仓，只是在等待出奇制胜的机会，只是这个时间比想象中要长。自从于飞虹升为 COO 后，她就知道，眼前的那座大山已变得越来越难爬。

三天前，她接到了田晓明的电话。正所谓无事不登三宝殿，从不联系你的人突然联系你，自然不会有什么好事。田晓明的意思很简单，之前他帮过林丹一次，把高娜挤到了海外，林丹始终欠他一个人情。这个人情不是一定要还，却要林丹始终记得。林丹向来不喜欢拐弯抹角，就直问田晓明心里是怎么想的。如果是面对面聊天，当时她肯定能看到田晓明似笑非笑的嘲讽神情，对林丹下的这盘棋大失所望。田晓明说，接下来总会有互相帮助的时候，好歹曾经宾主一场，让林丹不要忘了就好。田晓明也知道林丹现在的难处，说有些事情，不宜操之过急。林丹接完那通电话之后，心中一直惴惴不安，不知道田晓明到底有什么打算，眼前只得走一步看一步。

林丹喝了一口浓茶，打开邮箱，准备处理工作，这时一封群发邮件吸引了她的注意力。

邮件内容是丁善正被大老板派回国内担任上海旗舰店店长的通知。看到丁善正这个名字，林丹微微一震。

“丁善正……他回来了？”

这唤起了她尘封已久的记忆。

十年前，BUNK 还在天钥桥路的一座小楼里办公，楼下不远处就是一家BUNK零售店，也就是徐家汇店。林丹是这家店的常客，一方面，她刚刚进公司，希望能多了解公司的商品；另一方面，她希望能借此和运营部的同事搞好关系。

当时 BUNK 的零售店在全国还不到十家，而丁善正就是这家店铺的助理店长。他二十出头，每天在店里努力工作，争取能够尽快升为店长，见到总部过来的同事，总是分外热情。丁善正在职的那一年，徐家汇店的营业额是全国最高的，他也成了人们谈论的焦点。老板新田专门写邮件表扬过这家店的业绩。

林丹之所以会对他印象深刻，是因为丁善正曾帮过她一个大忙。

那时候，林丹还是一个刚刚工作不久的小丫头，因为一点儿失误，商品挂错了吊牌，标成了欧美的价格，而发现这件事的正是丁善正。丁善正第一时间联系了林丹，林丹赶紧通知店铺将吊牌拆下，通知工厂更换，才避免了大麻烦。从此，林丹和丁善正成了能聊上几句话的朋友，有时候工作上遇到不愉快的事，也会互相鼓励。

原本积极准备店长考试的丁善正却突然遇到了棘手的问题。临近春节，丁善正当班，闭店清点的时候，他发现有 40 件便携式外套不见了，那是当时 BUNK 最热销的商品，可以折叠起来放进口袋里，价格也不便宜。丁善正第一时间向上级汇报，并报了警，但很快却接到了处分通知，原本已成为店长候补人选的他就这样和理想的职位失之交臂。

从那天开始，丁善正就像是变了一个人，冷漠暴躁不讲人情，对待员工也越来越刻薄，曾经和他奋斗在一线的同事最后都纷纷离开了店铺。次年夏天，他申请到了去日本店铺研修的资格。临走之前，他和林丹吃了一顿饭。他喝得有点多，趴在桌上对林丹说："在 BUNK 你只要记得一件事，公司不会记得你任何好，只会对你冷酷无情，你奢求的那点温暖只能自己给自己。"

那是林丹最后一次见到丁善正，之后两人再也没有联系过，只是她没想到，那个曾经被领导拉入黑名单的人，如今却衣锦还乡，拿下了 BUNK 全球最大旗舰店的管理权。这个职位和一般的店长不一样，BUNK 全球的旗舰店一共只有 4 家，能做到旗舰店店长的职位，基本等同于与郭靖一个级别了。

林丹靠在椅子上，脑海里丁善正的模样已经模糊不清了，她不知道对方是否还记得她。她从公司总部的通讯录里找到他的邮箱，原本只想例行公事地给他发一封邮件以表祝贺，却忍不住在键盘上打了两段话，又觉得有些矫揉造作，干脆删了，关掉了邮箱。

该见的总会见到，而且，林丹预感，他可能会主动联系她。

三

公司三楼的高档餐厅里，镶金边的玻璃桌上摆着一杯威士忌，倪赟仰着头，微微转动了一下脖子，像个小孩似的，长吁了一口气。这时，他瞥见王烨推开玻璃门走了过来，立马正襟危坐，朝服务员打了个响指："再帮我倒杯酒来。"王烨站在倪赟面前，没有坐下来的意思，抬手看了看表，说道："现在是上班时间，能给你的就只有十分钟。一会儿我要去楼上开会，有什么你就赶紧说吧。"

倪赟端起酒杯，不屑地笑了笑，说："全世界就你一个人忙？我叫你来就不能谈公事了？你不坐下，我怎么好好说？"

倪赟的三个问句让王烨顿时没了脾气，换作以前，王烨肯定是不会迁就倪赟的，但现在到底有些不同。她又看了一眼手表，算算还有些时间，便拉开椅子，坐在了倪赟对面。

“说吧。”

服务员端来了一杯红酒，放在王烨面前。王烨看了服务员一眼，又看着倪赟说：“别告诉我，要我喝了这杯酒，你才愿意开你的金口？”

“那倒不必，喝不喝酒是你的选择，但叫不叫，就是我的礼貌了。”倪赟将一份文件放到桌上，“你上次和我说为了旗舰店开业，有10款商品的交货期要提前一个月，我回去仔细计算过了，能够提前的只有4款，这已经是极限了。”

“这种事情，你最好发封邮件，让林丹他们也知道一下，不必劳驾亲自过来。”

“还是这么冷酷无情呢，”倪赟不觉咂咂嘴，“你先打开看看再说。”

王烨打开文件夹，看到里面那几张表格，微微皱起的眉头突然松开：“这是……”

“这是德费打算在菲律宾成立新工厂的计划，准确来说，这应该是我自己着手创办的第一家工厂，”倪赟抿了抿嘴，笑得有些得意，“怎么样，有没有兴趣？”

“等等，你的意思是……德费也打算在第三国生产？”

“要这么说也可以，其实这也是市场趋势。你知道我老爸那个人，最喜欢做的事情就是买地，年初的时候，他大手一挥就买下了马尼拉郊区的3000亩荒地，原本是打算盖酒店的，后来他觉得盖工厂可能更实际，因为在国内招工确实越来越难了，感觉整个中国都已经脱贫致富了。”

“所以，你来找我，是打算让BUNK成为你的第一单？”

“说实话我对BUNK没什么兴趣，你们的衣服在我眼中真的只能当内衣。何况，接BUNK订单的工厂那么多，你们又怎么会瞧得上新开的工厂？”

王烨轻笑：“那你把计划书给我干吗？”

“我接到内部消息，JFC马上要并线BUNK，我想要的第一单，是它。”

“JFC？你是说集团旗下的另一个欧美品牌？”

“没错，这个消息应该不是空穴来风，虽然市场对JFC并不看好，但是我觉得它会是国内服装的一波新潮流，相信我的眼光。怎么样，有没有兴趣和我合作？”

“这种事情，轮不到我做主。如果你想接JFC的单子，应该找郭总，不应该找我。”

“我的意思是让你来我的公司，和我一起合作。这次，是真真正正的我的公司。”

王烨合上文件夹，说：“好了，我要去开会了，恭喜你终于自己做老板了，我欠你一个人情，不会忘的，要我帮忙的话尽管说，但去你公司这种玩笑就别开了。”

“我不是开玩笑，我说真的。”

“OK，那我拒绝。”

“为什么？”

“成年人永远不问为什么。”

眼看王烨起身要走，倪赟追问道：“喂，你真的一点都不考虑吗？”

“不。”王烨果断回答。

倪赟又叫住了她：“等等，还有件事。”

“什么？”

“周末陪我去机场接个人吧，我想你应该会有兴趣认识一下。”

“谁？”

“去了你就知道了。”

“我……”

倪赟伸手止住了王烨的话：“拒绝了我一次，就别拒绝我第二次，我会伤心的。”

王烨看着倪赟低头故作受伤的样子，没好气地笑了：“OK，我答应。”

王烨快步上楼，厉如花已经抱着电脑和记事本朝她奔来了：“给你发信息，看你一直没回，就帮你把电脑带上了，赶紧走吧，开会要迟到了。”说着，厉如花就一把将她拉进了电梯。

抵达十八楼后，两人快步朝会议室赶去，推开大门，才发现会议室内一片肃静，所有人的目光都瞬间集中到了王烨和厉如花身上。厉如花夸张地捂住嘴，感觉自己像走错了 party（派对）。这时，王烨才注意到站在郭靖旁边的林丹正目光如炬地看着自己。会议桌上有两三条女裙，王烨很清楚，那是自己负责的款式，在德鲁工厂生产的。林丹用眼神示意她过去，她轻呼了一口气，径直走上前。

“王烨，你来得正好，”肃静终于被郭靖的一句话打破，“你过来看看，这是不是德鲁生产的百褶裙？”

所有人都目不转睛地盯着她，仿佛在等她最终的回答。她伸手摸了摸桌上的百褶裙，翻开腰上的洗标——每家工厂都会有一个代码印在洗标上。代码9K1，确实是德鲁的，但王烨还没弄清楚到底发生了什么事。

“这是德鲁生产的，有什么问题吗？”

“李媛，你来和大家说说。”郭靖刚开口，李媛便站了起来，清了清嗓子：“周末的时候，我和几个姐妹去古北买毛巾，结果，在那家卖毛巾的小店旁边看到了这个……”

“‘旁边’是什么意思？李媛你和大家说清楚。”林丹追问道。

“就是在旁边卖咯，而且通通三折，就跟清仓处理一样。”

“你的意思是，德鲁偷卖我们公司的衣服？”王烨立马质问道。

“我没这么说，我只是觉得像是BUNK的商品，就带回来了。具体什么情况我是一点都不清楚的。”李媛的目光在王烨和林丹之间移动，说完，便坐下了。

郭靖和林丹都看着王烨，似乎在等待王烨给出一个可以平复疑问的答复。王烨仔细看了看百褶裙上的洗标，从印字排版来看，这确实是BUNK的原装标。公司的章程写得很清楚，每款商品生产中的B品（不良品），在出货后，都要进行统一记录，并在仓库保存三年，三年后如果BUNK不处理，工厂应当焚烧销毁，禁止将其自行销售。而眼前的百褶裙，是去年年底刚刚生产的商品，时限不足三年，绝不能随意流入市场。王烨还觉得哪里有点问题，可又说不上来。

郭靖瞧了瞧王烨的神情，大致读懂了几分，商品是德鲁生产的无误，可怎么流出的，就是问题了。

这时不知是谁突然起哄，说了句："小工厂就是不懂规矩，得好好管管，不然还不反了天了。"

然而没有人接茬儿，郭靖不开口，没有人敢妄下定论。这时厉如花上前摸了摸裙子，翻看了一下做工，突然说道："虽然我不知道这是不是正品，但我觉得这不一定是德鲁工厂做的。"

"怎么说？"郭靖终于开了口。

"按道理说，每家公司的洗标都是专门定制的，复制不了，虽然印有编号，但材质可能不同，像淘宝上随随便便能够买到的'BUNK衣服'，很多也都是假货，虽然商标相似，可到底不是原工厂生产的。我刚刚看了下做工，下摆的钉线非常粗糙，所以我想，不一定是德鲁管理不严，栽赃嫁祸也有可能。"厉如花说得头头是道。

最后那句话一下把李媛惹怒了，她朝厉如花吼道："什么叫栽赃嫁祸？你这话得说清楚，好像是我在陷害谁一样！"

王烨眼看局势恶化，突然想明白了一点，立马接口道："是不是德鲁流出的，事情我会查清楚，但是有一点，德鲁不比德费，不在上海周边。工厂在青岛，即使有B品流出，也没有必要流到上海，算上运输费用，倒不如从上海周边的工厂里拿货呢。"

王烨一开口，所有人突然都鸦雀无声了，仔细想想，她说的确实有道理。

王烨继续说："当然，我会先将洗标寄回生产厂家确认，然后到德鲁仓库去查B品库存。"她想了想，转头对李媛说，"还有，那家小店，劳烦告诉我一下地址，我会去实地查看，如果真的有货品流出，我想知道有多少。"

李媛环抱双臂，没好气地坐回座位上，恶狠狠地瞪了厉如花一眼。厉如花也不服气地瞪了回去。

郭靖同意了王烨的处理方案，点了点头，让她把桌子上的裙子收好。

散会之后，王烨和厉如花走在前面，林丹突然叫住了王烨。

"下午放你半天假，去古北那家店好好看看，以免夜长梦多。"林丹拍了拍王烨的肩膀，又看了一眼厉如花，"还有……"

"Linda，叫我 Linda 就好了。"厉如花甜甜地笑了笑。

"嗯，Linda，你和王烨一块去。最好能够把他们的货源查清楚，不管是不是真的由德鲁流出，至少要有份详细的调查报告。"

王烨点点头，厉如花刚刚说的不无道理，栽赃陷害也是有可能的，之前高娜在的时候，就没少给林丹下套儿，不管如何，王烨打算亲自走一趟。

四

德鲁的老板是倪赟，它是倪向东负责的德费的青岛分部。倪向东特意将德鲁交给了儿子打理。B 品的事情，王烨原本想给倪赟打个电话，想了想还是作罢，一方面事情并没有查清楚，贸然联系对方，会让倪赟觉得自己不信任他；另一方面，王烨始终觉得这事有些蹊跷，德鲁的衣服居然会出现在古北的小店铺里，让她百思不得其解。

出租车上，厉如花看王烨微微皱着眉头，立马说道："以前啊，我在 Mori 的时候，还出现过更严重的事情，员工直接把上一季的样衣放到淘宝上卖，赚了不少钱，后来样衣不够了，他们就直接和工厂联系，把没人要的尾货都盗了出来，在淘宝上标注外贸原单，生意不要太好哦。所以，Kelly，你根本不用担心，如果真的是工厂做的，就警告警告他们好了，这种事情在各个服装公司都是司空见惯的。"

但王烨知道，如果德鲁真的做了这样的事情，警告是完全没有用的。去年的这个时候，因为加急单根本找不到工厂接，才破例让新工厂德鲁加入到 BUNK 的合作名单里。按照正常流程，所有 BUNK 的合作工厂，都必须通过公司 CSR[1] 部门的严格检查，而德鲁没有。如果这次的问题真的出在了德鲁身上，BUNK 根本不会去警告它，而是会立刻停止和它合作，彻底将它拉入黑名单。

王烨还在仔细思考，厉如花突然大叫了一声："啊！这太阳也太毒了！"从包里掏出一把太阳伞，抵住窗户撑开，挡住了热辣的阳光。王烨不觉一惊，司机扭过头来，露出一副吃了发霉馒头的表情。厉如

1　CSR: Corporate Social Responsibility，即企业社会责任，是指企业在创造利润，对股东负责的同时，还应承担起对劳动者、消费者、环境、社区等利益相关方的责任，其核心是保护劳动者合法权益，广义上包括不歧视、不使用童工，不使用强制劳动，主动承担环境保护责任等。

花完全不顾旁人的感受，用手扇了扇风，说："这太阳也太毒了，师傅啊，侬玻璃窗户贴贴防晒膜啊……"司机差点撞到了一条小狗。

出租车很快在李媛所说的那家小店门口停了下来，王烨刚刚推开车门，一股热气就扑面而来。厉如花立马从包里拿出一条围巾，把自己裹得像个阿拉伯人，再迅速戴上墨镜，大摇大摆地走下车来。

王烨注意到，周围的行人对厉如花这一系列夸张的动作议论纷纷，赶紧拉着她走开。

那确实是一家非常小的店铺，玻璃门的把手已经松动了。这种店铺放在七浦路的批发市场里都会显得特别寒酸，推门进去，就发现大堆大堆的衣服积在桌上，墙上挂出来的衣服倒规置得像模像样。王烨扫视着整个店铺，试图找到一件德鲁的衣服但看来看去都没有看到。这时里屋传来响动，走出了一个大妈，她看着王烨和厉如花，态度并没多好地说："打折处理了，随便挑吧。"

厉如花左翻翻右翻翻，突然扯了扯王烨的手肘。原来在一堆衣服里，她发现了几件 BUNK 今年春季和大牌的合作款外套。王烨立马将堆在上面的衣服推开，发现还有好多件。她非常清楚，这不是她负责的款式，全都是于飞虹负责的，是 BUNK 与 Hermès 的合作款！

大妈叼着一根牙签说："你们眼光好，这是这段时间卖得最好的。"王烨拎着其中一件外套，问大妈："和这件同一个品牌的还有吗？"大妈摇摇头："这个牌子的就这些，我们这些都是外贸原单，没有多的货，一个季度结束，我们就换新的了，你们要买就赶紧买。"

厉如花随口问了一句："那这个款还有多少货？"

"杂七杂八加起来还有二十来件吧。"大妈转着眼珠子想了想。

王烨思量了一下，说："我全要了。"大妈以为自己听错了，立刻追问道："都……都要了？"王烨点点头，说："对，都要了。"

厉如花凑到王烨耳边说："欸，Kelly，你带够钱了吗？这些可不便宜。"

"这里……"王烨追问道，"能刷卡吗？"

"我这里只收现金呢。小姑娘，你心也太大了吧，合着你是要大批发拿到二手市场上卖？"

几分钟后，王烨在附近的取款机中取出了卡里所有的钱，又借了厉如花身上的所有现金，然后大包小包地带走了店里所有的合作款。

厉如花不明所以地跟着王烨，问道："欸，Kelly，那个，我借你的钱你一定要还我的哦，我这个人虽然很仗义，但是还是公私分明的。"

"放心，我待会儿就转账给你。"

"欸，你钱多啊？买这么多回去干吗？公司又不一定都能给你报销，带一两件给林丹不就好了吗？"

"我不是带回去给林丹的。"

"那……你直接给郭靖啊？绕过林丹可不太好吧。"

"这事儿没那么简单。"王烨停下脚步，看着厉如花，"德鲁的衣服不过是个引子，让我们过来调查的真正目的，是让我们举报于飞虹的工厂。"

"等等等等……你是说，有人在利用我们？我不是很懂，那他直接举报于飞虹不就可以了吗？”

王烨镇定地说：“这件事不单单是举报那么简单，对方知道于飞虹现在的位置不是谁都可以撼动的，直接摊开来讲，可能适得其反，但是如果换成我们就不一样了。因为我们需要极力澄清自己负责的工厂和这件事无关，找到调查结果；换作一般人，肯定就会把今天在店里看到的事情一五一十地在会议上摊开讲了，为了澄清自己极力把问题往于飞虹身上推。总而言之，背后的这个人，很厉害。”

厉如花听得云里雾里的，使劲摇了摇头：“等等等等……我还是没太懂，那为什么要挑你呢？”

“不，我想，他不是挑了我，而是挑了我和你。”

“什么意思？”

“背后那个人，想试探你。”

“啊，那……那现在怎么办啊？”

“只能去找一个人。”

“谁啊？”厉如花想了想，看看王烨手里的衣服，惊讶道：“于飞虹？”

五

于飞虹刚刚坐上自己的车准备离开，突然看到了一团黑影。来人用手叩了叩车窗，微微露出笑容。她侧过头去，看见了许久不见的田晓明。

于飞虹摇下车窗，问道："有事？"

"这么久不见，想和你叙叙旧。"

从伦敦回来之后，于飞虹几乎没有联系过田晓明，虽然已经从别人口中得知了他的去处，但于飞虹认为这和自己没有太大的关系。田晓明之于她，不过是曾经的同事，他们进入公司的时间接近，一起看着 BUNK 从一家小型服装公司一步步发展到了今天的规模。说实话，田晓明被革职的时候，于飞虹的心情是复杂的：她其实一直幻想着有这么一天，田晓明可以将位置让出来，还给她；但另一方面，她并没有那么讨厌田晓明，在他离开时，甚至觉得他有一些可怜。她从不觉得田晓明是个好领导，但不能否认他在 BUNK 的资历，他们一起共进退，在 BUNK 业绩最低落的时候共渡难关。

两个人坐在来福士广场的一家咖啡厅里，于飞虹搅动着杯里的咖啡，微微笑了笑，先开了口："怎么，今天找我，应该不只是聊天叙旧这么简单吧？"

田晓明抿了一口咖啡，用纸巾擦了擦嘴，淡淡地说："飞虹，你在 BUNK 快二十年了吧。"

"十七年，你比我晚进公司半年，那会儿坐在我斜对面，喜欢用英雄牌钢笔，到现在也没变。"

田晓明浅浅地笑了："唯一变了的是，我们都老了，不是吗？"

于飞虹不想接田晓明的话，她最不喜欢的就是他拖泥带水拐弯抹角的作风。于飞虹喝了一口咖啡，说："有什么话就直说吧。"

"那天高娜走之前来找过我。"

于飞虹对此并不感到好奇："然后呢？"

"她和我说了一件事，我相信你也会很感兴趣。"

于飞虹笑笑，突然停下了手里的动作，抬头看向田晓明说："那可不一定，你知道我这个人，对八卦从来没有兴趣。"

田晓明继续说："是关于 RT679 的。"

于飞虹突然不说话了，睫毛微微颤动，似乎在等待着田晓明继续说下去。这时她的手机突然响了，于飞虹掐断了电话。

"你可以先接电话的，我们不急。"田晓明又端起杯子，细细品尝起咖啡来。

电话又打了进来，于飞虹依旧没有接。她焦急地从口袋里抽出一包烟，抖了抖，取出一根，问："带火了吗？我想出去透个气。"

田晓明从口袋里掏出来一只打火机，递给于飞虹，她站在了大门口，开始吞云吐雾。

田晓明瘫坐在沙发上，一面刷手机，一面用余光看着大门口。桌上，于飞虹的手机依旧响个不停。十分钟后，她掐灭了手里的烟，推门走了进来，比起刚才的神色匆匆，此刻她显然从容了很多。她坐下来，杯里的咖啡已经凉了。田晓明像尊佛一样冲她笑，她终于还是问出口了："你想做什么？"

"没什么，我这个人记性不太好，要不是高娜，我还真把这事儿忘了，但我想了想，谁忘都行，唯独你不行。"

王烨和厉如花提着大包小包的衣服站在写字楼附近的便利店门口，

王烨已经拨出第八通电话了，可提示音响过几声之后就自动切换为忙音。厉如花焦躁得想跺脚："这于飞虹还管不管自己死活啦！要不然，我们就把衣服交上去公之于众好了，气死了！"

王烨正在思考要怎么将心里的话用合适的方式编成短信发给于飞虹，电话终于来了。

"喂……是我，王烨，我有点事想单独和你说。嗯……好，那待会儿见。"王烨很快接完了电话。

"怎么样？她怎么说？"

"她说她现在有点事，让我们去宏伊广场附近找家咖啡馆等她，她大概半个小时后过来。"

于飞虹喝掉了最后一口咖啡，望着窗外，仿佛根本没有听田晓明说话一样，自言自语道："田晓明，你好卑鄙。"

"兵不厌诈。"

"你到底想要什么？"

"你觉得我想要什么？"

于飞虹起身："我要走了。"

田晓明静坐不动，露出似笑非笑的神情，点点头："我会再电话联系你的。"

于飞虹将咖啡杯扔进垃圾桶里，推开玻璃门走向店外，她望着对面人民广场的防风松柏、倏尔飞起的鸽子和晴朗的天空，试图让目之所及的景象尽可能地覆盖掉大脑里田晓明的样子，她感受到一种前所未有的慌乱。

几分钟后，于飞虹径直走入宏伊广场的咖啡店。王烨摊开了买回来的B品，她和厉如花注视着于飞虹，等待她给出决定。然而，于飞虹只是简单地用手机拍了两张照片，淡定地说了一句："带回去给公司其他人看吧。"

王烨和厉如花都以为自己听错了，但看着于飞虹认真的神情，知道她不是在开玩笑。厉如花赶紧劝道："这摆明了是在整你啊，不，应该说是在整我们，让大家狗咬狗，后面的人看好戏。"

"那就让他看好了。"于飞虹伸手在商品上轻轻摩挲，"现在我们也不能保证是不是真的有幕后黑手在操控这件事，就算我们堵住了这个漏洞，也难保接下还有别的漏洞。如果真有人要看好戏，一定猜到了我会想方设法去隐瞒和辩解。出其不意攻其不备，才是唯一的办法。"

于飞虹用袋子把衣服收了起来，交到王烨手上："明天的例会，你就如实汇报好了，剩下的事情，就交给我。"王烨信任地点了点头。于飞虹淡淡一笑："王烨，谢谢你，算起来，这是你第二次帮我了。"

"举手之劳而已。"王烨轻描淡写地答道。

第二天一大早，王烨刚刚走进办公室，就瞧见厉如花在给自己递眼色。王烨将东西放下，坐在厉如花旁边，厉如花立马凑上前来："林丹来过你座位好几次了，问昨天调查的结果，我说等你来了会亲自向她汇报的。"

“嗯，我知道了。”

“Kelly，说实话，你真相信于飞虹能摆平这件事吗？”厉如花捂着胸口，一副提心吊胆的样子。

“说真的，我不知道她能不能摆平这件事，但以我对她的了解，她所做的每件事，几乎都不会让她自己失望。”

办公室白墙上的时钟，分针滑过了零点的位置，所有人像是听到了号角声一样一跃而起，朝 BUNK 最大的会议室走去，清晨的阳光照在他们精致的脸上，活力满满。

林丹推开玻璃门走了出来，她的脸庞被白炽灯光雕刻得更立体了，而不远处的另一扇门也在这个时候被打开了，于飞虹轻轻整了整衣领，对面全身镜里的她更显得英气逼人。她们的目光在某一瞬间相遇，而下一秒，却好像再也看不见彼此。

梦的感觉

一

笔直的南北向高架路上，万里无云的碧空映入王烨的双眸，她坐在倪赟新买的玛莎拉蒂副驾驶座位上若有所思。倪赟按动开关，打开了两侧的车窗，风灌进来吹乱了王烨的头发。王烨回过神来，呼了一口气，向座椅后背靠去。

“怎么了？周末还在想工作的事？这可不像你。”倪赟笑着向王烨打趣。

王烨将手收回来，放在膝盖上，转头看向倪赟：“你什么时候变得这么了解我了？”

倪赟转动着方向盘，在前面拥堵的地方下了闸道，然后驶入一条小路。“我只是想到，你以前和我说过，下班后时间都是你自己的。”他将视线重新转向正前方，原本想抄的小道开始堵车了。他下意识地看了看手表，“啧啧”两声，无奈地踩了刹车，停下来。

“你到底是带我去接谁啊？”

“你见了就知道了。”这时前面的车开始动了，倪赟重新踩下油门，“对了，你前两天怎么突然问我B品记录的事？”

“没什么，事情都过去了。”

王烨回想起那天的事情，虽然心中早已做好了准备，但当时的场景就像厉如花说的，用“惊心动魄”四个字来形容一点也不为过。在走进会议室的前一秒，王烨依旧不知道于飞虹到底会怎么解决这件事，林丹询问王烨调查结果的时候，王烨就按照于飞虹说的那样如实汇报。林丹伸手挑开购物袋，简单看了一眼，然后问：“你一会儿打算怎么办？”王烨似乎早就预料到了她会这么问，坦然说：“我只能如实汇报。”

林丹沉默着，似乎想要找到一番合适的说辞，但最终只挤出了两个字：“好吧。”

两人随后进入了会议室，大部分的人已经就座，厉如花帮王烨占好了位置。林丹坐在王烨的对面，以便随时和她眼神互动。王烨扫视了一遍会议室，却没有发现于飞虹的身影。

厉如花轻声对王烨说：“她不会临阵脱逃了吧？”

王烨没有说话，这时郭靖合上了电脑，抬头看向大家：“会议纪要我已经发到大家邮箱了，大家可以打开看一下。”看到那条“JFC并线BUNK”的消息，在场的大多数人立马窃窃私语起来。王烨注意到林丹的表情，沉着冷静，似乎对这个消息并不感到意外。

郭靖清了清嗓子："在开会之前，我们先说一下德鲁B品流出的事情。王烨，你那边调查得怎么样了？"

郭靖和林丹的目光同时投向王烨，王烨起身，要将脚边的袋子提起来，林丹给了她一个肯定的点头。这时，大门突然开了，于飞虹和她的一名助手走了进来，目光并不友善，所有人纷纷看向于飞虹。

"不好意思，我迟到了，"于飞虹的语气并不柔和，"因为仓库出了点问题。"

"怎么了？"郭靖忍不住问道。

"小春，你来说吧。"于飞虹双手环抱在胸前，站在一旁。紧跟在她身后的小春上前，战战兢兢地说："我……我们仓库里的样衣被偷了。"这时王烨松开了提着袋子的那只手，林丹微微皱起了眉头。

"我早上去仓库整理样衣，准备把新打的样衣放到箱子里去，然后发现……发现我们组和Hermès联名合作款的样衣通通不见了，好在我之前做过统计，所以……"小春递给郭靖一张表格，"这是丢失样衣的SKU，各色各码都写在上面了。"

王烨深吸了一口气，立刻明白了那天于飞虹用手机拍下衣服的原因。此时于飞虹在一旁毫无声息，郭靖仔细看了看那张表格，抬头问："你们有没有查看监控录像？"

于飞虹不觉一笑，不慌不忙地说："说来也真是巧了，我和小春也是第一时间就想去IT（信息技术）部门查看监控录像，所以开会才迟到了。"

“那查到什么了吗？”不知是哪个部门的人，带着似乎在看好戏的语气问道。

“所以我说巧，什么也查不到，因为摄像头坏了。”

“坏了？”这立刻激起了众人一片议论。

这时，王烨的手机在桌上振动了一下，是一条来自林丹的消息——“不要汇报了”。

于飞虹慢慢走到郭靖面前，说道：“我问了IT部门，他们说仓库的摄像头在两周前就坏了，因为我们公司用的摄像头都是从日本进口的，新的摄像头还没到，所以才一直没有更换，不过，这件事让我想到，会不会不光是我们组丢了样衣，其他组也遇到了同样的事情？我觉得有必要查一查。丢样衣事小，但姑息养奸，可就不是小事了。”

郭靖听完后，对所有人说：“大家开完会都去看看自己仓库里的样衣，有丢失的报备给自己领导，然后统一告诉我。”他似乎又想到了什么，缓缓对王烨说：“王烨，你也去查查你们仓库的样衣，会不会问题也出在这里？”

“嗯，我待会儿会去看。”王烨看着郭靖的眼睛，心领神会地点了点头。

“对了，你去店铺调查得怎么样？”郭靖接着问。

“查过了，并没有德鲁的衣服。看来只是小部分流出，或许和样衣丢失也有关系，我待会儿会去仔细看看。”

事情在这里算是画上了句号，不管是王烨、厉如花，还是林丹和郭靖，都不知道仓库里真正发生过什么事。然而对于王烨来说，真相或许并不重要，重要的是透过这件事她又看清了一些东西，这些东西像是迷雾中随时会被吸入肺部、浸入血液的细小颗粒，让人在踏入社会之后慢慢蜕变。

那天在回办公室的路上，厉如花忍不住向于飞虹竖起大拇指，甚至八卦地问了一句："摄像头真这么巧坏了吗？"王烨还没来得及回应厉如花，就看到了站在走廊尽头等她的林丹。

厉如花见机行事，说自己还有事要先走，留下王烨和林丹两人。林丹开口便问王烨："于飞虹是不是事先就知道这件事了？"王烨想了想，还是决定帮于飞虹隐瞒，便摇了摇头，说："我还真不知道。"林丹微微叹了一口气，说："这件事就告一段落，德鲁的事情我会去和郭总解释，如果问起你，你就说已经去工厂查过B品仓库了。"末了，林丹又提醒道："你不要离于飞虹太近，她没有你想的那么善良。"

而这句话在王烨听来，是那么似曾相识。

倪赟嘴里哼着的小曲把王烨拉回了现实，前面拥堵的汽车终于有了移动的迹象。倪赟浑身上下散发着让人嫉妒的懒散，但王烨一点也不羡慕。此刻，王烨只想知道他到底要带自己去见什么人。

二

浦东国际机场的航站楼里，永远有一群拿着牌子等待接机的人，而倪赟正端着一杯榛果拿铁和王烨挤在其中。他抬头看了看电子显示屏上的航班信息，又看了看手表，自言自语：“应该到了啊。”

这时，一只手拍在了倪赟肩上，王烨和倪赟一起转过头，只听一位身穿紫罗兰色旗袍，手拉黑色行李箱，戴着墨镜的女人叫了倪赟一声“小赟”。倪赟立马笑逐颜开，给了对方一个大大的拥抱，叫了一声“彤妈妈”。

就在王烨还没弄清楚状况的时候，“彤妈妈”朝王烨伸出了右手，说：“你好啊王烨，我终于见到你了。”

王烨疑惑地伸出手，看了看倪赟。倪赟清了清嗓子，揽着“彤妈妈”的肩膀说：“那我就正式给你介绍一下，这位就是国际上最知名的独立服装设计师陈彤女士。王烨，有没有被吓到？”

陈彤优雅地摘下墨镜，露出她那张上了岁数却并不显苍老的脸，忙不迭地说道：“什么国际，什么最知名，不要给我戴高帽子。”王烨听着她柔和曼妙的声音，倒有些不好意思，脸颊微红。她当然知道陈彤是谁，只是没想到有一天，陈彤会出现在自己面前。

“每个二十二岁的人衣柜里都一定要有一件陈彤设计的衣服”，这是几年前，王烨在一本时尚杂志上看到的宣传语。当红明星罗彬彬穿着陈彤设计的大十字风衣走在第五大道上，而那一年，罗彬彬正好二十二岁。拥有一件陈彤设计的衣服是许多少男少女心中的梦想，因为陈彤每年只设计两款衣服，一男一女，限量发售。而且不管陈彤多少岁，她的设计永远都可以保持着二十二岁年轻人的新鲜感。这个传奇人物此刻就站在王烨身边不到两米的地方，王烨简直有一种在做梦的感觉。

王烨与陈彤对视时，外表很平静，但内心着实受到了极大的震撼。就像是在逼仄的石缝中行走，喘息不已，却又豁然开朗，被耀眼的阳光刺痛着双眼。

回程，王烨坐在后座，听着陈彤和倪赟聊家常，说着说着，倪赟突然侧头对王烨讲："王烨，你知道吗？彤妈妈可是我们家的大恩人。"陈彤浅笑道："好了好了，什么大恩人啊？我以前也只是倪总的秘书而已，根本没想到有一天会去设计衣服。"

倪赟又接过话："那一年德费差点破产，要不是彤妈妈想办法帮我爸渡过难关，我现在哪儿能开着车到处撒野啊。"

王烨后来才知道，原来陈彤曾是倪向东的秘书，陪在倪向东身边近十年。德费在倪赟念高中时差点破产倒闭，陈彤凭借自己的三寸不烂之舌帮德费拉到了一笔巨额的投资，德费由此转运，成了江浙沪一带的龙头企业。倪向东为了感谢陈彤，送她去纽约学设计。当时已经三十岁的陈彤内心是拒绝的，可是倪向东觉得她还有很长的路可以走，而且学成回国后可以帮到德费。但世事难料，陈彤这一去，就此与德费分道扬镳。陈彤因为成绩优秀被要求留校，倪向东也支持陈彤留在纽约继续深造，就在那段孤独的日子里，她设计出了贴着"陈彤"品牌标签的衣服，随后被高端品牌相中，联合开发，竟慢慢成了时尚界的宠儿，名噪一时。倪向东说，这就是你要走的路，你早就该走的路，留在厂里做个小秘书实在是太屈才了。

陈彤说起往事，不煽情不催泪，好像在平静地叙述着别人的故事。说完，她从手提袋里拿出一件衣服，递到后座的王烨手上："对了，这是给你的见面礼，今年的新款。"王烨挥挥手，婉拒道："这么贵重的礼物，我不能要。"倪赟没好气地说："你就收下吧，你的那些故事，我和彤妈妈说了快一年，她都快成你的粉丝了。"

"这倒是真的，"陈彤补充道，"我啊，是想不到一个刚进入社会的姑娘这么能干，想当年，我可是什么都不懂呢。不过是件衣服，说白了就是块布，贵重什么呀？"

王烨不好意思地收了下来，然后问道："陈老师这次是回国来度假吗？"

倪赟也问道："对啊，这次你怎么突然就回来了？之前问你有什么事，你也没说。"

"说来话长，我这次其实是受邀回国，做品牌的设计总监。"

王烨和倪赟心里咯噔一下，倪赟急忙问道："是哪个牌子？"

"说来你们可能不相信，是杰克斯邦德。"

黄浦江以东耸立的高楼大厦，每一栋都像是为了重现上个世纪的东方巴黎而建。在距离上海中心大厦不远的写字楼中，田晓明迅速地从电梯里走了出来。口袋里的手机已经快振动半个小时了，但他丝毫没有要接听的意思。他走进老板的办公室，将准备好的材料放在老板的桌子上，那份贴着陈彤照片的详细资料，是他这一周来唯一的工作成果。

老板将手中的咖啡放到一边，抖了抖烟灰，拈起那份资料，扫视了一番，露出了难得的笑容，两颊的肥肉被挤得更加明显了。“之前你给我画了那么多大饼，我还怀疑过你的能力，但是这次你能把陈彤请来，我不得不对你说一声厉害。”

田晓明假装谦虚地双手合十，向老板行礼：“说来这都是运气，是老天爷给杰德面子。”

“我倒是好奇，之前那么多公司去挖陈彤，她可是丝毫不理会的，你到底用了什么高明的手段？”

田晓明轻轻点头，说：“其实，像陈彤这样的人，根本不缺钱，用钱自然是打动不了她的。要说品牌，比杰德厉害的牌子多了去了，她自然也不会因为这个接受我们的橄榄枝，但是有一点，我还是非常清楚的，那就是她的性格。”

“这个怎么说？”老板的注意力一下被抓住了，双目炯炯地看着他。

“陈彤虽然是长期在海外发展的设计师，但她到底还是中国人，像她这个年纪的中国人，对祖国的热情是最大的。我和她的对话很简单，我只是告诉她，杰德是中国本土最有特色的快销服装品牌，扶持中国人自己的品牌不是像她这样厉害的设计师最应该做的事情吗？”

老板被田晓明的答案逗乐了，拍案叫绝：“你说话确实有一套，其他的品牌请她都是用钱做饵，你用情怀，确实高明！”

田晓明立马信誓旦旦道：“这一次，万事俱备，只欠东风了。”

老板点点头，又抽起了烟，说：“好好做，老田，杰德这次起来了，必然分你一杯羹。”

曼果公司，Shadow（岑影）刚从卫生间里走出来，回到自己的座位，就看见一个穿着大红色刺绣外套的卷发女人从身旁高傲地走过，平常讨人厌的死对头正在毕恭毕敬、点头哈腰地给她引路。像这样的情况，Shadow猜也猜到是大金主光临了，不由得在心里翻了个白眼，喃喃道：“一群见钱眼开的势利鬼。”这时坐在旁边的gay密Mark捅了捅她的手肘，露出了猫一样慵懒的笑容，说：“接到一个大case（案子），你想都想不到。”

Shadow拉开手提包的拉链，拿出一包纸巾，准备把手擦干，抬头问了句：“大case？我们公司哪天接的不是大case，有什么好大惊小怪的？”

“若是平常的大客户，我当然见怪不怪了，但这次的客户倒是与众不同。”

“哪家啊？”Shadow喝了一口泡好的玫瑰花茶。

Mark把一张名片推到Shadow面前，上面写着：杰克斯邦德营销总监——安妮。Shadow一口将花茶喷到了Mark的草绿色外套上。

“欸欸欸……你干吗？！”

Shadow赶紧扯了一张纸巾给Mark擦干净，不好意思地说：“对不起对不起，谁让你一下子告诉我信息量这么大的事。”她停下手里的动作，看了Mark一眼，“我们公司真的要和杰克斯邦德合作啊？”

Mark翘起兰花指，也扯了一张纸巾，用力擦了擦自己的衣服，露出一副嫌弃的神色：“可不是嘛，你看看刚才那个人的那副嘴脸就知道咯。我也不知道是杰克斯邦德有钱了呢，还是我们公司越来越 low（低级）了。”

“他们打算把什么项目外包给我们？我们的价格他们能吃得消吗？”

“我和你说，这个社会，钱就是一切，他吃不消那个价格，就肯定不敢踏进我们公司的大门。说来你或许会感兴趣，他们准备开一场发布会。新的一年，杰克斯邦德要改变风格和定位了，你猜都猜不到他们请了哪位设计师来。”

“谁？”

“陈彤。”

“陈彤？！”Shadow 差点咬到自己的舌头，大脑一片眩晕。“你是说‘二十二岁的人衣柜里永远要有一件陈彤’的那个陈彤？”

“没错，我和你说，你现在的反应和我十分钟前一模一样，连说话都像复读机似的。”

“Oh，my god！”Shadow 捂住了自己的嘴，深深地吸了一口气，镇定两秒后起身对 Mark 说了一句话：“他们一定是对陈彤下蛊了，还是从泰国请回来的那种。”

三

“哗”的一声，一只纤细的手拉开窗帘，光像是流泻进来一般，原本黑漆漆的房间一下子通透起来。落地窗外，是泛翠的梧桐树和来往的车辆，附近香港广场交错的斑马线上，人们步履匆匆。

陈彤把行李推进房间，烧上一壶水，然后对倪赟和王烨说："随便坐吧，我从国外带了点红茶，给你们泡一杯。"

倪赟以眼神示意王烨自在一点，然后在靠窗的单人软沙发上坐了下来。王烨也在倪赟对面坐了下来，但始终有些拘谨。陈彤从里屋走出来，水壶发出"呲呲"的声响，她抖抖茶包，将红茶倾入热腾腾的开水里，然后端到两人面前。

陈彤在对面的长凳上坐下："好久没有回来了，感觉上海真是越来越繁华了。那时候，只有跟着你爸爸出差才会来一次上海。那些年的上海啊……"陈彤像是沉浸在了回忆里，双眸微微有些湿润，随即又笑了，"不说了不说了，光是我一个人在这里忆苦思甜，把你们都晾在一边了。"

倪赟品了一口红茶，满足地"嗯"了一声："好茶啊。"他将杯子放下，问道："彤妈妈这次真是为了杰克斯邦德回来的？"

陈彤坦率地点了点头："回来之前，我特地给你父亲打过一通电话，对于这件事，我多少还是有些不确定。首先，对国内的市场，我一无所知；其次，我也没有十足的把握适应杰克斯邦德，虽然他们一再告诉我会尊重我的设计。这次真正让我回来的，还是你爸的那句话。"

倪赟好奇地看着陈彤，嘴角微微上扬："我爸到底说了什么金句妙语，让彤妈妈动心了？"

王烨虽然没有说话，却始终非常认真地聆听着她，也非常想知道，到底是什么让陈彤决定回国，开始了自己的第二段职业生涯。

陈彤看着王烨好奇的目光，洒脱地笑了笑。像陈彤这样的女人，即使已经上了年纪，样貌和声音也显不出一丝苍老。

“当时啊，你爸和我说，人老了，总是要找点借口落叶归根的。是啊，就像他说的那样，有时候一个人在外面久了，对自己来时的路自然就渐渐看不清了，可是，到底还是要回来的，早回晚回，等的，就是一个借口。”

一时间，倪赟和王烨都说不上话来，说到底，他们还是太年轻了，年轻到不懂陈彤沉重的心思和背后的思量。倪赟笑哈哈地起身，打破了僵局，说：“我去上个厕所，你们好好聊聊。”说着，便进了卫生间。

倪赟一走，王烨自觉有些尴尬，倒不是因为胆怯而不敢直视陈彤，只是她从未想过有一天，可以和遥不可及的偶像同处一室。

“刚刚见到你，就感觉你有好多话想说，但似乎一直不敢开口，这可和小赟平常说起的你不一样啊。”陈彤打破了沉默。

“倒不是不敢开口，”王烨终于抬头与陈彤四目相对，从见面起她就一直注意着陈彤年轻紧致的面容，此刻却被一种东方古典美所震撼，陈彤那双深邃的眼睛像是记录了无数的故事一般，“只是……”王烨顿了顿，想说的话终究没有说出口，“只是初次见面，我实在不知道说什么好。”

陈彤笑道：“这倒也是，不过，倪赟从小到大极少夸人，你也应该知道他脾气又臭又倔，难得放下身段和人交往，所以我想你肯定是个特别的姑娘。”

这时倪赟推门回屋，嚷嚷道：“说我什么呢？不是在讲我什么坏话吧？”

陈彤朝倪赟望去：“说你坏话根本不用背着你。”她站起身，打算再往两杯茶中续点水，王烨忙挥手道：“不用了，谢谢。”

倪赟也说：“我也不喝了，彤妈妈你就坐着休息好了，我们差不多要走了。”

“这么急着走？我还说叫你们一起吃饭呢。”

“吃饭就不用了，你回来了，有的是机会，我今天其实也是受人所托……”倪赟凑近陈彤，“我爸已经订好位置了，他待会儿会给你打电话的。”

“你看你爸，还是这么客气。那好吧，我就不留你们了。”

倪赟和王烨起身准备离开，临走时，王烨又多看了陈彤一眼，点头告别。

两人走后，陈彤站在窗口向外望去，这座城市和纽约相隔十一万公里，相差十三个小时，九年前的她怎么也想不到，自己有一天会以国际知名设计师的身份出现在昔日的老板面前。她看着镜子里的自己，撩起耳边的长发，显露出藏匿其下的一丝丝花白，长叹了一口气。

四

枝繁叶茂的梧桐树遮蔽了笔直畅通的淮海路，却遮不住这里的繁华。机器的轰隆声和汽车呼啸而过的声响交织在一起，巨大的绿布包裹着钢筋水泥，上方已经挂出了大红色的 BUNK logo 灯。偶尔有行人在此停留，似乎在等待着一场盛大的开幕仪式。

林丹裹着一件褐色的风衣，踩着高跟鞋站在不远处，颔首沉默。十字路口飘来悠扬的歌声，Don Mclean 的 *Vincent*，好像要故意放缓上海街头的快节奏。

林丹的手机响了，屏幕上是一条信息——“到了吗？”她快速收回手机，穿过十字路口，走进了一家咖啡店。

咖啡店最里面的角落，一位穿着深灰色毛料修身西装的男人正一边翻着杂志一边搅动着咖啡，他那轮廓清晰的国字脸和宽厚的肩膀给人以沉着稳重之感。虽然多年不见，林丹还是一眼就认出了他。

“好久不见。”林丹在他对面的位置坐下，随意地打了个招呼。

丁善正抬头看到林丹，轻轻一笑，藏不住眼角的皱纹：“好久不见。”

“实在想不到，几年过去你已经这么厉害了，”林丹说出口才发觉这样的开场白显得有些生疏，又立刻补了一句，“我还以为你打算一直留在日本呢。”

“厉害吗？其实我从当初离开的那一刻起，就已经做好了今天这一步的打算啊。”丁善正毫不掩饰内心的想法，倒让林丹有些尴尬。他顺着窗口望出去，正好看见正在装修的旗舰店，淡淡地问了一句：“你呢，还好吗？和小李还好吧？”

林丹有些恍惚，总觉得丁善正好像不是在对她说话，可“小李”这个名字让她心头一震。她被拉回到了多年前，和丁善正之间的屏障好像一下子消失了。她放松下来，摇了摇头，说：“我们早就分开了。

他去年已经结婚了，现在在广州发展得很好。”

“哦，是吗？”丁善正的语气还是淡淡的，“是因为那件事吗？”他直直地看着林丹，林丹却沉默不语，似乎想赶紧结束这个话题。“看来，为BUNK奋斗终生的人都是得不到幸福的啊。”他又笑了，笑容很僵硬，但林丹已经习惯了。

丁善正抿了一口咖啡，看着林丹：“其实这次回来，我还有另外一件事要做。林丹，我可能需要你的帮忙。”

“什么事情？”林丹从丁善正的眼神中读到了一丝不安和忐忑，其实在赴约之前，她已经设想过这样的场景。丁善正在日本已经拥有了比国内更优越的条件，但还是选择回到上海负责最大的旗舰店，不但工作更辛苦，工资也不会增长，林丹觉得，他一定有其他目的。

丁善正俯身在林丹耳边低声说了几句，然后拿出包里的笔，在便笺上写下了几个字。

阳光从窗外照射进来，雪白的纸张有些刺眼，前台的小姑娘不小心打碎了咖啡杯，杯子破碎的声响让原本有些嘈杂的房间瞬间安静了下来。丁善正撕掉了那张纸，或许是周围太安静，撕纸的声音显得很刺耳。他将纸屑扔进旁边的垃圾桶里，对林丹说：“你会帮我的，对吗？毕竟……这也是你一直想做的事。”

林丹感觉到手心微微沁出的汗，尽量不让紧张的神色显露在脸上，故作坦然地对丁善正说：“我可以点单了吗？”

丁善正点点头：“你随意。”

倪赟的车在王烨所住的小区门口停了下来，他熄掉引擎，才发现王烨还在沉思。“欸，到了。”

“哦。”王烨回过神来，迅速开门下了车。倪赟打开车门，说：“我送你上去吧，从早上到现在你都魂不守舍的，该不会是彤妈妈把你吓到了吧？”

“没什么，你先回去吧，我有点累了。”

“欸……”倪赟还想说点什么，王烨却没有给他机会，他伸手摸了摸头，重新回到了车上。他看着王烨的背影消失在楼道里，伸了个懒腰，却没有要马上离开的意思。

王烨掏出钥匙打开门，默默走进房间，她长长地舒了一口气，坐在床上，望着天花板，思绪一下飞到了很远的地方，大脑里闪过了无数被遗弃在角落的画面。王烨闭上眼，听到许多嘈杂的声响，有嘲笑、谩骂、诋毁，以及世上所有不和谐的声音，而她选择冷静地面对。她撑起身，拉开了书架底下的抽屉，里面是她弥足珍贵的藏品，包括几本时尚杂志，全都与陈彤和她的设计有关。她将杂志一本本拿出来，坐在地板上翻看起来，对于其中的内容她早就烂熟于心，此刻却还是忍不住又看了一遍。其中有一篇关于陈彤的专访，是她印象最深刻的，长达三页的内容里最打动王烨的是这样几段话：

我们每个人都是惧怕黑暗的，但事实上，只有当人处于黑暗之中，才会认真思考自我存在的意义，才会迫切寻找光亮和出口。

每个人只有经历过这样的黑暗时期，才会努力寻找生活的出口。

……

人最可贵的品质，是始终保持诚实。有的人欺骗了别人一辈子，但至少对自己诚实；而有的人可以对任何人诚实，却欺骗了自己一辈子，至于你要做哪种人，其实，都是自己的选择。

王烨注视着杂志上陈彤的照片，那时候的她透露着几分羞赧，还没有适应公众人物的生活，她坐在深蓝色达芬奇单人皮沙发上，一手托着下巴，漆黑的背景中亮着一盏暖光灯。第一次看这本杂志，正值王烨最难熬、最迷茫的一段日子，照片里的那盏灯以及陈彤所说的那段话让王烨意识到了一些从未思考过的事情。

王烨摩挲着光滑的铜版纸，她从没想过有一天会与年少时的精神偶像相遇。

王烨站在镜子前，好像看见了学生时期的自己，留着栗子头，穿着宽松的长裤，蓬头垢面，缩在教室的角落里睡觉。她以为自己就这样烂掉了，彻底地腐烂掉了，像是菜市场里没被选走的蔬菜，被菜贩抛弃在街角巷口，任人踩踏。

“至于你要做哪种人，其实，都是自己的选择。”

教室外面的雨好像一直没有停过，好多年过去了，那个栗子头的假小子并没有消失，而是住进了王烨心里。

她对着镜子擦掉口红，卸下耳钉，放下头发。从进入 BUNK 的那天起，她就在心里告诉自己，不管怎样，都要活得更有底气、更有品位、更有智慧，否则，她当年许下的愿望就永远没法实现了。

习惯一个人出差之后，身边多了一个人，倒有些不自在。换作平时，王烨一定会带上一本书，去往青岛的路上刚好可以看完，但是一想起昨天与陈彤的见面，她就有些心绪不宁，何况厉如花还坐在旁边。王烨正准备拿出电脑，连上手机热点处理早上的邮件，便看见贴着黑色竹炭面膜的厉如花正侧脸望着她。

“别告诉我你在这里还要工作？”

“嗯，只是想看看有没有重要的邮件。”

“拿手机扫一眼不就好了吗？女人像你这样，很容易老得快。”因为贴着面膜，厉如花说话含含糊糊，声音也一下子低了八度。

王烨还没来得及回答，厉如花又从她那只艳俗的粉色 Gucci 包里掏出另一张面膜，递了过来：“用吧，前段日子我老公从日本带的，贴完不用洗，脸会特别亮白。”

王烨看着递过来的面膜，竟被厉如花短短几句话说动了。她撕开包装，取出泡在美容液里的面膜，贴在了脸上。

“Kelly 啊，我和你说，年轻的时候，总是为公司着想，老了会后悔的，多想想自己，日子会有趣很多。”

那天下午王烨简直大开眼界，虽然自己对工人已经足够严苛，但和厉如花相比，还是小巫见大巫。厉如花似乎十分清楚工人会在哪道工序上偷懒，总是一下子就能抓住问题所在。

“Kelly，你过来，”厉如花从衣通杆上取下一件人造棉衬衫，翻开领口给王烨看，“线头嘛，从外面是看不到的。这些工人哦，贼得不得了，领口下面的线头总是偷偷不剪，想埋在衣堆里蒙混过关。”厉如花凑到王烨耳边，“待会儿，我唱黑脸，你什么话也别说，看我把他们骂个狗血淋头。”

平时，王烨只能摆出一副严厉的表情，企图从气势上压制工人，让他们认真工作。像厉如花这样跑遍现场每一道程序，把控每一个环节，王烨确实做不到。

厉如花的高跟鞋像一对风火轮，嗒嗒嗒的声响，透露出一种甲方应有的威严。

休息的时候，厉如花拿来一瓶矿泉水，对王烨说：“累吧？可现场就是这样跑出来的。几年前，我接手 Mori 的时候，工厂里的工人都在糊弄我，不仅材料以次充好，还偷偷把 B 品混在 A 品中运出去。Mori 和 BUNK 不同，管理没那么严，但是我可不能放过，其实，谁不想闲一点，对自己好一点，睁一只眼闭一只眼算了，但这可是欺骗顾客啊。自从入了这行，去商店买衣服，我都会从里到外检查一遍，算是职业病了。要想不骗别人，首先不能让别人骗我们。所以啊，Kelly，我们这份工作，算是全世界最需要与人斗智斗勇的工作了，做女人就够累了，做衣服可比做女人累多了。”

收工之后，工厂本打算好好宴请她们一顿，给厉如花接风，也拜托她以后手下留情，王烨却不见了，电话也打不通。饭快吃完时，工厂的负责人收到了一封邮件，是倪赟发来的，标题加红加粗，具体内容是，王烨在大家下班后，一个人在仓库查看了所有货品，给有问题的货品拍了照片。照片附在邮件之中，大到好几个人一点开就死了机。

倪赟只有一句话：不解决好这些次品，就等着被赶出工厂吧。

王烨封好最后一箱货，叹了口气，窗外已是漆黑一片，明晃晃的灯悬在头顶，有些刺眼。她倚在箱子旁边，按亮手机，短短一两个小时，居然接到了这么多信息和电话，其中倪赟发来了三条信息，分别是“别生气”，“看我不弄死他们”，“不合格的货我会全部烧掉，你放心”。看到最后一条的时候，王烨真有些哭笑不得。她将刚刚拍下的次品照片发到了自己的网盘里，做好了标记。

深夜，王烨回到酒店，走到厉如花房间门口，看了看手表，还是忍住了没敲门。谁知门突然开了，厉如花看见王烨，忍不住尖叫了一声，脸上的黄瓜片瞬间掉落在地，她后退两步，双手护在浴袍胸前的位置，定睛看清是王烨后，才松了口气。

“Kelly！你吓死我了！我还以为是哪个臭男人起了色心在这里偷窥我呢。”

王烨耸耸肩，表情中带着几分尴尬和无奈。

“你……你站在我门口干吗？”

“我正巧经过而已。”

厉如花斜着眼睛：“这么晚了，你干吗还不睡觉？”

“你不也没睡？”

厉如花突然露出了一个妩媚的微笑："要不……去喝一杯？"

"好啊。"王烨笑着答应了。

酒店位置比较偏，除了王烨这种来工厂出差的人，基本上没什么顾客。酒店顶层有一个200多平方米的露台，刚好可以看见远处的灯塔。静谧的夜晚，360度来回扫射的灯光，让这里有了几分不一样的色彩。

厉如花拉着王烨在靠近栏杆的桌边坐下，要了两杯龙舌兰日出。"晚上不吃饭，跑去检品，累了吧？"

"还好，总要找到一个突袭的机会。"

"你真是那种想到什么就会立马去做的人，这一点我还真佩服你。"服务员端上了酒，厉如花接过来，继续对王烨说，"你刚才找我有事？还是车间有什么问题？"

"其实，我是打算去和你说声谢谢，不过看时间很晚，以为你已经睡了，就不想打扰你了。"

"谢我干吗？神经！我可什么都没做。"厉如花轻轻地抿了一口酒，惊叹道："这家酒店的酒不错欸！你快尝尝。"

王烨喝了一小口，略微辛辣的口感让她微微皱了皱眉："我可能还是应该点杯莫吉托。"

"话说回来，小姑娘呀，德鲁的老板对你有那么点意思的。"厉如花窃笑道，"今天啊，你是没看见饭桌上他们惊慌失措的表情哦，我差点要笑死了。他们一边怕我看出点什么，一边急得不得了，又是要招待我，又是在那里发信息布置任务。但纸是包不住火的，我假装问了一句，是不是厂里出事了？他们的脸色一下就变了，和我诉苦哦，说为了 BUNK 的单子这段时间都是加班加到半夜，总有几个工人嘛，老了呀，眼睛不灵光了，难免会有些有问题的东西流了下去。我只好笑笑，说，老人家嘛，在家休息好了呀，你们安排那些年轻人上夜班啊，合情合理，他们就不说了。我在回来的路上听他们说，你的一句话，就跟皇后的懿旨一样。”

“这些人胡说的话你也信。”

“哪能是胡说呢？哎，Kelly，你误会我的意思了，我不在意对方是不是德鲁的老板，关键是他要对你好。当然，他是老板这一点呢，可以算是加分项。女人啊，一定要找一个对自己好的人，可能很多人觉得男人有钱最重要，但我不觉得，只要他对你好，就愿意为你赚钱，为你花钱，这都是自然而然的，所以，你要好好珍惜。女人再要强啊，也有寂寞的时候，谁不是呢？ Linda 我可从来不说虚的。”

王烨无言以对，又喝了一口酒，刚刚的刺舌感已经没有了，剩下的是一阵浓郁的香气。她好像明白了，厉如花为什么说这是好酒。

一周之后的某个下午，王烨刚刚整理好样衣，回到办公室，钱思思就冲上来，对她说：“王烨，你还单身没对象吧？”王烨有点懵，点了点头：“怎么？”钱思思拿出一张表：“公司安排我们和一家 IT 公司联谊，凡是单身的都可以参加。我们组里，就我和你是单身了，你会去吧？对方公司里可都是又高又帅的工程师哦。”

王烨不觉抽了抽嘴角，冷淡地回了一句：“我不去。”

钱思思完全不懂：“为什么啊？你难道不愁自己嫁不出去啊？”

“不愁，”王烨反问道，“我为什么要愁？”

“啊，可我已经给你报上去了。”钱思思原本只想找个伴儿，看到王烨是吃了秤砣铁了心不会去了，心里一边叹气，一边希望王烨能改变主意。

“报就报吧，我不去就行了。”

“那不行啊，据说这次的活动是根据人数一对一安排的，名单会送到对方公司去，要是你不去的话……”

钱思思话还没说完，王烨已经快步朝总务部走去了。

总务部的大门开着，郭靖刚好走了出来，瞧见王烨，他顿了顿，先开了口：“你要去相亲？”

“郭总是在开我玩笑吗？”

郭靖意识到自己有些失礼，清了清喉咙说：“我觉得刚刚是自己看错了，所以求证一下。”

“郭总需要关心的事情很多，不用劳烦您为我费心了。”王烨说得很委婉，却藏不住语气中的尖锐。虽然郭靖是顶头上司，王烨无心顶撞，但她不喜欢在工作场合谈论与自己感情相关的任何事，另一方面，一想到眼前这个男人曾伤害过自己的闺密 Shadow，就对他好感全无。

“呃……”郭靖不想在这个话题上纠缠，“有时间帮我看点东西吗？”

“现在？”

“嗯。”

王烨跟着郭靖走进样品间，层层叠叠的衣物后面挂着几件女装，王烨一看便知不是 BUNK 的衣服。

郭靖站在王烨背后说："你看看这些衣服。"

王烨取下一件，心头微微一震，又摸了摸其他几件："这是……陈彤的设计款。"

"你果然知道，"郭靖紧跟着说，"在你心中，陈彤设计的衣服对于购买者而言，是什么样的商品？"

"我想，对很多人而言，凡是打上'陈彤'烙印的东西，都已经不能算商品了。"王烨几乎脱口而出。

"哦？有点意思，你好好说说看。"

王烨笑了笑："我也就是随口一说，郭总不必当真。"

"那你对陈彤入驻杰克斯邦德有什么想法？"

王烨回头看着郭靖，他的眼神中带着几分期许，又带着几分严肃。王烨不知道他在想什么，似乎什么事情都逃不过他的眼睛。

郭靖低头看了一眼手表："时间不早了，不如我请你吃个饭，就当是 dinner meeting（晚餐会议），饭钱算你的加班费。"

"可您知道的，若非紧要事件，我从不在上班时间外工作，这是我的原则。"

"现在距离下班还有 40 分钟，我会把这顿饭控制在 40 分钟内。"郭靖冷静地说道。

"非我不可？"

"目前看来，是这样的。"

两人在一家小吃店坐下，王烨看了看四周，实在想不到郭靖会选这么一家接地气的小面馆。郭靖优雅地挽了挽袖子：“别看这家店其貌不扬，这里的面绝对是最好吃的。”

刚上桌的面，还没入口，王烨就闻到了一股特别清香的味道。

“是薄荷，”郭靖说，“这家店总是在面里加薄荷，所以闻起来有一股清香，吃起来也不腻。”他将一口面吸进嘴里，津津有味地嚼了嚼。王烨拿起筷子，也吃了一口。面果然特别好，不软不硬，嚼劲十足。

“怎么样？”

“还行。”

“那说说吧，你的看法。”

王烨知道他指的是陈彤的设计款，便放下筷子说：“幸福感。这是我最先想到的词，也就是说，穿着陈彤设计的衣服，人会有一种幸福感。就像是这碗面，真正好的东西，和价钱、规格，甚至是包装都没有关系，而陈彤设计的衣服，几乎每件都能让人有幸福感。我想最大的原因，还是因为大多数的衣服，哪怕是BUNK的，虽然样式很多，模特穿上也洋气亮眼，可是与真正的顾客始终还是有距离。然而陈彤设计的衣服就不会有这个问题，这大概就是她最厉害的地方了。”

“说到底，BUNK的设计还是太丑了，是吗？”

“不是丑，而是定位不同。BUNK的设计理念是made for all（适合所有人），光是这一点，要做到就太难了，而陈彤的顾客定位始终只是二十二岁的年轻人，他们初入社会，追求的的东西很少，最想要的就是革新。陈彤太清楚二十二岁的人想要什么了，他们是成年人，在职场中又还是孩子，他们想要一鸣惊人，而陈彤给了他们穿着上的自信，所以，光是在这一点上，陈彤就已经站稳了脚跟。”

“很有见地，所以你觉得这次陈彤加入杰克斯邦德会对我们有影响吗？”

“短期来看，肯定会有影响，但从长远的角度来说，也未必。”

“怎么说？”

“毕竟陈彤的设计始终是限量小众的，不会产生特别大的销售额，唯一可以增加的是他们品牌的影响力，但影响力提升之后，最关键的还是商品本身。目前来看，BUNK 的衣服始终是市面上几个大品牌里质量最好的。”

郭靖默默点了点头，过了一会儿，他突然问道：“你为什么想到 BUNK 来工作呢？”

“学习。”王烨果断回答。

“学什么？”

“我身上没有的东西。”

“如果有一天，你学会了，是不是就会离开这里？”

“是。”

王烨坦诚地看着郭靖，似乎没有要隐瞒什么的意思。她相信，郭靖比谁都明白，大城市就像一片沙漠，风向一变，就会有人像沙丘一样改变方向。当今这个社会，没有谁会在一家企业做一辈子。

“OK，”郭靖看着墙上的钟，“时间到了，你可以下班了，不过我想，你应该不会浪费掉这碗面吧？”

王烨看着那碗面，低头吃了起来。她不知道自己有一天竟会怀念这碗面的味道以及和郭靖相处的这个下午，不过那都是很久以后的事情了。

五

走出成田机场，搭乘京成电铁到上野换乘JR线，再到银座附近预订好的酒店入住，于飞虹早该熟悉这样的路线了，只是没想到机会晚来了这么多年。一年一度的全球大会照例在横滨举行，全球各地的BUNK精英会聚于此，分享一年来公司在全球各地取得的硕果，同时迎接下一年的任务。

于飞虹抵达酒店时已是夜晚，她安置好行李后，在酒店周围随意找了一家饭店吃了一碗亲子丼。其间有两通电话打进来，一通来自丈夫，问她是否已安全抵达，另一通则来自郭靖。这一次的全球大会原本不需要于飞虹参加，但郭靖执意让她趁机与老板见一面。在于飞虹摇摆不定的时候，是郭靖给了她一颗定心丸。夜晚的街道显出一份与大都市格格不入的宁静，除了不远处轰隆作响的地铁，这个世界好像静得有些可怕，偶尔路过几个醉酒的日本职员，他们发出几声大笑，又很快被黑夜吞没了。于飞虹根本无暇顾及眼前的景象，匆匆回了酒店。

她住的虽然是银座中心的高档酒店，但实际空间并不大，房间内可供活动的区域大概十来步就可以走完。她打开手机，随机播放了一首舒缓的日语歌，坐上床，靠在柔软的枕头上，打开了电脑。电脑里的述职报告和企划书是她几天前就写好的，甚至已经反复检查过好几遍了，但她依旧想在呈交给新田中建之前完善一下。她补充了一些东西，又添加了几张图片，像对待艺术品一样，不断修正，打造出令她最满意的样子，交给欣赏它的人。

11 点 15 分，于飞虹才合上电脑，走到窗边看了看空中的月亮，她突然想起在伦敦的时候，中秋那天，儿子打电话来，问她在英国能不能看到圆月。后来很多次，于飞虹一个人出差，不经意望向月亮的时候，都会突然想起这件事。

走廊尽头便是郭靖的的房间，其实她大可以拿着做好的 PPT 去请教郭靖，但于飞虹不想打扰他。真正让她担心的，倒不是和新田中建的这次见面，而是见面后的结果。于飞虹的大脑里突然闪现出那天田晓明和自己说的话，这才是真正让她不寒而栗的事。于飞虹摇摇头，尽量不让自己去想田晓明那副邪恶的笑容。

洗完澡后，于飞虹最后一次确认了电脑里的文件，然后盖上被子让自己尽快睡过去。

翌日，横滨国际和平会议场内，挤满了来自世界各地的事务所代表。会场内铺着又厚又软的地毯，踩在上面，就像走在青苔上。会场的入口处有分发会议手册的工作人员，手册有日文、中文和英文三种。为了让大家都能用母语发言，工作人员还会分发包含 14 国语言的同声翻译器，不过对于飞虹来说，这是用不上的。她穿着米白色的衬衫，外套一件浅灰色的针织开衫，下面是罗马布紧身裤。她故意放下了平时束起的长发，显得神采奕奕。

她拿着资料刚走了两步，就在正厅中间遇到了郭靖，郭靖和往常相比并没有太大的区别：鸽子灰的毛料西装，配上白衬衣和深蓝色领带，头发一丝不苟地梳成偏分。他叫了于飞虹一声，于飞虹才注意到新田中建正站在他旁边。

于飞虹走上前去，礼貌地鞠了个躬，然后听郭靖向新田中建介绍自己，她尽力露出礼貌的笑容。

“郭时常提起你，今天看起来，精神抖擞的样子很不错嘛。”

“新田先生过奖了。”

“关于 JFC 的事情，我想郭已经和你说过了吧？”

“嗯，略有耳闻。”

“不知道你对此有什么看法呢？”

于飞虹虽然不是第一次见新田，但面对面说话还是第一次。面对新田，资历再老的员工都难免会有些紧张，他那双炯炯有神的眼睛与爬满皱纹的脸颊极不相称，虽然个子不高，却随时散发着慑人的气场。于飞虹要怎么回答才能既不丢郭靖的脸又让新田满意呢？其实在进入会场之前，她已经演练过好几遍了，此刻却依旧有些忐忑：“就目前来看，JFC 的状况不太好，它原本就是欧美品牌，和公司的许多理念并不相符，收购之后，公司也没有对其进行重新规划，出台新的战略方向，以至于 JFC 长期处于疲软状态。将 JFC 并为 BUNK 的副线，我觉得并非坏事，BUNK 这些年的成绩是有目共睹的，正好可以借此机会，重新规划和定位 JFC，让它涅槃重生。”

于飞虹也没想到自己一口气能说这么多。新田听完，笑了笑，拍了拍郭靖的肩膀：“确实有想法。”说完，便到后台去了。

于飞虹深吸了一口气，看着郭靖：“我刚刚说错了什么吗？”

“没说错什么，不过，你太紧张了。”

那天的会议上，新田并没有将JFC并线的事放在台面上说，而是分析了集团去年的全球布局情况，以及达成的全球营业额和订单数。于飞虹坐在台下，看着其他人打鸡血似的奋笔疾书，她却有些出神。她想起了很多事情，想到多年前自己一直希望能够有机会见新田中建一面，被他赏识，得到他的重任，以报田晓明趁她怀孕夺走CEO之仇，可今天真正站在新田中建面前，她却有些失态了。这种失态，不是因为自己说错了什么，也不是因为站在他面前的自己有多卑微，而是在明明可以抓住某些东西的时候，却没有了抓住的动力。

会议结束之前，新田中建特地请儿子新田川到台上讲述了JFC的一些情况。伴随着新田川的讲述，大家第一次看到了BUNK和JFC的联名logo，以及郭靖之前给于飞虹看的那个宣传片，台下好像炸开了锅，纷纷议论起来。于飞虹悄悄从后排离场，在场外抽了一支烟，待喧嚣声渐渐趋于平静后，才重新入场。

她不知道明天的通告会怎么写，也不知道会不会有什么官方邮件发到全体职员的邮箱里。此刻，于飞虹心情很复杂，说到底，她不知道此事是否与自己相关。会议结束之后，她第一时间离开了现场，选择了次日最早的航班。她给郭靖发了一条消息：我有些怕。

郭靖什么也没有回，当然，这都在她的预料之内。

然而谁也想不到，杰克斯邦德的攻势来得比想象中还要迅猛。

半个月后，新天地 K11 大楼里，田晓明携陈彤出席了杰克斯邦德迄今为止最盛大的发布会。媒体挤满了会场，闪光灯此起彼伏，光是“陈彤归国”这四个字就可以大做文章。会上，陈彤今年的服装新款首度亮相，几乎所有人都赞不绝口。陈彤的设计之所以经久不衰，最根本的原因，就是她绝对不做重复的款式，本次亮相的外套、衬衫、女裙和长裤上，都标有陈彤的独家 logo——金色刺绣的字母 CT。这四款白紫千鸟格服装，在第二天就刷爆了各大时尚网站的首页，预售链接刚刚放出，商品就在 30 秒内一抢而空。

第二天一大早，郭靖收到了一份加急快递，拆开之后，印着田晓明与陈彤相视一笑照片的报纸赫然出现在郭靖眼前，这种近乎挑衅的行为并没有让郭靖恼羞成怒。他将报纸扔在一边，轻轻移动了一下鼠标，将“于飞虹”三个字拉进了“JFC 集团 CEO”后的空格里，随即点击了左上角的“发送”。

德费工业园最气派的大楼里，倪赟推开了父亲办公室的大门。倪向东递给他一张从上海飞往菲律宾的机票，站起身，拍了拍儿子的肩膀：“期待吗？”

倪赟低头看着那张机票，微微点头，笑着说：“最主要的是，我终于可以自己做主了。”

倪向东没有接儿子的话，转身走到打印机旁，取下一张表格，递到倪赟面前：“我还要恭喜你，你工厂的第一张单子来了。”

“这么快?!”倪赟接过单子，仔细研究着。

“杰克斯邦德？这……”

“我们不能只依靠BUNK这一棵大树，这是你说的，其实一点都没错。所以当你彤妈妈接到杰克斯邦德邀请的时候，我想我们的机会该来了。”倪向东露出了胸有成竹的微笑。

黄浦江两岸的高楼里，两方阵营都处于高度戒备的状态，每一个人都如同弦上的箭，一触即发。看不见的硝烟早已升起，无论是滨江大道旁高耸入云的广告牌，还是外滩气派繁华的建筑群，上海浦江边上的无数摩天大楼，似乎早已被枪林弹雨重重包围。那些试图爬上金字塔顶的人，为了自己的梦想努力奋斗着，而真正操控着行业命运的那双手，却在肆意挥动。

该来的总会来，当田晓明站在办公室的落地窗前，看着江对岸那栋熟悉又陌生的高楼时，他有一种预感，总有人会为背叛他付出代价。

做衣服比做女人难

一

杰克斯邦德“复活”了。

几乎在同一时间，各大时尚杂志的头版头条都被“陈彤”和“杰克斯邦德”占据，上海各个地铁站的广告牌上，都能找到陈彤设计的白紫色千鸟格新款服装，当红男星程硕与新晋演员魏如冰也成了杰克斯邦德的新任代言人。也许这一切对每日匆忙进出写字楼的普通人来说并不重要，但对于快销服装品牌的业内人来说，这无疑是杰克斯邦德带来的一次巨大冲击。

在杰克斯邦德自香港上市后连续亏损的第四年，它终于死灰复燃了。

其实从2011年开始，世界快销服装巨头就已纷纷瞄准中国市场，耗费巨资入驻，大多以上海为中心向全国辐射，在中国本土服装品牌中杀出血路。而田晓明知道，像BUNK这样的大牌公司在入驻之初，其实并没有百分之百的信心可以博得中国消费者欢心；相反，像杰克斯邦德这样的本土品牌反而是他们急于超越的目标。

这些大牌公司并没有想到，不过一两年的时间，他们就快速淘汰了众多本土畅销品牌，以后起之势席卷市场。在上海这块土地上，人们最爱尝试新鲜事物，也最爱追求时尚潮流。

杰克斯邦德是最先受到冲击的品牌，它的前任CEO很快意识到，学生不再是社会上的主流消费群体，这种势头很快也会覆盖到服装以外的其他行业，因此公司定位必须改变，否则只有死路一条，而他却没有得到上级的支持。果不其然，次年手机巨头诺基亚遭遇了有史以来最大的滑铁卢，移动互联网以一种新型姿态慢慢侵入市场，人们的消费习惯发生了巨大的改变。而刚刚在香港上市的杰克斯邦德也陷入了低谷，一蹶不振，一年内被迫关闭门店300余家，杰克斯邦德的前任CEO引咎辞职，一去不返。

移动互联网带动了新型消费和经济模式，而曾经那些欣欣向荣的热门行业进入了前所未有的寒冬。

可谁能想到，三年之后，杰克斯邦德以崭新的姿态重新归来，为众多挣扎在死亡线上的行业带来了春天一般的希望。

“很好！”大老板腆着肚腩，将新一期的《财经周刊》拍在桌上，喜笑颜开地夸赞着田晓明，“老田啊，你确实是个人才。这段时间，已经有好几家公司来向我们取经了，这是好事情啊，不过都被我一口拒绝了，我可不想有谁在这个时候来占我便宜。不管怎么说，杰德这次改头换面重新出发，你是大功臣！”

田晓明淡淡地笑了笑，说道：“这一切不过才刚刚开始呢。”他从身后拿出一沓策划案，放到大老板的桌上，然后说：“这是我接下来的一点想法，麻烦您看一下。”

大老板乐呵呵地打开策划案，然后看见了“冠名《反谈奇兵》节目赞助方案”几个字，原本舒展的眉头骤然紧锁，他的目光最后落在了预算表格下面的总额上。

“一亿六千万?!”大老板瞠目结舌地望着田晓明，不敢相信自己的眼睛。

“您没看错，是一亿六千万。”田晓明继续保持微笑。

“这是一档什么节目？我怎么从来没听说过？”大老板摸了摸头，忍住了脾气，继续问道。

其实田晓明也知道，这段时间的强势宣传几乎花掉了公司大部分的经费，虽然在外人看来杰克斯邦德渐渐风生水起，可是他们并没有扭转亏损的局面，而在这个时候提出要拨一亿多元的经费来冠名赞助一档节目，无疑会让公司陷入捉襟见肘的境地。但他认为，这是必须走出的一步。

“这是一档新节目。”

大老板摩挲着策划案，继续问道：“大概是什么类型的？在什么电视台的什么时段播放？”

“是一档脱口秀节目，不在电视上播放，在网络平台上播放。”

“就是那种叽叽喳喳插科打诨的节目吧？还不在电视上播？”大老板舒了一口气，接着说，“老田，赞助节目这种事，我们之前也做过，还是国内当红的电视节目，可是最后也没有什么实际效果，而且之前我们的投入也就几千万，你这个未免有点太多了。”

田晓明不慌不忙地解释道：“其实我想和您说的正是这个。之前我在 BUNK 的时候，BUNK 从未赞助冠名过任何节目，甚至放弃在电视和媒体上打广告，想用口碑带动销量，但是据我所知，即使是这样保守的 BUNK，去年也请了刘亦允来做代言人——我之所以谈下程硕为我们代言，也算是效仿他们的做法。可是，我们不能一直走在他们的后面，这档节目目前虽然只是在网络平台上播放，但我详细了解了他们的节目形式，绝对是目前国内没有的。而且，我接到小道消息，JFC 即将并入 BUNK 的副线，BUNK 也希望通过冠名这档节目一举打响 JFC 的品牌知名度，虽然我不敢百分之百保证，这档节目一定会走红，但我觉得 BUNK 看中它，必定有他们的原因。”

大老板狐疑地看了田晓明一眼，想起田晓明最初来到杰克斯邦德的时候，也总是步步走险棋，但他的每一次决定都被证明是正确的，至少目前看来，杰克斯邦德因为田晓明的加入重新复活了。可是因为前段时间在宣传上的大量投入，特别是找了全国最大的广告公司做宣传，公司的储备资金已经不够了。

“这个……”大老板挑了挑眉毛，示意田晓明应该知道自己在为难什么。

“如果是经费的事情，其实我也有几句话，不知当说不当说？”

“都是为了公司，但说无妨。”话说到了这个份上，大老板觉得倒不如开门见山。

田晓明稍稍向前一步，说：“其实我觉得让更多的股东入股并不是什么坏事。当然，从股权占有来说，这确实会稀释股份，但只要高总您始终捏住51%以上的股份，就不用太担心。资本入驻是迟早的事情，如果因为钱限制了公司的发展，束手束脚，反而得不偿失。”

田晓明这番话很大胆，他也知道大老板不爱听。杰克斯邦德是大老板一手创办的公司，虽然后来为了上市也分出去了一部分股权，但大部分的股权还是捏在大老板自己手上。

“这个问题，我得好好考虑一下。”

“好的。”田晓明没有再说什么。

田晓明退出了办公室，给大老板留出足够的时间去思考。他知道这样的瓶颈期总会遇到，即使不是现在，也会在不久的将来。他想起自己在BUNK做CEO的时候，也不乏创意与想法，但多半会被海外总公司驳回，久而久之，他也就失去了激情。

他走到营销总监安妮的座位旁，叩了叩她的桌子，淡淡说道：“冠名的事情继续跟进，随时等我通知。”

二

南京路步行街的标识牌处，永远有兴高采烈的游客拍照留影，人来人往，仿佛洋溢着无尽的欢乐，而不远处的写字楼里，大部分人却一脸愁容地坐在电脑前快速回复邮件。

郭靖坐在办公室里看着于飞虹递上来的策划书，于飞虹端庄地坐在一旁，端起一杯咖啡抿了一口，两个人似乎都在等待着什么。这时有人敲门，郭靖清了清嗓子，用低沉的嗓音说："进来。"

王烨穿着灰色条纹职业装，大大方方地推门而入，看见旁边坐着的于飞虹，虽有些意外，却并没有露出过分惊讶的神色。

"坐吧。"郭靖示意王烨坐到于飞虹的旁边，王烨向于飞虹点头致意，然后坐了下来。

王烨已经有很长一段时间没有见到于飞虹了。自从郭靖在大会上正式宣布任命于飞虹为 JFC 大中华区的新任 CEO 后，于飞虹和她的团队就从 18 楼搬去了 19 楼新租下来的办公室。平常没有人去过 19 楼，所以大家根本不知道年初的时候，那里就已经开始装修了。自那之后，因为品牌分割，BUNK 的会议于飞虹基本不用参与，但凡有事，她也是直接和郭靖商量。

于飞虹升职之后，所有人都以为最失落的是林丹，但是林丹却丝毫没有表现出难过和伤心，也许有人认为她是在强颜欢笑，但王烨知道她根本不必。也许，于飞虹的升职在某种程度上是对林丹的解放，意味着她将再次得到重用。林丹才不在乎那个要死不活的 JFC。于飞虹一走，她就重新坐回了 BUNK 一人之下万人之上的宝座，何乐不为？当然，这都是以后的事情了。

郭靖起身，将印好的策划案拿给王烨，开口道："你先看看这个。”

王烨翻开第一页，就看到了“JFC冠名《反谈奇兵》节目策划书”几个大字，她大致翻阅了一下策划案，疑惑地看着郭靖：“不好意思，郭总，我不是太明白，JFC的事情，好像和我没有什么关系吧？”

郭靖没有开口，倒是于飞虹做出了解释：“是这样的，《反谈奇兵》这档节目主要是曼果在负责宣传，之前我们和曼果合作的广告效果也非常好。此次冠名希望能够找到曼果搭桥，拿下这个项目。可是，目前曼果对外基本没有透露任何风声……”

王烨瞬间明白了，郭靖和于飞虹是希望她从Shadow那里打听情报。“我明白你们的意思了，抱歉，我没办法配合。”自从Shadow和郭靖分手之后，他们之间的关系就变得格外敏感，虽然郭靖自始至终没有谈及他过去和Shadow隐瞒自己身份的原因，以及在感情中游离的状态，但就王烨看来，这种欺瞒就是一种伤害。在家里，王烨也尽量不提及郭靖的任何事情，这半年里，Shadow也花了很长的时间才走出失恋的阴影，王烨自然不想在这个时候再去掀起她内心的波澜。王烨起身，将策划书放回办公桌上，微微鞠躬，准备离开。

“等一下……”王烨以为郭靖会叫住自己，开口的却是于飞虹。于飞虹上前两步，拉住了王烨的手，递给她一个挽留的眼神：“你先别急，听我说完。”

于飞虹不慌不忙地解释道：“如果只是打听消息或者去套对方的情报，对于BUNK来说也未免太低级了。如果你那样想，也太小看我和郭总了。”

王烨顿了顿："对不起，是我太武断了。"

"刚刚我说了，这个消息目前曼果对外高度保密，仅有几家准备竞拍的赞助商知情，当然也包括JFC和BUNK。在曼果，跟进这个宣传项目的是岑小姐，之后的负责人也会是她，所以……郭总希望你能帮忙消除一下岑小姐的偏见。如果我们竞拍成功，自然就是合作关系，希望她不要带着情绪工作，毕竟你们也是好朋友。"

王烨抬头看了一眼郭靖，郭靖没有避开王烨的眼神。从她进入办公室的那一刻起，郭靖就几乎没有开口说话，因为他知道，Shadow是他们之间的芥蒂。

"我想你们多虑了，Shadow是一个公私分明的人，完全不用我多此一举。"

"那样当然最好了，只是以防万一，到时候可能需要你的帮忙。"于飞虹诚恳地说。

王烨点了点头："我知道了。如果没有别的事，我先出去了。"

郭靖送王烨走出办公室，低声说："谢谢。"王烨回头看着郭靖，发现他的目光中是难得一见的一丝柔情。王烨很快避过了他的目光："站在公司的立场，我只是一个员工，郭总不必向我道谢。"

郭靖淡然一笑，说："可我是站在私人的立场。"

办公区的另一边，厉如花刚刚端着一杯大枣茶坐下，林丹就敲了敲她的桌子，叫她去办公室。厉如花愣了好几秒才站起身来，看到王烨不在，更加胆战心惊。虽然厉如花进组已经有一些日子了，但是一次也没有单独和林丹交流过。其实，上级找新来的下属谈话是再正常不过的事情了，但这段日子，不光厉如花，组里的任何一个人都几乎没进过林丹的办公室。

“随便坐吧。”林丹走向窗边的小桌，按下电水壶的开关。

厉如花左顾右盼，在林丹对面的小沙发上坐了下来，她像是想起了什么，突然惊呼道：“啊，领导，我那杯大枣茶要赶紧喝，不然就泡烂了，我能不能拿进来？”

林丹不禁翻了个白眼：“去吧。”

“谢谢领导。”

一分钟后，厉如花端着那杯大枣茶走了进来，重新坐下：“领导啊，这大枣是我弟弟从山东买回来的，可好了，我回头给您拿点。”

“如花。”

“啊，请叫我 Linda。”

“好，Linda，你来公司也有一段时间了吧，感觉怎么样？”

厉如花将右手放在嘴边，像和林丹说悄悄话一样：“领导，说实话，我觉得我们公司……有点怪。”

“有点怪？”林丹皱了皱眉头，“怎么个怪法，你说说看。”

“换作在我以前的公司啊，只要安安心心做衣服，多学点缝纫方面的知识就好了，但是在我们公司这些都不用懂。真的，我问过了，其他组里也没几个人懂缝制的。一家做衣服的公司，招来的人对衣服却一窍不通。阿拉是不懂啊，您说人事部每年挑三拣四的，像我这样的人，都是要拒之门外的，结果招来的却都是做汽车的，做零件的，这些人哪能懂服装的啦，做衣服怎么是会算几个数，会谈几笔单子就行的呢？侬说是不啦？”厉如花说着说着，就忘了是在和领导说话，看着林丹脸上一阵红一阵青，像是一下子从梦中惊醒过来，“啊，啊，领导，我不是说您，我是说我们公司其他组里的人，您别在意啊。”

这时，电水壶里的水烧开了，林丹起身，走向厉如花。厉如花不禁往后一缩，“我……您，就当我童言无忌。”

“你那大枣茶要不要再加点热水？”

“啊，不，不用了。”厉如花连连摆手。

“我觉得你说得很对。”林丹走到小桌旁接了一杯水，“这些日子，你做的事，我都看在眼里。说句老实话，让你跟着王烨干，你心里是不是不舒服？”

换作刚进公司那会儿，厉如花肯定会毫不犹豫地说“是”，但是现在，见识了公司内部风云诡谲的权力斗争，她觉得跟着王烨，有商有量地做事并没有什么不好。何况，王烨对厉如花不差，她虽然年纪不大，但是为人与做事，都十分老练——用“老练”来形容并不准确，应该说是得体，充满了智慧，是她的同龄人难以企及的。

林丹盯着厉如花，仿佛一定要从她嘴里问出个答案才肯罢休：“怎么？你有想法可以直接和我说。”

“领导，我这个人很直接，好就是好，不好就是不好，我不喜欢遮遮掩掩的，更不会亏待自己。实话实说，我觉得现在和王烨一起搭档做事很好，我没有什么想法。”

“那就再好不过了。我今天找你过来，其实也是想和你说明一些事情，”林丹顿了一下，收起脸上轻松的表情，“虽然你被安排在王烨手下熟悉业务，但你的直属领导是我，这一点，你明白吧？”

“我知道。”

“所以有什么事，你应该直接向我汇报，包括你的想法，或者工作上遇到的问题，以及发现了任何漏洞时，你应该商量的人，是我。”

“明白。”

林丹又笑了：“我只是和你交流一下，不是正式谈话。你是聪明人，知道我的意思。”

厉如花点了点头。

“最后再提醒你一下，能让你涨工资的只有一个人，如果你想涨的话。”

林丹以为这番话至少会起一些威慑作用，但事实上并没有，厉如花抱着那杯大枣茶，浅笑道：“领导，您说得太对了，谁进这家公司不是为了升职加薪，多挣点钱呢？我入这行也有十来年了，做过底层，也做过管理层，算是有相当丰富的经验，至少在做衣服这件事上，我还是自信满满的。在那么多公司里，我挑中BUNK，不是为了赚钱的。”

“那你想要什么？”

“论年龄，我比您还大点，早就过了奋斗的年龄了，我只是不想太快就被这个时代淘汰，我想了解世界的潮流。领导，您懂吗？这就是我全部的心里话了。”

“好，我知道了。你出去吧。”

“领导，做衣服比做女人难。”说完，厉如花端着杯子慢条斯理地走了出去。

午饭的时候，厉如花把这番经历如实对王烨说了一遍。王烨看着厉如花：“你真这么说了？”

“我真这么说了，”厉如花狼吞虎咽地吃着石锅拌饭，“Kelly，人不能总被压着，但也不能凡事都太出头。把你想说的话说出来不是难事，难的是怎么在表达自己的同时又不让对方感觉被冒犯。我这个人啊，别的没什么，怼领导还是有一套的。看在我们这么熟的分儿上，今天给你讲这些，就不收你学费了。”

“你还真不该坐办公室，你应该去做生意。”王烨笑道。

“我做生意不要太好哦。我只是觉得做生意太脏太累了，不想四十岁就熬成黄脸婆，侬知道哦……”厉如花突然压低声音，“林丹这样的人，最怕的就是手下人结成‘小团体’，因为她自己没朋友。这么大的公司，她都没个说话的人，其实很惨的。”

王烨轻轻咳了一声：“这种话你就别说了。”

“我也就和你说说。我是看准了，她早就盯上你了。你自己多注意点，不要什么都往身上扛。千万要小心。”

“我知道了。”

两天后，前台Joanne打电话给王烨，说有个寄给她的包裹到了。

王烨走出玻璃门，走廊里坐着一个西装革履的中年男人，虽然尽力摆出了一副职场精英的架子，却依旧掩饰不住眼神中的落魄。他双手紧紧握在一起，抬头看了王烨一眼，很快又将目光收了回去。

Joanne 将包裹递给王烨，又指了指走廊上的中年男人："来了好几天了，几乎每天这个时候都在那里坐着，说是找郭总，可是郭总根本不想见他。"

"什么事？"王烨不禁多问了一句。

"不知道啊，看样子像是来借钱的。"Joanne 哧哧地笑了，"我乱说呢，借钱肯定去银行了。不过你看他啊，穿得虽然像模像样，但我敢保证，那套衣服是借来的。"

"借来的？"

"他说自己是什么工厂的老板，我谈不上阅人无数，但老板是什么样子，我至少还是知道的，一连三四天穿着同一套西装的老板，我可真没见过。"

中年男人起身朝她们走来，带着几分怯懦，向 Joanne 问道："不好意思，我想问下郭总的会还有多久结束？"

Joanne 露出一副不耐烦的样子："郭总的日程我们也不知道呀。大叔，我劝你还是回去吧，郭总说有时间会和你联系的。"

"小姑娘，我要是能回去等，就不用天天来这里候着了。工厂上上下下两三百个人等着我回去发话呢，要是郭总不出来见我，我也没脸回去啊。"

"哎呀，你这话说了好多遍了，我知道啦，可是郭总没时间，我也没办法啊。"

男人有些气馁，苦笑着，像在自言自语："像我们这样的小厂，确实没办法和那些大工厂比，连见郭总一面都难，但BUNK的一两个订单就能救我们全厂的命啊，唉……"

"请问，你们是哪家工厂？"王烨问道。

男人好像抓住了一丝希望，赶紧报出名字："杜尚瑞。"

Joanne扯了扯王烨的衣袖，示意她别蹚这摊浑水。

王烨拍了拍Joanne的手，男人眼睛里突然闪现的光顿时又暗了下去。

回到办公室，王烨正打算打个电话，询问出货情况，突然看到了一封邮件——"关于撤销与杜尚瑞合作的声明"，王烨看着"杜尚瑞"三个字，顿时想起了刚刚那个男人，这时，林丹在办公室门口叫道："王烨，你过来一下。"她只好走了过去。

林丹正坐在电脑前，知道王烨进来了，也没有抬头，只是一边打字一边说："那件与杜尚瑞解约的事情，你去处理一下。"

"我？"王烨实在弄不懂这和自己有什么关系。

"这件事呢，原本是该由郭晓蓓处理的，毕竟杜尚瑞是她负责的工厂。但终止合作这件事，既要拿出态度，又要安抚情绪，我想了想，这方面，我们组里还是你最在行，所以，你去处理一下吧。"林丹说完，继续低头看着电脑，眼见王烨没有挪步，又抬头看了她一眼，"可以吗？"

这烫手的山芋，王烨打心眼儿里不想接。这事本来就不在自己的职责范围之内，抢了郭晓蓓的活儿，又必然会惹来一通埋怨。她还没来得及开口，林丹又补了一句："刚刚找你之前，我已经和郭晓蓓说过了，是她推荐了你。"

王烨脑中忽然闪过那个男人沧桑的面孔，她淡淡地说："OK，我知道了。"

退出林丹的办公室后，王烨回到自己的座位上，找出了解约合同模板，仔细地看了好几遍，开始认真修改其中的细则。她预订了一间会议室，将合同打印出来，准备去找刚才那个男人，却发现他已经不见了。

"欸，刚刚要找郭总的那个人呢？"

"被我打发走了，每天坐在这里影响我们公司的形象，要是有别的客人来，还以为我们拖欠工资呢。"Joanne 漫不经心地说道。

王烨轻轻叹了一口气："你帮我查一下，明天去常州最早的高铁是哪班？"

"好的。"Joanne 一边敲着键盘，一边疑惑地看着王烨，"你要去常州出差啊？平常你不是去青岛吗？"

王烨没有回答，Joanne 也不想多事："早上 5 点 48 分，从上海站出发。现在帮你订吗？"

"好，麻烦了。"

去常州的路上，王烨还在想应该怎么和对方提出解约。这样的工作，更像是去完成一个任务，不能够带上任何私人感情。可她总会想起那个中年男人焦急又期待的神色，随即而来的，是太阳穴处隐隐的痛。

杜尚瑞工厂在常州较偏远的县城，抵达车站时天色才刚刚变亮。王烨之前已经做了功课，从车站到达工厂还需要一个多小时的车程。

王烨不知道这样的不请自来会产生什么样的后果，但她思来想去，觉得不提前通知，直接宣布“死亡结果”或许更能简单干脆地解决问题。

王烨抵达杜尚瑞时，已经快上午十点了，下了大巴，头顶的强光照在脸上，长时间的奔波让她有些口干舌燥。没有工厂的司机专程接送，完全靠手机导航前往，这还是第一次。虽然BUNK大多数的合作工厂都在偏僻的郊区，但很少有工厂在这种还保留着上个世纪末陈旧气息的区县。杜尚瑞位于郊县车站南边的一个厂区里，同一条街上还有许多小型工厂和手工作坊，许多厂子的大门上连牌子也没有，几辆突突作响的摩托车拖着几筐衣服从工厂里开出，差点把水洼里的脏泥溅到王烨身上。她一下子明白了公司和杜尚瑞解约的原因——这种遍地泥泞、蚊虫肆虐的地方，怎么看都不符合BUNK对工厂的管理标准。

王烨硬着头皮走进了杜尚瑞的大门，两个拖着布料的工人双眼无神地从她身边走过。

“请问，工厂的行政大楼怎么走？”

两个工人对看了一眼，其中一个年老一点的操着当地口音问：“什么是行政大楼？”

“就是……老板的办公室。”

“哦！”年轻一点的工人立马伸出手，“在那边！”王烨注意到他们的眼睛一下子亮了起来。年轻工人顿了顿，略带怯意地问：“老师，您是来找老板谈生意的吗？”

王烨想了想，点了点头。

年老的工人一下子露出了笑脸：“太好了，这下我们工厂有救了。都停工一个月了，说是厂要倒了，看来是谣传。”

这时又走来了两个穿着工作服的中年女工，其中一个腿有些跛，走路比另一个慢一些。年轻工人跑过去，拉着其中一个女工压低声音说：“那边有大老板来找李总谈生意了。”女工吃惊地捂着嘴：“就是这位吗？”小伙子点点头。

王烨不知道说什么好，看着他们满眼希望的样子，实在不忍心去泼那盆冷水。

“老板，要我带您过去吗？”

“哦，好的。”

王烨又见到了那个中年男人，他果然还是穿着那套西装，正一脸倦容地趴在办公桌上。带路的小伙子轻唤了两声：“李总，李总，有人找。”中年男人才注意到了王烨。见到一身正装的王烨，他迟疑了两秒，连忙起身。

“你……你是？”

“我是 BUNK 的王烨，这次过来是想和您谈谈合作的事。”

“啊，请进请进。”说着，男人三步并两步地迎了上来，“小陈，你去帮我给王小姐倒杯茶。王小姐应该提前和我说的，接待不周，多包涵。”

热茶很快就送了上来，男人笑盈盈地搓了搓手：“王小姐这次来，是因为郭总看了我写的信吗？”

信，什么信？林丹之前对此只字未提，但王烨不准备询问此事。就像她来之前和自己说好的那样，这不过是一个任务，一个原本和自己没有任何关系的任务，她只要向对方宣布解约结果，签字落实就可以离开了。

来这里之前，王烨查阅了所有关于杜尚瑞工厂的资料，眼前这个男人叫李双辉，常州溧阳人，工厂是家族产业，最早只是一家手工作坊。前些年，他去广州那边弄了点钱回来，买下了这一片不算大的场地，然后收编了周围几家小作坊，给工厂改了名字。他们和 BUNK 的合作是从两年前开始的，主要做其他工厂挑剩下的订单。只要有单子，不管什么品牌，什么款式，帽子、鞋子、衣服，只要有，他们就接，最后工人们都被逼成了“十项全能”。他们的订单比例中，BUNK 占了百分之八十，一旦撤走，杜尚瑞分分钟就得破产。

“嗯？”发现王烨没有反应，李双辉挑了挑眉，“王小姐？”

“是这样的，”王烨从包里取出那份装在文件袋里的合同，“其实，我今天来是……”

突然，一个穿着蓝布工作服的工人敲了敲门：“李总，东边最后一个仓库的货出完，我们所有的仓库就都空了，您看……”

“出吧。”

“好，不过仓库库房的租金，我们下个月还要交吗？”

“交，继续交着。”

工人点点头，退了出去。李双辉又重新将注意力放回王烨身上：“王小姐，不好意思打断您了，您接着说。”

“其实我今天来，是代表BUNK来和贵工厂解约的。”

王烨以为李双辉会露出绝望的神色，但他似乎变得更加坦然了。

“这样啊，BUNK真的不考虑和我们继续合作了吗？”

“我想是的。”

李双辉起身点了一支烟，望向窗外，郁郁葱葱的树木将厂房遮蔽起来，厂区看上去很苍凉。

“是这样啊……”李双辉伸手掸了掸烟灰，将烟头摁灭，“王小姐，您有兴趣参观一下我们工厂吗？”

“如果可以的话。”

“当然。”

李双辉在前面带路。工厂的实际情况远比王烨设想的糟糕，流水线上的工人无事可做，男工都坐在地上打牌，女工围坐在一起织毛衣，轰隆作响的机器和缝纫机一旦停了下来，空旷的车间里说话都会有回音。

“让王小姐见笑了。说实话，我们已经好久没开工了，我也不能让他们闲在家里，否则外面就知道杜尚瑞的情况了。这年头，做什么都难，特别是做服装。”

王烨淡淡地问道：“李总，其实品牌那么多，为什么一定要和

BUNK 合作呢？”

李双辉叹了口气：“王小姐，实不相瞒，虽然服装品牌多，但论订单数量，还是 BUNK 的最多啊。别的品牌一款衣服只生产两三千件，但 BUNK 一款会生产一两万件，这笔订单就够我们活半年了。从去年开始，我们按时按量完成了订单，甚至为了达到 BUNK 要求的规模，拼死拼活又招了一两百个员工，却突然接到了 BUNK 的通知，说不合作了，你说我怎么向工人交代呢？收回订单只要郭总一句话，可是我们没了订单，就只能破产了。”

李双辉压制着情绪，但布满皱纹的眼角湿润了起来。不知为何，看着此刻的李双辉，王烨的脑海里突然浮现出另一张相似的脸庞，同样四面楚歌，又不肯放弃。

他们的说话声引起了旁人的注意，几个工人停下了手里的动作，慌乱将牌收了起来。

王烨很快在人群中看到了刚刚给自己带路的年轻小伙儿，他正在和身边的人一边笑一边窃窃私语。王烨突然有些于心不忍。

“不过胜败乃兵家常事，我也怪不了谁。”最后这句话，李双辉像是在说给王烨听，也像是在安慰自己。

“李总，我想知道 BUNK 这边向您提出撤销订单的原因。”

“这……”

“如果您想让我帮忙，最好对我说实话。”

次日下午，王烨仓促返回公司，走进办公室时，厉如花正在对着镜子补妆，见王烨过来，便将一张字条放在了她的桌上。王烨不明所以地看着上面的名字和尺码款号，有点莫名其妙。

“这是什么？”

厉如花收起化妆盒，看着王烨：“其他几个组的小领导递来的纸条。于飞虹不是去管JFC了吗，她负责的好几款衣服并到了我们这里，那些小领导就来找你讨几件新款的样衣穿穿呗。”

王烨打开笔记本电脑，看着屏幕说：“帮我回绝了吧。”

厉如花看了看那张单子，又压低了声音说：“Kelly，我不是仗着大你几岁倚老卖老，纯粹是把你当成了自己人才说的。有些时候吧，做人还是不能太硬。你看这几个人，王春华、周梦迪、陈海春，不是管物流货运的，就是管品质检测的，你以后都还要和她们打交道呢，给出一两件新款的样衣，不过是搭建一个互帮互助的桥梁。我知道你对这些事情不屑一顾，可是到头来，社会也好，职场也罢，说到底还是一个人帮人的世界。我们当然不求讨好别人，但需要帮助的时候，也不希望热脸贴在冷屁股上。”

王烨思考着这番话，虽然不能百分之百地认同，但也明白厉如花是真的把自己当成了知心人。厉如花有她圆滑处世的经验，王烨也有她不屈不服的准则。说来也怪，厉如花的一些话，若是换了其他人说，王烨绝对接受不了，但放到厉如花嘴里却很有说服力；而厉如花也觉得王烨硬气的那一面特别真实。

最终王烨吐了一口气：“没上市的衣服不能动，其他的，拿一两件做人情吧。”

厉如花会心一笑："好的。"

王烨打开电脑，迅速调出杜尚瑞工厂的资料，确认无误后，按下了打印键。她托着下巴想了想，抬头对厉如花说："Linda，有件事，我可能需要你帮忙。"

"啥事呀？"

"总之，你先答应我就好。"

三

周三，办公区中的大部分人都出差了，剩下的几个人趁机早早下了班。王烨早已打点好了一切，按照平时惯例，下班后她不会在办公区多停留一秒，可是今天她一直盯着郭靖办公室的玻璃门，想着他什么时候会出来。

然而从玻璃门后走出来的是林丹。

林丹瞟了王烨一眼，大概是在奇怪为什么这个点王烨还没有离开。王烨想了想，鼓起勇气朝着林丹走过去。

"丹姐，我想和您跟郭总商量个事。"

"什么事？"

正巧郭靖推门而出，看见站在门口的林丹和王烨，扬了扬眉："有事？"

几分钟后，是林丹先提出了疑问："你是说，你想申请去管理一家已经被 BUNK 除名的工厂？”

王烨点了点头，“我记得德鲁最开始也只是青岛的一家小工厂，没有做过任何 BUNK 的订单，但如今它也成了 BUNK 信任的合作商。在 BUNK 订单越来越多的情况下，我觉得我们需要这样脚踏实地的工厂。”

“可是王烨，你知道这家工厂为什么会被除名吗？”

“我知道他们没有达到 BUNK 预想的规模。”

“不仅仅是没有达到规模，”林丹补充道，“他们的技术水平还与小作坊无异，对于订单的应对能力也不足，他们没有足够的人手来满足 BUNK 的需求，这才是他们被除名的真正原因。”林丹的语气中难免带有几分咄咄逼人的气势，大概是希望王烨知难而退，就此罢休。

郭靖打断了两人的对话，直接向王烨发问：“你为什么要帮杜尚瑞？”

“我不是在帮杜尚瑞，而是想为日渐没落的中小型手工业做一点事。我们是公司的员工，但放眼整个大环境，我们可以改变中国沿海地区手工业的命运，这不正是我们企业人应该做的事吗？”

郭靖眯起眼睛看着王烨：“那如果由你来负责杜尚瑞，你对德鲁的管理还能保持之前的水准吗？”

“以我目前的能力，我没有办法给您肯定的答案，不过我已经做好了打算，如果可以让我接手杜尚瑞，我有信心让它成为第二个德鲁。至于德鲁，就目前情况来看，Linda 完全有能力接手负责，所以它不会因为我的离开而出问题。”

“Linda？”郭靖疑惑地转向林丹。

“刚招进来作为王烨助手的厉如花。”林丹在一旁解释道。

郭靖摸了摸下巴，略微点头：“OK，既然如此，我愿意给你这个机会。”林丹难以置信地看着郭靖：“可是郭总，这对其他工厂……”

郭靖抬手示意林丹先不要开口，接着对王烨说：“但我必须把你对杜尚瑞的管理纳入半年度的KPI（关键绩效指标）考核里，如果杜尚瑞在半年内依旧没有达到公司规定的标准，BUNK将不再和杜尚瑞有任何合作，而你的考核也不会有好结果。”

“好，”王烨的眼神中带着一如既往的自信，“我答应这个条件。”

林丹依旧很不认同：“可是我们目前没有多余的订单给杜尚瑞。”

郭靖确认道：“一点都没有吗？”

林丹摇了摇头。

“那JFC呢？”王烨知道，当着林丹的面提起JFC无疑是火上浇油，但这是她能想到的唯一办法了。郭靖看了看林丹，后者的神色并没有什么变化，他按下分机号，接通了于飞虹的座机：“你到我办公室来一下。”

于飞虹不明所以，但看着办公室里每个人的神情，显然不是开心的事。

“长话短说，JFC现在还有多少没有分出去的订单？”

“啊？”于飞虹望向林丹，不知她葫芦里卖的是什么药，最后还是如实回答道：“应该还有七八万的订单。”

“OK，就这么办吧。”郭靖起身对于飞虹说，“让王烨来帮你负责这笔单子。不是把她调到你这边，她还会继续待在林丹组里。JFC 接下来也有大动作，好好把握机遇。私下有什么，你们再沟通。”

“这……”于飞虹和林丹对视了一眼。

“所以你们能不能好好合作？”郭靖问。

“当然能，只是我还没弄清楚前因后果，”于飞虹笑着说，“只要是为了公司，我们有什么不能配合呢？你说是吧，林丹？”

林丹没有说话，默默点了点头。

王烨走出郭靖的办公室，准备收拾东西赶紧下班。事情比想象中顺利，她想在第一时间告诉李双辉这个消息，不料林丹叫住了她。

“王烨，你等等。”

“丹姐……”

“这种事情为什么不先跟我商量?!”

“毕竟工厂没有那么多时间可以等。”

“王烨！”林丹终于忍不住怒火，呵斥道，“你要知道，我当初让你过来，给你足够的自由，不代表所有的事情你都可以随心所欲。我暂且不论你今天这么做的目的，也不想管工厂那边给你灌了什么迷魂药。以我多年来的经验，我必须告诉你的是，永远不可以听信他人的一面之词。”

“但我没办法见死不救，”王烨并不退缩，“我只知道，我的一个举动，就可以让一两百人吃饱饭。这就够了。”

林丹轻笑了一声：“没有谁可以拯救谁，这一点，你不会不懂。”

这时，厉如花莽撞地推开门，打断了林丹和王烨的对话。看着两人并不愉快的面色，厉如花呵呵笑了笑，说：“我东西忘带了，不好意思，打扰你们说话了。”林丹收敛了怒容，对厉如花说：“Linda，你和王烨一起来我办公室吧，人事上可能有点小变动，希望你没意见。”

说完林丹走进了自己的办公室，厉如花朝王烨挤了挤眼睛：“你说啦？”

王烨点点头。

“Kelly，you are so brave！”（凯莉，你太勇敢了！）厉如花操着一口日式英语，拍了拍王烨的肩膀。

王烨刚刚松了一口气，但还不到半个小时，倪赟的电话就打了过来，安静的办公室里，电话那头声嘶力竭的喊声几乎要击破落地窗4厘米厚的钢化玻璃。

“听说你要调去别的工厂了?!”

王烨推开玻璃门，侧身走进昏暗的安全通道里：“你能不能小声一点？”

“不能！”倪赟的语气仍然带着愤怒。

“幼稚！”王烨不禁翻了个白眼。

“欸，我说，你做得好好的，工厂又没出什么事，大家彼此都熟络了，何况德鲁还是你一手带出来的，怎么能说换就把你换掉呢？”

“公司从来就没规定任何一个员工有义务终生管理同一家工厂，这和熟络不熟络，出没出事毫无关系。德鲁现在也算是比较成熟的工厂了，换谁负责都不会影响它的运作。何况，我没有你想象中那么重要。”

“我不管啊，我和你说，我刚刚订了从菲律宾回上海的机票，我打算和你们领导好好谈谈。你说德鲁是成熟的工厂了，是吧？那菲律宾的工厂可是新工厂，一大堆事情弄得我焦头烂额。这群菲律宾工人真是蠢死了，不找个人好好培训一下，BUNK 的订单就别想出货了。我无论如何都得让你们领导把这个重任交到你身上。”

“菲律宾工厂目前的订单连 BUNK 总订单数的 0.1% 都不到。出不了货，郭总会直接换别的工厂做，出不了事。”

“0.1% 就不是订单了吗？你们公司还声称要打破常规拒绝歧视，你这话也有点太伤人了吧？”

王烨正想回击，突然听到了走廊里细碎的脚步声和低语声：“你等等。”她结束了通话，脸贴着门仔细听着走廊里的声音。

“该说的我已经和你说过了，郭靖决定竞投的最大数额我也透露给你了。你想让 BUNK 主动放弃 JFC 的冠名权，我没有办法决定，我能做的只有这么多了。还有，你不要再拿那件事来威胁我，大不了我们鱼死网破，你也一点好处都没有。你要知道，郭靖可没有你想的那么笨。”

虽然隔着一段距离，但王烨还是清楚地听到了这番话，正当她想推开门缝，看看说话人是谁时，手机不合时宜地响了。

“倪赟这个蠢蛋。”王烨心里想道。

她按下拒接键，拉开大门，空荡荡的走廊里，什么人也没有，回想刚才的声音是如此熟悉，她心中已经有了猜想，却不敢确认。

突然一个声音在王烨背后响起："下次需要我帮忙的话，事先和我说一声，别弄得我这么措手不及。"

王烨转身，看见于飞虹站在那里，朝自己安静地微笑。王烨还想着刚才听到的话，脸色紧绷，背上微微渗出冷汗，尽量让自己显得不那么紧张。

"不好意思，我也是因为事发突然，没来得及和您商量，刚才真得谢谢您。"说实话，王烨对于飞虹的慷慨相助确实心存感激，在刚才那样的情况下，于飞虹大可以顾及与林丹的关系，不管王烨的死活。

"我之前和你说过，如果你需要我帮忙，我肯定会全力帮你的。不过我还是得提醒你一句，不要把林丹惹急了，毕竟，她才是你的领导。"于飞虹好心劝道。

"我也是因为实在想不到更好的办法才出此下策。"

"Whatever（不管怎样），祝我们合作愉快。"于飞虹饱含诚意地伸出右手，王烨顺势握了上去，"好了，你先忙吧。"说着，于飞虹走回了办公区。

王烨的电话又响了，却不是倪赟打来的，屏幕上显示的名字是王烨最怕也最不想看到的。她迟疑了片刻，还是接了起来。

"喂……"王烨将手机举到耳边，便听到了那个沙哑而苍老的声音。

四

这里是上海。

马路两旁的梧桐树遮天蔽日，像是城市里的另一条脉络，纵横交织地展开。落日余晖将天空分成截然不同的两种颜色，紫红色的边缘像是在与时间抗衡，始终不肯与大片的深蓝色汇聚在一块调色盘里。

倪赟从招商银行的 VIP（贵宾）通道走出来，伸手看了看表。不早不晚，刚好是晚饭时间，但他一点也不饿。要是换作从前，他早就在新天地的某家酒吧里和漂亮姑娘搭讪，或者和一帮狐朋狗友开车去撒野了，可是现在，他对这些事情一点也提不起兴趣。在这样的大都市里，像他这样的“公子哥儿”，根本不用去想明天的生活。不只明天，可能未来五年十年都不用想，唯一要做的就是挥霍。几年前，倪赟在酒吧里亲眼看见一个“公子哥儿”抱着小姑娘，朝她的内衣里塞钱，并将最后一杯洋酒一饮而尽，瘫在地上冲小姑娘说下流话，可是不管他说得有多难听，小姑娘都没有要离开的意思，只因为他的一张卡，就可以给她刷出一辆跑车来。

不知从什么时候开始，倪赟有些厌倦这样的生活，或者说，他终于从这样的生活中逃离了。

倪赟的嚣张跋扈很大程度上是一种自我保护，像他这样成长环境中没有母亲陪伴的人，最容易迷失。倪赟在国外留学的时候，最不想接的就是家里的电话，那时候父亲打来的电话不多，但意图很明确，无非是希望他能够早日学成回到自己身边，继承家业。可是倪赟根本没有想过遵照父亲的安排去生活。他不想回国，更不想回到工厂去做自己根本不感兴趣的事情。自己究竟喜欢做什么，他也不知道，就像大多数二十来岁的年轻人一样，他不知道前面的路要怎么走，但非常清楚自己不喜欢走什么样的路。他无所畏惧，很大程度上是因为他有钱。

这是事实，虽然倪赟不愿承认，但就像酒吧里的那位“公子哥儿”所说，他们有钱，不用去考虑明天后天大后天，就算他们是一摊烂泥，也依旧会过得比那些看起来很努力的人好。

他到底是什么时候开始改变的呢?

倪赟被父亲强制带回国内的第一年，试图顽固反抗，对工厂的事情撒手不管，对父亲交代的事情爱搭不理。那时候父亲拿他没办法，是陈彤建议父亲多给他一些空间。父亲开始频繁出差。开拓新的市场，出差时，他尽量让倪赟自己管理工厂，按自己的想法行事，哪怕是错的，他也愿意去收拾烂摊子。

倪赟并非对工厂的事情一窍不通，在这里长大的他，对工厂的运作或多或少有一些想法，但是他非常厌倦这种封闭的环境。他时常感觉自己像被束缚的小鸟，只能日夜望着远方的天空，根本无法逃脱。

转眼到了倪赟回国的第二年，父亲开始尝试开拓东南亚市场，不料在谈判中遇到了那边的黑社会，险些命丧他乡。倪赟和秘书英西文连夜赶到雅加达的时候，父亲正在简陋的病床上输液，那一刻，倪赟内心才深深受到了震撼。

他不懂，父亲已经拥有了足够多的财富，只要保住已有的产业，他们就可以一辈子衣食无忧，为什么父亲非要跑到这么远的地方，冒险做一些事情？

“这世上，坐吃山空不可怕，可怕的是你以为时代永远不会变化。人可以走慢一点，但是不能停下来，真的停下来，大概只有死掉的那天。”

父亲的这番话让他突然很想哭，平日里不可一世的他突然觉得自己很渺小。在那之后没多久，他从另一个人身上感受到了这番话，那个人是王烨。

倪赟并没有将车停在繁华的街道边，而是转进了一个小区。进入小区后，他将车开到了一片树林后，正好可以看到王烨住的那栋楼。

仔细想来，好像是从上一次王烨突然消失开始，他就养成了这个习惯。每次来到上海，忙完工作之后，他都会将车开到这里，不打扰，也不露面，只是静静地看着可能会出现的她。他摇下车窗，深深地吸了一口气，空气里好像有种挥散不去的独特草木香气，再抬头，月亮从云层中慢慢浮了出来。

这里是上海。

入夜之后的东方明珠与浦东江边灯火辉煌的建筑群傲视着游人如织的外滩，而在距离黄浦江几十公里处的南京西路上，总是有一群打扮文艺的青年从话剧院里出来。淮海路上林立着各大品牌的旗舰店，而各种特色小店也深受游人喜爱。

纵横交织的街道上，呼啸而过的汽车和不绝于耳的鸣笛声让整个上海总是显得活力非凡，而最能代表这座城市的，其实只有三个字——开放性。

外滩三号的TOTB餐厅里，一扇玻璃门将餐厅内外分割成了两个世界。

田晓明坐在圆桌边，一盏暖光灯下，他一手托着下巴，一手摇着杯子里的酒。洗手间的门被推开，一位穿着淡青色雪纺衬衫的中年女子缓缓从楼梯上走下来。田晓明起身帮她拉开椅子。

“谢谢。”陈彤敛了敛裙子的下摆，微笑落座。

“陈老师不用客气。”

服务员在陈彤面前的空杯里倒上酒，陈彤伸手示意“可以了”。

田晓明举起手里的杯子，陈彤也礼貌地举杯，碰了上去。

“今天我已经喝得够多了，谢谢田总的招待。”陈彤抽出纸巾擦了擦嘴角。

田晓明的脸也微微有些泛红：“其实，今天约陈老师出来，也是有事相求。”

“哦？请说。”

“是这样的，我们打算冠名一档节目，但是目前来说，除了我们，还有几家国际品牌公司也在竞选冠名的资格。你知道，要说钱，我们肯定比不过他们，如果最后只是比谁出的钱多，我们一点优势也没有，但是如果……陈老师你能为这档节目专门设计一款服装，我想，或许我们的胜算会多几分。”

田晓明故意强调了“国际品牌”几个字，他知道陈彤是明白人。

陈彤淡然一笑，轻轻挥了挥手："我之前和田总说过，我的设计是有限的，不会为了特定的主题去做，也没有私人定制的任何先例，所以，抱歉，我做不了。"

田晓明僵住了，然后哈哈大笑起来："怪我，怪我，是我把陈老师的创作想得太随意了。"

"随意谈不上，这只是原则问题，我之所以不愿意做太多的设计，是希望能够珍惜自己的灵感。就像作家一样，我们很难想象一个作家可以写一辈子，并始终保持着作品质量。当然凡事都有特例，可我知道自己不是天才，我始终相信，灵感会随着时间的推进而消逝。这是小心也是胆怯，我不想有一天被市场淘汰，被人说'江郎才尽'。"

陈彤托着腮，喝下了杯中最后一点酒："实在不好意思。"

田晓明摇头："是我冒昧了，陈老师不要放在心上。陈老师，你看看，还有没有什么想吃的？"

"我晚上一般很少吃东西，田总还有别的事情吗？"

"这家的沙拉很不错，陈老师愿不愿意尝试一下？"

"不用了，如果没有别的事情，我一会儿还有点工作要忙。"

"那我送您。"

"我自己打车就行，我家离这里不远。"

田晓明送陈彤上车之后，轻蔑地笑了笑，一脚踢开了地上的一只易拉罐。陈彤的拒绝早在他意料之内，只是没想到她会拒绝得这么干脆。他一手插进裤袋，阴沉着脸，沿着昏黄灯光下的街道慢慢往前走。

虽然时间不算晚，但街道上并没有太多的人。

“喂，喂……”旁边的酒吧里突然冲出来两个年轻人，其中一个高高瘦瘦的明显喝醉了，旁边穿着衬衫却扯开了领带的胖子用力拍打着他的脸：“喂，不是吧？你才喝了这么一点就醉了，张总还在里面等着你呢！”瘦高个一边摇头一边摆手，突然脚下一滑，扒着墙壁呕吐起来。

胖子露出嫌弃的眼神，从口袋里掏出一张纸巾，擦了擦手，揉成一团后扔在了瘦高个的呕吐物旁边。

“没用的家伙。”

田晓明拐进旁边的便利店，很快走了出来。他慢慢走到瘦高个的面前，递过一瓶热茶。

“啊……”瘦高个视线模糊，伸手接过那瓶热茶，灌入口中，“谢谢啊。”

田晓明向酒吧里望去，一桌人还在咋呼着劝酒。酒吧里的重金属音乐让他也有些眩晕。

田晓明准备离开，瘦高个却一把抓住了他的脚踝，有些狼狈地笑了笑：“能借我几块钱吗？我连坐地铁回家的钱都没了。”

田晓明找出钱包，发现里面只有一张一百块的纸币，他无奈地耸耸肩，蹲下身。瘦高个还没回过神，田晓明就已经将他的一只手搭到了自己肩上。

“啊？你带我去哪儿啊？”

“没零钱了，先去醒醒酒吧。”

田晓明和瘦高个坐在路边的一家奶茶店门口，瘦高个的酒意渐渐被晚风带走了一些。

“谢谢你啊。”瘦高个没精打采地吸干了杯底最后一口奶茶。

“不用谢我，我不过是想到了以前的自己。”

“哦，是吗?”瘦高个伸了个懒腰，扯开了勒得紧紧的领带，“再惨也不会像我这样，上班第一天就被要求陪酒。喝成了，就拿下一百万的生意，喝不了，工作就没了。早上到现在就吃了一盒盒饭，刚才还全吐了。银行卡里的钱都用完了，这份工作再弄丢了，就只能卷起铺盖回老家了。上海啊，真不是随随便便就能待得下来的地方。”

“是啊，上海，可不是随随便便就能待下来的地方。”田晓明将口袋里的零钱都拿了出来，放在了桌上，“这是我身上全部的现金了，都给你吧。”

“喂，我可不是乞丐啊!”

田晓明起身：“在大城市生活的人啊，总是把乞丐看得很低，其实自己又高出了多少呢?”说完便头也不回地走了。

这里是上海。

这里并不是传说中的不夜城，深夜的上海比白天萧索许多，没有多少人在外面游荡，即使是最热闹的几个街区，也只有寥寥几个富二代在“借酒消愁”。

田晓明有段时间很害怕上海的夜晚，那时的他像条无家可归的流浪狗，这么说一点也不夸张。从BUNK出来的那些日子，每次打开灯，看着一片狼藉的家，没有动力，没有目标，也没有人愿意给他机会，似乎所有的公司都将他拉入了黑名单。他想起那样的夜晚，和刚才那个年轻人的感受并无二致。当时的他就对自己说，如果，如果真的有一次翻身的机会，他一定会牢牢抓住，让命运彻底改写。

他需要的，只是那么一次机会。

田晓明坐在沙发上，彻底放松下来，却依旧没有困意，今晚大概又是一个无眠夜了。自从进入杰克斯邦德之后，睡眠似乎成了他最大的敌人。以前在BUNK的时候，他常常累得一躺下就能睡着，可是现在，累与不累似乎对他来说没有什么区别。

他有时候想，如果那时也能像现在这样，是不是就不必……田晓明很快打消了这个念头，现在未必是最差的时候。

他拿起手机给大老板写了一封邮件，确认无误后，点击了发送键。

他起身走到阳台上，看着阑珊的灯火，点了一支烟，轻轻哼起了一支小曲，《恋曲1990》，是他最爱的歌。

小区门口跳广场舞的大妈们已经开始收拾东西准备回家了，王烨走出地铁站，看见卖葱油饼的大叔正在看连续剧，摊位上还有最后两个饼。

“大叔，最后两块饼都卖给我吧。”王烨开始掏零钱。

“好嘞！欸，姑娘，我和你说哦，我们这里也可以用支付宝了。”

“哦？”王烨还没有反应过来。前些日子公司楼下的便利店已经开始推广支付宝扫码支付了，可是王烨一次也没有用过。

“我们也得跟上时代潮流啊。”大叔说着拿出一块印着二维码的牌子，“你扫这里，试试看，以后没带零钱也不怕了。”

王烨觉得大叔很可爱，拿出手机，扫了一下。第一次使用还需要设置密码，但确实很方便。

“现在手机真是神通广大了，以后啊，人民币都没有地方可用了。”大叔一边帮王烨装饼一边笑呵呵地说。

王烨提着葱油饼打开家门，Shadow 正裹着头发、敷着面膜，对着电脑打字。王烨把葱油饼拎到 Shadow 面前：“什么时候变成拼命三郎了？”

“还不是为了那个《反谈奇兵》？”Shadow 完全不理会桌上的葱油饼，换作平时，她早就狼吞虎咽地吃起来了。

王烨去厨房倒了一杯白开水，靠着门对 Shadow 说：“哦？看来这次确实是大动作啊。”

“是啊，你知道这档节目到时候会由谁来主持吗？”

“谁啊？”其实王烨一点兴趣也没有，只是迎合 Shadow 问一句。

“马晓康和陈子栋。哎呀，说了你肯定也没兴趣，但是我和你说，这次能请到马晓康真是花了大价钱，所以我觉得这节目一定能火。”

“哦。”王烨放下杯子，坐到沙发上，“我下个星期开始就不用去山东出差了。”

“是吗？你和小倪总闹矛盾啦？”

“和倪赟有什么关系？我下午接到通知，调换工厂了。接下来我负责常州的工厂，出差当天就可以回来。”王烨解释道。

Shadow终于稍稍空闲下来，拿起葱油饼，咬了一口，将椅子转向王烨，没接她的话茬：“王烨，你和我说实话，你到底对小倪总有没有意思啦？”

王烨低头想了想：“说实话，我自己也不知道。”

“我觉得小倪总挺不错的，至少对你挺好的，我看得出来。哎，算了，我不和你说了，你自己好好把握吧，我也想尽快开始一段新的恋情了，你赶紧多帮我祈祷一下，听到没？”

王烨被Shadow逗笑了：“这种事情祈祷有什么用？你还不如多去参加几个party，多认识几个人。”

“说得也是。好了，我不和你聊了，今晚不把这份策划书做完，我就别想睡了。”说着Shadow又转向了电脑。

“Shadow，竞拍会是哪一天？”

“下个星期五。怎么了？”

“没什么。”王烨本想告诉Shadow，那天郭靖应该会去，但想了想还是没说出口。这种事情Shadow又怎么会不知道呢？

“哦。”Shadow瞬间回到了工作状态，直直地盯着屏幕，一边对照笔记本认真核对着什么。

王烨打算起身去洗澡，手机突然响了一下。亮起的屏幕上有一条信息：我明早八点左右到。

她想起下午在办公室接到的那通电话，知道有些事情，逃避总归是没有用的。一时间她有些出神，想起几年前的那个雨天。那天她站在雨中，对自己说，没什么好怕的，忍忍就过去了，反正下雨天就算流泪也没人能看见。大家都飞快地离开了操场，只有她还保持着平常的步调慢慢走着。操场上很快就只剩下她一个人了，从高处看，就像是游离在集合之外的一个小点。

没什么好怕的。

就像当时她对自己说的那样，忍忍就过去了。

五

早晨的上海火车站总是人满为患，旅客们提着大包小包从安检口出来，入秋之后的上海总是随处可见片片金黄的梧桐叶。

王烨站在出站口不远处的一棵树下，距离八点还有几分钟。她直直地盯着出站口，害怕不能在第一时间认出对方。五年？六年？这么多年不见，不知道他是不是还时常穿着那件蓝色棉布衬衫，是胖了还是瘦了？

这时，她看到了那个熟悉的身影，在流动的人群中若隐若现。她并没有想象中那么冷静，不由自主地向前走了几步，但始终没有挥手。对方也很快就看见了她，面带笑容地走了过来。

火车站旁边的肯德基里，二人好不容易找到了一张空出的桌子，男人从口袋里拿出一包烟，立马被王烨制止：“这儿不能抽烟。”他不好意思地笑了笑，将烟收了回去。

“丫头真是越来越好看了，我差点没认出你来。”

王烨没说话，其实早上出门的时候，她特意没有化妆，随意穿上两件衣服就出了门。

男人叹了口气：“这么久不见了，你就没啥话要和我说？”

“说实话，真的没有什么要说的，要说的话当年早说完了。”

男人的面色有些发黄，大概是长期抽烟的缘故，瘦削的脸庞和当年倒没有太大差别。

“其实我也不想来打扰你的。确实是想你了，这次来看你，我没有别的意思，只是正巧路过上海要办点事，办完我就走了。”

“哦。”王烨双手捧着饮料，语气中没有任何温度。

“我知道这么多年来你一直恨我。其实这些年来，我想通了很多事，我也恨我自己。你妈妈要是还在……”

“我不想从你嘴里听到我妈的名字，那年她人刚走没多久，她费尽心力想要维护的工厂，被你说卖就卖掉了，那笔钱也不知道进了谁的口袋，我没办法接受这么无情的父亲。”王烨恶狠狠地吐出这句话，语气把自己都吓了一跳，她冷静下来，“你来看我怕是有别的目的吧？”

“我真不是来问你要钱的，爸爸知道这些年亏待你了，打算好好补偿你。当年卖掉工厂后拿到的那笔钱虽然剩得不多了，我还是打算给你在老家买套房，这样你以后要是想回来……”

“我不会回去了。”王烨说得很绝决，她早已做了决定，“去年我生日的时候，回去看过一次妈，那时候我就决定不再回去了，那笔钱我一分一毫都不会用。”

男人不再说话，气氛顿时安静得有些尴尬。对于父亲，王烨总是带着复杂的情绪。最后她开口了：“我很满意现在的生活，虽然累一点，辛苦一点，但我已经习惯了。”

“好，我知道了。”男人有些泄气，不过这也是他早就预料到的结果，“上海这么大，很容易迷路吧？”他没来由地问了句。

“对于没有方向感的人来说，在哪里都会迷路。”

男人最终还是笑了，大概是看到王烨自始至终都没有改变，他反而放下心来。

“听说你现在在一家外资企业，挺好的，只是没想到，你最后居然选择了你母亲曾经从事的行业。”

“你想不到的太多了。”

杯里的茶见底了，王烨的手机亮了一次又一次。餐厅里走了一拨人，又来了一拨新的，好些人站在一边等空位。

“这里人挺多的。你是不是特别忙？要不然，你去忙你的吧，”父亲看了看旁边等座的人，“我也没啥事。”

王烨其实没有着急的事情，但此刻她真是一秒也不愿多停留。

“我结婚了。去年三月结的。”父亲起身的时候突然说，“本来打算跟你说一声，但是想了想，还是没说。我知道你不会来，也没想让你祝福我。”

王烨低头沉默，不知道该说什么好。父亲提起沉重的行李：“你回去吧，我也要去办事，办完就走了。总之，你自己加油。”

父亲说走就走，和多年前一样，没有多余的情绪，也没有过多的交代。王烨看着父亲的背影，这场父女重逢比她预料的还要糟糕。那个雨天，他也是这样站在校门口，说他要走了，没有和王烨说自己要去哪儿，也没有别的叮嘱。她以为她早就习惯了，可是真正到了这个时候，她还是有一丝难过。

王烨走出肯德基，吐了口气，感觉肩膀终于松懈了下来，抬头望，天朗气清，好像根本不值得为任何事惆怅难过。朋友里，找不到几个可以互诉衷肠的人，她想到自己还欠着厉如花一顿饭，正好可以顺道喝杯酒，听她唠叨几句，不为别的，只为此刻头顶的云淡风轻。

威宁路的怀石料理店内，王烨将两小杯清酒一饮而尽，厉如花夹起寿司，迟迟未送入口中，她一眼就看出了王烨有心事。

“Kelly，你别怪我多嘴，其实我还真不懂，你干吗要出手相助一家半死不活的工厂？”

“是不是连你也觉得我被工厂灌了迷魂汤，或者是有什么私相授受的勾当？”

厉如花终于还是把那块寿司咽了下去：“Kelly，别人我不说，和你共事这么久，你那倔脾气我还不知道吗？连最简单的相互利用你都不屑，还谈什么私相授受？我一直想不通你这抱薪救火到底有没有必要？”

为什么要救下杜尚瑞呢？王烨自己都道不出一个所以然来。有些事情说来话长，便觉得不如不说。

厉如花眨巴着眼睛，看着王烨，王烨夹起一片刺身，想了想，才缓缓开口道："曾经有一个女人开了一家服装工厂，独自管理着三百来号人。说夸张一点，他们的交情算出生入死了吧，大家都把命都交到了她的手上。这个女人精明、能干，将所有的时间和精力倾注在这家工厂上，工厂的生意确实蒸蒸日上。在那个年代，她一直相信，只要努力，手工业就没有日薄西山的那天。他们做着本土的服装品牌，再批发到沿海城市经销，可是她根本想不到，有一天大家都崇洋媚外起来，开始摒弃本土品牌，对新潮的舶来品竞相追捧。市场风向变得太快，一夜之间，她用尽手上所有人脉，也没能力挽狂澜。三百来号人纷纷下岗，在背后说她闲话，她还一直死撑。家人都劝她收手，她偏要孤注一掷，能怎么办呢？最后还是无力回天，从这个世界上消失了。"

王烨顿了顿，接着说："那个女人，就是我妈。"

服务员打碎了一只陶瓷碗，碎片溅到厉如花脚边，她才回过神来。

"你问我为什么要帮杜尚瑞，可能是因为我想帮这一类人。那个时候我不明白，为什么会有人像我妈那样，奋不顾身地投入工作，无视家人和生活？后来我才发现，原来大多数人都是像她那样的，但如果她还在，我特别想告诉她，有时候真的不必将身家性命都豁出去工作。"

“我想，我大概能懂她。”厉如花给自己倒了一杯酒，“那时候，我在日本的纺织厂，说实话，生活暗无天日，有时候为了省钱，只能去烧鸭店买剃光肉剩下来的鸭架。上海人嘛，说好听些——节俭，能自己做饭肯定不在外面吃。但就是在那个时候，教我做工的师父和我说，女人千万不能委曲求全。

“那位师父教会了我使用缝纫机，她是个日本女人。你也知道，很多日本女人结婚之后，都会成为全职的家庭主妇，放弃事业，安分守己地照顾老公，但我这位师父是个例外，她结婚之后还在拼命工作，连孩子也不想要。身边不少人说她，但她就像没事人一样，因为她比老公赚得多，老公也一句指责的话都说不出。

“那会儿我急着回国拼事业，学习特别用心，所以和她走得近。当她得知我每天那么省吃俭用时，立马带我去了银座一家非常贵的餐厅，让我把赚的钱都花掉。一开始我是拒绝的，心想，那可是我平时省吃俭用攒下来的。师父非常严厉地对我说，如果一个女人不懂得孤注一掷去做一件事，这辈子就算是毁了。花钱得和赚钱一样拼命，人生才不会荒废。”

王烨听着厉如花忆苦思甜，有些感慨。

“现在想想，真是多亏师父拉了我一把，我才发现这个世界真是如她所说的那样。别说女人，多少男人也一样，不是输在了起跑线上，而是输在了不敢赌上。所以，我想我特别理解你妈妈，女人首先要会经营自己，才懂得经营人生，你说是吧？”

厉如花向王烨举杯，一口饮尽了杯中酒：“你今天和我讲了这么多，我突然更懂你了。旁人觉得你拧巴，我觉得你是透彻。这杯敬你，谢谢你，对我毫不设防。我 Linda 就当你是妹妹，以后你有什么需要我帮忙的尽管直说，只要我帮得上，一定不推脱。”

王烨被厉如花认真的样子逗笑了，她从未和任何人袒露过自己的心声，这些往事随着时间的推移在王烨心中渐渐变轻变淡，但当她和盘托出的时候，心里却轻松了很多。

王烨和厉如花从饭店出来，走上附近的天桥，看着流光溢彩的街道，厉如花突然停下了脚步。

“我在上海生活了几十年，说实话，也是近几年才慢慢看清楚了这个城市。”厉如花放眼望去，来来往往的车辆像泉水一样在天桥下涌动不息，远处时常传来地铁呼啸而过的声响，“你看哦，在这个城市，有的人乘公交，有的人乘地铁，有的人永远只会打车，还有的人从买车之后双脚就不再沾地，其实光是从交通工具，就能看出人和人的差别了。”

“我倒觉得，这不过是方式不同。其实只要抵达的目的地相同，方式就不分高低贵贱了。唯一的差别，只是抵达的时间。所以说起来，还是看一个人对时间在不在乎，至于工具是次要的。”

厉如花朝王烨微微一笑，竖起大拇指：“Kelly，不怕和你说，之前我在林丹面前慷慨激昂，说来到 BUNK 不是为了赚钱，是害怕被时代淘汰，这话就连我自己也不敢全信。说怕被时代淘汰是真，我这个岁数了，不比你们年轻人，没遇上好时代，很多东西错过了。很多人觉得，上海人嘛，家里有房，当包租婆就好了，不愁吃不愁穿。其实不是的，上海人也分三六九等。像我住青浦，早些年啊，那里就是上海人眼中的农村，现在估计也差不了多少。那时候家里只有我和弟弟两个孩子，我妈不疼我，女儿嘛，没办法。我妈供我弟弟去上学，念高中，读大学，我呢，就被送去纺织厂当工人。那时候我也是赌气，就想无论如何得多赚点钱，让我妈有那么一丝后悔。所以当工厂有去日本学习的机会时，我无论如何也要争取。世事难料，几年后，我弟弟从交大毕业找不到工作，全靠我在日本当女工寄钱维持家里生计。讽刺吧？我觉得做女人难，难在一开始就不被平等对待，但是这世道，钱能改变很多东西，包括别人对你的看法，虽然很庸俗，但我喜欢这样的庸俗。”

厉如花握住王烨的手：“当你觉得不容易的时候，就想想天桥上我和你说的这番话。”

王烨点了点头。

六

上海陆家嘴附近的商会中心里，各界人士西装革履地走进昏暗硕大的会场，聚光灯落在大屏幕上，出现了“《反谈奇兵》冠名竞拍”几个大字。一辆灰色的凯迪拉克停在了会场门口，车门打开，身穿雪白轻纱连衣裙的于飞虹，跟在身着藏青色西装的郭靖后面走了进来。

世界变了，没有人预料到，2015 年末，互联网和大数据成了中国资本市场研究的重心，传统媒体受到了极大冲击。互联网可以赚钱吗？可以。五年前，互联网套现的主要渠道是开网店，只要将商品放到互联网上，以最快捷便利的方式让顾客买到，钱就会滚滚而来。可是现在，娱乐消费成了互联网消费的主流。谁能想到，一档互联网脱口秀节目竟可以引来如此多的资本关注，到底是什么在带动资本流动?

“宣传片准备好了吗？嘉宾名单有没有确认过？”Shadow戴着耳机，和玻璃窗外的工作人员沟通着，“那行，舞台左边的聚光灯再调一下，还有嘉宾的礼盒再确认一下数目。”

Shadow取下耳机，吐了一口气，从凌晨五点到现在，她连一口水都来不及喝。虽然之前曼果也做过大大小小各种品牌宣传，这次却和往常不同。换作平时，领导根本不会让四五个老员工一起跟进同一个项目，但这次连领导本人都亲自在现场跟进了，公司对这次活动的重视程度可见一斑。

Shadow从玻璃窗望出去，正好看见郭靖挽着于飞虹的手入场，此刻的自己灰头土脸。这种场合能不见就不见吧，她心想。不料郭靖抬头撞上了她的目光。Shadow立马蹲下，探头窥视，却发现郭靖已经不在了。

“Shadow，你在做什么？”领导和助理正站在她身后。

“啊，没什么，我笔掉在地上了。”

“别磨蹭了，我们可没有多余的时间，竞拍在一个小时后开始。”

田晓明正在伏案打字，他抬头看了看墙上的钟，距离竞拍开始还有一个小时。他早就如坐针毡了，但是在大老板给出回复之前，他只能若无其事地照常工作。他的食指跟着分针行走的节奏敲打着办公桌。

“时间差不多了。”他心想。

大老板猛地推开门，冲着田晓明喊道：“老田！你……你过来！”

田晓明抄起手机，随大老板走进办公室。大老板把门关上，将电脑转向田晓明，说：“你这股份抵押是什么意思？”

田晓明不慌不忙地解释道：“我想了想，公司年初刚好给我分了一部分股份，我觉得可以抵押给公司，然后用这笔钱来参加此次竞拍，风险都担在我身上，这样老板您也就可以放心了。”

“你知不知道，公司不轻易给人分股份的？”

“我知道，正是因为知道，所以才觉得自己没能力承担这部分股份。”

大老板摸着下巴，不知道说什么好，他深吸了一口气，说：“你铁了心了？”

“铁了心了。”

“唉……”大老板无奈地叹气，“1.6亿，说多不多，说少不少，公司也不是缺了这笔钱就不能运转了，既然你觉得这个险值得去冒，那就放手去做吧。”

“如果老板担心最后效果不好，我的股份就还给您。”

“罢了罢了，你去吧，既然决心已定，就把项目拿下来！”

田晓明瞟了一下墙上的钟，距离开场，还有40分钟。

郭靖带着于飞虹和现场的几个熟人寒暄之后，便坐了下来。于飞虹四下张望，好像在找谁，却似乎没有看到想找的人，接着她注意到了坐在右前方第三排的倪向东。于飞虹示意郭靖朝那边看，微微皱起了眉，低声说："倪总怎么也……？"

"我过去打个招呼。"

郭靖起身向倪向东走去，倪向东见他过来，起身问好。倪赟从洗手间出来，正好瞧见郭靖在和父亲打招呼，于是快步上前。

"郭总好。"倪向东向郭靖握手问好。

"倪总也有兴致过来？"郭靖露出一丝微笑，于飞虹走了过来。

"不好意思，没想到在这里碰见郭总。"倪赟笑呵呵地说。

"打虎亲兄弟，上阵父子兵。我没想到大小倪总都对这次冠名竞拍感兴趣。"

"郭总别取笑了，我这老头子不过是来凑凑热闹。"

主持人已经站上了舞台，三块LED屏幕上同时亮起了几个大字"反谈奇兵"。

"各位女士，各位先生，以及到场的全部嘉宾，我们的活动马上就要开始了。"

不远处的帘幕拉开，田晓明和秘书赶到了。田晓明理了理衬衫的领子，从容地走了进去。

于飞虹看到田晓明进场，有些忐忑，立马收回了目光。

竞拍很快就开始了，概念宣传片已放了好几次，对于《反谈奇兵》，主持人不用再做过多的介绍。竞拍底价是1000万元，第二排的光照乳业代表最先举牌。

“2000万，目前的出价是2000万，这边的先生举牌了，黑剑饮品给到了4000万。”

“5000万……”

“8000万……”

一直按兵不动的郭靖终于举起了牌子：“9000万。”

主持人提高了音量：“9000万！”他望向郭靖，“BUNK服装出9000万！”

“1亿。”田晓明轻轻举起牌子，朝郭靖挑衅地望了一眼。

“1亿?!”在场的所有人都炸开了锅，居然有人把一档互联网节目的冠名价格抬到了1亿。

连年亏损的国产服饰品牌杰克斯邦德竟给出了1亿的报价。

他们都觉得田晓明疯了。

“1.1亿。”郭靖对于飞虹耳语，示意于飞虹举牌。

“郭总……”

郭靖确实想不到，他原本的估价至多8000万，不料劲敌故意抬高了价格。

“举牌，快。”郭靖着急了。

于飞虹只好举牌。“1.1亿！ BUNK服装出1.1亿！”

“1.4亿。”

“这……”倪赟朝父亲望去，倪向东毫无表情，“这也太夸张了吧。”他撵了撵额前的刘海，感叹道。

“杰克斯邦德出1.4亿！ 1.4亿一次，1.4亿两次……”

“1.5亿。”

“1.5亿?!”在场的其他企业已无力与BUNK抗衡，只有目瞪口呆地看着。

“1.6亿！”田晓明站了起来，全场人的目光都锁定在了这个姗姗来迟的中年人身上。

田晓明知道，他会赢，他必须赢。郭靖似乎再没有让于飞虹抬价的意思了。整个会场安静极了，大家都屏气凝神，等待主持人的木槌落下。

田晓明笑了，笑得很坦然，他缓缓坐下，手表的指针“嗒嗒”走着。不远处，一个身穿中山装的中年人突然站了起来，轻轻抬了抬手。

“2亿。”

中年人语气轻缓，话却掷地有声。

最先反应过来的是倪赟：“爸……你……”

倪向东并没有做出解释。

主持人回过神来：“2亿？这位先生，您刚刚说的是2亿吗？”

“没错，我说的是2亿。”

田晓明朝倪向东看去，表情变得非常难看，目光中带着不解和愤怒。郭靖轻轻起身，离开了现场。

“郭总……”

田晓明望向于飞虹，她露出了无能为力的神色。

“2亿一次，2亿两次，2亿三次！”主持人一锤定音，LED屏幕上立刻出现了“德费集团2亿竞拍《反谈奇兵》冠名权”的字样。

田晓明咬牙切齿地往场外走去，秘书急忙跟上：“欸，田总，等等我。”

会场后面的花园内。

Shadow从洗手间里出来，看见两个新来的同事正在一边抽烟聊天，她有些生气地走过去，两个同事赶紧把烟掐掉。Shadow皱着眉：“竞拍结束了，你们还不进去收拾东西，在这里偷懒，小心我告诉你们领导。”两个同事对视一眼，低声道：“知道了，Shadow姐。”

眼看两人走远，Shadow也打算去后台收拾东西，刚一转身，便看见了站在不远处望着她的郭靖。

“郭……郭靖。”

郭靖缓缓走来，笑了笑：“你在躲我？”

“我……我躲你干吗？”刚刚还很嚣张的Shadow在郭靖面前立马气焰全无。

“没躲着就好，一直想找个时间和你好好聊聊，但你似乎从来不回我信息。”

“我想，该聊的都聊过了吧？”Shadow始终不敢望向郭靖。

“如果你真的这么认为的话。”郭靖顿了顿，一片树叶落在了Shadow头上，他伸手帮她摘掉，然后说，“你越不在乎一件东西，越能直视它。”Shadow心头微微一震。

郭靖从Shadow身边走过，看着他离开的背影，她有种莫名的感觉，自己好像已经没有那么恨他了。

倪赟跟在父亲后面，走进了停车场。

上车后，倪赟还是忍不住问道："爸，到底是怎么回事？"

"我会以 1.5 亿的价格将冠名权转让给 BUNK，这是我当时对郭总的承诺。"

"对郭总的承诺？"

"我将菲律宾工厂的份额给了杰克斯邦德，当天 BUNK 就打电话来问我情况。你知道，我们必须依靠品牌，但品牌也有主次之分。杰克斯邦德的订单虽好，但如果 BUNK 因此撤出，我们工厂就完了。所以我答应郭总，不管最终情况如何，今天我都会帮他把冠名权拍下，这就是我和他的约定。"

"爸……"倪赟第一次感受到了管理者的无奈，他想象不出这几十年来，父亲是怎么做到今天这个地步的。

倪向东摇起了车窗，迅速开出了地下车库，黑漆漆的车窗后，谁也看不见他的脸色。

只有我自己

一

“你看这周的《反谈奇兵》了吗？”

这几乎是每周一办公室里必定会讨论的话题。

这档网络脱口秀综艺节目，两位主持人马晓康的睿智和陈子栋的幽默吸引了一大批年轻人，每期讨论的话题更是剑走偏锋，犀利直白，两人唇枪舌剑，难分伯仲，各自带领着一支团队，你方唱罢我登场，展开一场场激烈辩论。

与此同时，BUNK的副线品牌JFC借这档节目大火了一把。嘉宾们每期节目都穿着JFC的新款服装，此外还有连续三期的广告和主持人口头宣传。一开始公司还担心成本，只在网上试销售，然而不到十分钟，JFC的新款就被抢购一空，几乎与陈彤设计款上市时的势头旗鼓相当。总算扳回一局，公司上下又重新振作了起来。

借此机会，于飞虹向总部提出尽快在南京路开店的想法。最终选址南京西路地铁口附近的吴江路尽头，因为面积小，店铺几乎没有花费太多时间装修。开业当天，店铺里人山人海，商品供不应求，好多顾客都没买到想要的商品，扫兴而归。

于飞虹查看了JFC门店最近一周的销量，满意地将报表发到了公司高层领导的邮箱里，总部很快下达了货品加量的指令，可于飞虹却有了异议。

“我觉得饥饿营销比较好，目前供不应求正说明商品稀缺，更容易引起顾客的兴趣，过早加大库存量，可能会适得其反。”

于飞虹站在郭靖的办公室里，义正词严地说着自己的想法。

“那你认为什么时候才能加大库存呢？”

“到达销售峰值的时候，一旦销量达到峰值，我们就可以放宽库存了。”

郭靖迟疑了一下：“为什么？”

“其实，我是参考了苹果公司产品的销售曲线。”于飞虹承认。

“那你知道JFC和苹果有什么不同吗？”郭靖直视于飞虹，希望她能够意识到自己的问题。

“领域不同，价格不同，受众不同。”于飞虹回答得相当自信。

“不，最关键的一点是，依赖性不同。”

“依赖性？”

郭靖从座位上起身，将手中的iPhone扣在桌上：“iPhone最大的优势就在于，用户一旦使用过后，就不愿意再去用别的手机。所以，依赖性才是关键，一旦用户养成了这种依赖性，即使你放宽库存，销量也不会有太大的浮动，大家不会因为它的泛滥而停止使用。但是JFC不同，目前只是依靠曝光度增加了品牌服装的购买量，但节目总有停播的时候，达到销售峰值的时期并不是放宽库存的最佳时期。”

“那……”

“饥饿营销只是手段，我们的最终目的是增加销售量和营业额，所以，目前是否增加库存不是你最该考虑的问题，如何增加曝光度并形成长期品牌效应，才是你应该思考的。”

于飞虹顿觉醍醐灌顶。确实，自己被一路猛涨的销量冲昏了头，忘记了继续加大宣传和营销力度才是最关键的。

“我知道了。抱歉，我考虑问题始终不太周全。”

“还有另一件事……”郭靖将JFC新一季的设计稿扔在了桌上，“东京那边刚刚把最新一季的设计稿退了回来，总部希望我们保持目前热度的同时，能够有所突破。现在我们在《反谈奇兵》里展示的每一款衣服都必须吸引眼球，这样才能在节目里随时插播产品广告。千篇一律的商品不会成为大众追逐的对象。”

“设计稿真的全军覆没？”

“据我所知，是这样。”郭靖挑眉看了于飞虹一眼，“距离下一期节目播出还有两周，样衣设计必须在下周完成，你自己把握好时间。”

“明白。”

“顺便和你说一下，我向总部申请在BUNK旗舰店一层开设JFC专柜的提案通过了，机会难得，一定不要让高层失望。公司需要这个品牌一炮打响，你懂的。”

离开郭靖的办公室后，于飞虹深深地叹了一口气。其实设计稿没有通过，她早有心理准备。那个叫 Mary 的设计师其实根本没摸清 JFC 的定位和风格，她去年为 BUNK 设计了一件爆款，立马连升两级，调来 JFC 时一副心高气傲的样子。不把自己的位置摆正，是怎么也设计不出好东西的。

更让于飞虹觉得沮丧的，其实是人员安排，BUNK 是集团的主线品牌，所以不管是设计师还是其他人员，都始终以 BUNK 为先。集团只拨给了 JFC 很少的人，但于飞虹当然不可能去问郭靖要人。东西不好，上面怪罪下来，只能怪她这个 CEO 把控不够，审美不好，还能有什么别的理由呢？

于飞虹好不容易坐了下来，一整天连喝杯水的时间都没有，这样的状态其实已经持续很长一段时间了。偌大一家上市公司，能干事的人却屈指可数，多数人在格子间里混日子，缴足社保，结婚，买房，就算在上海安定下来了，像她这样有自己的家庭，还愿意在公司奋斗的女人，整个集团还不到十个。而 Mary 这样的女孩子，年轻气盛，又有留洋经历，若是你真对她的设计指指点点，她反倒会怀疑你审美有问题。这些设计师自以为是，始终觉得公司如果没有了他们，所有工作都是白费力气。

于飞虹又仔仔细细看了一遍 Mary 的设计稿，相较于市场上卖得比较好的款式，Mary 的设计真的有些落伍了。于飞虹想了想，拿着设计稿走了出去。

于飞虹找到Mary的时候，她正用小拇指蘸着蛋糕上的奶油一边舔一边和周围的几个同事说笑，换作其他领导，可能早就当场发作了，但于飞虹只是站在一旁轻咳了两声。几个年轻的设计师立马收了声，回到了各自的办公桌前。

Mary笑眯眯地问于飞虹："于总，找我有事？刚刚我在楼下排队买的千层慕斯，您要不要来一块？"

"先不用了，你看看这个吧。"于飞虹说着将设计稿摊在桌上，原本还在笑的Mary一下子僵住了。她翻着设计稿，看到右上角印着的"Drop"（未通过）字样，笑容彻底消失了，她望着于飞虹："全部都被毙掉了？"

于飞虹点点头："不仅如此，总部还要求下周必须出一版新的设计稿并送去打样，新款样衣必须出现在下一期的《反谈奇兵》上。"

Mary轻笑："怎么可能？"

"这我回答不了你。"于飞虹靠近Mary，压低声音，"我只知道，如果没有完成，你申请的那个国际设计奖就拿不到东京总部的签字了，你会失去参选资格。"

"怎么能这样？！"Mary冲于飞虹大喊一声，引得周围人纷纷扭头。于飞虹极其淡定："这个问题，我同样也回答不了。"

林丹核对完了这个月的货运列表，确认商品不会出现延迟交付后，走出了办公室。她本打算取下挂在衣柜里的衣服，下班回家，却听到样衣间里传来一阵抱怨，还夹杂着于飞虹的名字，不觉凑近了一些。透过门缝，林丹看见Mary正生气地摔着尺子，旁边的小姑娘连忙安慰她“算了”。来来去去，林丹大致听明白了，心里窃喜这样的好机会落在了自己手上。她回到办公室，打开电脑，微微一笑。

林丹拿起电话，想了想，还是拨了过去。电话很快就接通了，还是那个熟悉的声音。

“帮我个忙？”

“对我有什么好处？”电话那头的声音低沉，带着几分玩味。

“没有好处的事，我不会找你。”

转眼入了夜，办公区里只剩下零零散散的几个人，林丹走到Mary的办公桌旁，轻轻叩了叩她的桌子。Mary将视线从电脑屏幕上移开，狐疑地望着林丹。林丹浅浅一笑：“还在忙呢？”

Mary轻哼了一声，心想林丹是不是从哪里听到了风声，打算奚落她：“对啊，怎么丹姐今天有空来找我闲聊？”

“闲聊我没有时间，不过今天收拾办公室的时候，碰巧翻出了一本东西，或许对你来说有用。”

林丹从背后拿出一个文件夹，放在Mary桌上。

“什么东西？”

Mary打开文件夹，里面是成套的设计图，她仔细一看，发现了端倪。她合上文件夹，四下环顾，眯起眼睛看着林丹：“你……你什么意思？”

“你是聪明人，别和我装糊涂。”

“可你这是在害我。”Mary压低了声音，冲林丹吼道。

“害你还是帮你，不都取决于你自己？”“如果……”林丹凑到Mary耳旁，轻声说了些什么，只见Mary的眼神从惊讶变成忐忑，最后又带着几分妥协，她还是忍不住问了一句：“真的可以吗？”

“东西我原本打算扔掉的，你要是不用，就自行处理吧。反正该说的，我都说了，看你自己的决定了。”

二

王烨站在流水线旁边，始终眉头紧锁，一旁的李双辉已紧张得一手是汗。

他面带微笑陪在王烨身边，却始终不敢说一句话。知道她要来工厂查看情况，李双辉提前一天动员全体工人把工厂整顿了一遍，按道理说应该不会有太大的问题，至少表面上不会有什么。但看着王烨的表情，情况似乎不妙。

“我们的员工都非常卖力，说实话，别看我们厂小，其实产量真的一点也不低。”李双辉凑上来解释道。

“所以你们生产、熨烫和打包都在一个车间？”王烨终于提出了疑问。

“王小姐，我们厂比较小，为了加大产量进行了整合，让最小的空间得到最大的利用，只能这样了。”

“不行，”王烨叹了口气，“这样肯定不行。”

王烨走到打包处，所有的工人都停下了手里的活儿。“不用停，你们继续。”她说。李双辉微微点头，表示应允，工人们才继续工作。

王烨从打包好的商品里抽出了两三包，发现各色各码杂乱无章，又回到熨烫加工处，熨烫工将衣服烫平就直接送往下一道工序，连烘干的过程也没有。

“如果遇到梅雨天，在这样的湿度下直接包装运到海外，衣服多半会发霉。”

“这……”李双辉面露尴尬，“我们会多注意的。”

王烨摇了摇头，走到车间尽头，朝所有人拍了拍手：“大家暂停一下。”

工人们停下了手里的活儿，目光聚集到王烨身上。

“抱歉，我不是故意打断大家的，但是我必须和大家说实话，以现在这样的状况经营下去，别说BUNK，就是一些国产小品牌，也很难和杜尚瑞合作下去。”王烨丝毫不留情面，让站在一旁的李双辉很难堪，他赔着笑，试图掩饰此刻的尴尬。

王烨接着说：“我既然选择了接手，那就必须先让大家知道问题所在。”她看向李双辉，李双辉伸手示意，对王烨说：“王小姐，您说就是。”

“我知道产量对于一家工厂的重要性，但光靠产量是绝对无法抓住甲方的。其实扩大规模绝对不是一家工厂成功的必要条件。同样，一家企业再大，如果永远忽视细节，那必然也不会成功。接下来的一周，我可能会让大家有些不舒服，但我希望大家明白，这一周的不舒服，会彻底改变你们未来的处境。”

半小时后，王烨将手机递到李双辉的面前：“这是另一家工厂的车间。”

李双辉接过手机，左右滑动了一下，照片里的车间和自己工厂的车间相比，确实整洁有序得多，他点点头：“我会好好参考的。”

“不，不是要你参考，杜尚瑞必须和它一样。”

“和它一样？”

“没错，不仅如此，所有的工人都要重新分组。刚才在车间的时候，打包工似乎并不熟悉打包流程，熨烫工的手法也不正确，稍稍有点经验的大概只有缝纫工了，但他们既不戴手套，也没有物品管理的概念，手机之类的私人物品随处乱放，这可不行。”

李双辉听得头都大了：“可……这是个大工程，一时半会儿不一定能完成。”

“我知道。所以，我给你一周时间。”

“一周？”

王烨挑了挑眉：“我为你们争取到了JFC的单子，这是你们唯一的机会。这次的款式都会在节目中亮相，可能马上就要投入批量生产，不整顿好车间，就没有生产的可能性，你还觉得一周太短吗？”

飞机上的乘客已经走光了，两位空姐一阵嘀咕，还是推了推睡得正香的倪赟。

“嗯？”倪赟伸手扶住额头，被舷窗外刺眼的阳光晃得有点懵。

“不好意思先生，飞机已经落地了，请您带好个人物品，尽快从登机门下飞机。”

“哦。”倪赟看了看手表，缓缓起身，打开行李架准备拿自己的包，却发现行李架上空空如也。“我的包呢？”

“先生，请问有什么问题吗？”

倪赟指着空荡荡的行李架，有些愠怒：“我的包呢？头等舱我记得只有两个人坐，你们连乘客的行李都保管不好？”

“这……”两位空姐面面相觑，其中高挑的一位开了口：“不好意思先生，我们立刻帮您调查，请您先到机场内稍做等待，我们查实后会立马通知您。”

“不用了。”倪赟吐了口气，掏出手机，走出了机舱：“黎叔，赶紧帮我补办一下身份证和护照，加急，最近随时可能去菲律宾，别耽误事儿，还有，你让英秘书帮我查一下 JFC 之前使用的面料厂商，最好弄到一张联系表，查下他们的交易价。对了，下次别帮我订这家航空公司的机票了，空姐全长得像空少……”

两个空姐脸上红一阵儿白一阵儿，不知道该说什么好。

自从担任菲律宾新工厂的执行董事之后，倪赟三天两头就要坐飞机，吃不好睡不好不说，最主要的是大部分时间都浪费在了交通上。倪赟原本想向父亲申请，让英西文来帮自己，承担一部分助理的工作，但 BUNK 突然要加大对国内工厂的订单投放量，父亲不敢随便放人。

虽然倪赟现在负责的订单相对于德鲁订单的总数而言只是极小的一部分，但没有得力助手也很令他头疼。

倪赟好不容易走到了车库，才想起车钥匙也在丢失的包里。他咂了咂嘴，又看了一眼手表，半个小时后的JFC春季商品研讨会可不会因为他的迟到而推迟。这时一个穿西装的男人正准备打开车门，倪赟灵光一动，叫住了他。

“欸，兄弟，载我去趟南京路吧，我给你1000块钱车费。”

“1000块？”那人以为倪赟是个疯子。

“对，1000块，我现在就手机转账给你，只有一个要求，半个小时内赶到，OK？”

那人傻傻地望着倪赟，点了点头：“我……试试。”

写字楼19层，BUNK公司走廊的屏幕上正在播放JFC新款产品的宣传片，其中几位负责人对今年主打的三款设计进行解说：“我们将采用东京松丽刚刚研发的最新面料——YOGA air（瑜伽空气），之所以将其命名为YOGA air，是因为这款面料贴身穿会非常舒服，就像练瑜伽的时候，身体轻飘飘的感觉。我们也签下了巴黎时装周上表现最亮眼的设计师Rech，由她设计这三款服装。相信它们会是2016年春季的爆款商品。”

于飞虹听着解说，露出了满意的微笑，她正端着咖啡朝办公室走去，旁边的电梯门突然开了，倪赟匆忙奔出，正好撞在于飞虹身上。

“倪总？”于飞虹先认出了冒失的倪赟。

"于总，正好，我有要紧事找你！"

"找我？"

于飞虹特地没有去一楼的星巴克，而是挑了三楼转角处的一家意大利咖啡厅。这是她常常一个人来的地方，咖啡厅顾客稀少，与一门之隔的喧嚣商场有着天壤之别。对于飞虹来说，这样的地方最适合谈重要的事情。她让服务员端上来两杯招牌咖啡，倪赟整个人也放松下来，解开领口的纽扣，吸了口气，说："于总，我想你大概也能猜到，我来找你是为了什么事。"

于飞虹笑得很随和，言语却格外谨慎："倪总要找我说的事，我能不能帮到忙，或许还得另说。"

倪赟在桌上轻敲了两下："YOGA air 的订单，我希望能够全部接下来。"

于飞虹抿了一口咖啡，不慌不忙地说："倪总的消息真灵通，这次的订单数额并不大，我觉得可能不适合贵工厂。"

"于总，你觉得我是为了赚钱？"

于飞虹当然知道倪赟不是为了钱，德费投资数亿在菲律宾开辟新的疆土，目的就是跟随潮流去第三国生产，以降低成本。但最大的问题是，新工厂没有亮眼的成绩，再有钱，也招不来生意。倪赟想借 JFC 的订单打响菲律宾工厂的名号。

倪赟笑了："适不适合，我最清楚，于总也不要忽悠我了，既然我来找你，自然是把所有的事情都打听清楚了。这次的订单数确实如你所说，并不是特别可观，但是我知道，接下来的三年里，你们JFC的全部精力都将集中在YOGA air系列服装上。也就是说，谁接下了YOGA air，谁就拿下了未来三年的订单，我想我这么说没有问题吧？”

于飞虹知道什么事都瞒不住这位精明的少爷：“你说的确实没错，但有件事我还是要遗憾地告诉倪总，YOGA air这笔单子已经被别的工厂拿走了。”

倪赟惊愕道：“是哪家拿走了？这笔单子数额很少，怎么会有人看中呢？

“实不相瞒，是王烨拿走了。”

“王烨？！”

王烨刚从高铁站出来，就连打了两个喷嚏，如果再打一个，就是感冒的前兆了。这时手机响起，看到来电人是倪赟这尊瘟神，王烨干脆没接，但电话不停打来，骚扰了她将近五分钟，她只好接了，倪赟这次倒没大呼小叫，让王烨有些意外。

“在哪儿呢？”

“高铁站。”

“刚出差回来？”

“怎么了？有事说事。”

“赏脸跟我吃顿饭行吗？”

王烨看了看手表：“行吧，你把地址发给我，我打车过去。”

“不用了，我就在高铁站外的停车场里等你呢。”

王烨听到电话那头倪赟的哧笑声，忍不住翻了个白眼："倪赟，你可真够闲的。"

三

被陕西南路、淮海中路、襄阳南路和南昌路紧紧包围的黄金地段，即将成为上海商业圈的标志。工人们正在拆卸围墙和废材，华丽的商场位于其中，仿佛剥开蛋壳后光亮嫩滑的蛋白。

铺着大理石地板的大厅内，田晓明跟在两个穿西装的男人后面，稍稍驻足，抬头望向精致的琉璃吊顶和层层叠叠的盘旋式楼梯。虽然商场还没有完全对外开放，但田晓明已经预见到了开业之后的盛景，这里绝对会成为全上海最高档的商场。

走在田晓明前方的两个男人也停下了脚步，回过头来。"怎么了，田总？"其中一个嘴角有颗痣的男人问道。

"没什么，刚刚你说租金是多少来着？"

"首层月租金每平方米1800元，就看田总需要多大的店铺了。范思哲、杜嘉班纳和Miumiu都已经预先订好了位置，Prada最大的旗舰店也将入驻，我们需要对客户进行筛选，毕竟这是高档商场，出入的都是中高薪阶层的人。"

田晓明听出了对方最后一句话中若有似无的嘲讽——没钱的品牌就不要打这里的主意了。但是在几个月前，田晓明就已经做好了计划，无论如何都要拿下淮海路环贸的一间店铺，让它成为杰克斯邦德崛起的新标志。

田晓明面无表情地点了点头："刚刚看过的店铺里面，朝南的那间，目前还没有被别人订下来吧？"

"啊，那间啊，目前倒是没有，但面积可不小……"男人语气中带着几分试探。

"对，我就是需要一间面积不小的。"

田晓明的回答似乎让两个西装男有些意外，但他们还是礼貌地笑着说："好的，如果可以的话，我们希望田总能尽快办好手续。"

"我的秘书会在这两天联系你们的。"

回程的路上，田晓明绕着淮海中路附近的小道开了几圈。这里他已经来过很多次了，即使闭上眼睛也可以毫不费力地开去任何地方。这一年过得很快，好像刚刚才感受到夏天的潮气，初冬的微寒就已经袭来。他打开收音机，电台里正放着一首《秋意浓》，田晓明跟着轻轻哼了两句，突然看到，一位年迈的老人正战战兢兢地从他车前走过。他本想探出头和老人说点什么，但最终作罢。老人回头看了他一眼，着实吓了他一跳：老人的眼神中有某种田晓明熟悉的东西。

田晓明看着老人离去背影，突然转了弯，往另一条路上开去。

半小时后，田晓明的车在医院门口停下，他熄掉引擎，静坐了一会儿，这确实是他最不想来的地方。他打开车门，朝着住院部的方向走去。入夜之后，住院部过道里的灯光总是很昏暗，很容易让人心情低落。他和往常一样乘电梯上楼，经过护士站的时候，一位年轻的护士向他打招呼。

“田先生来啦？”

“嗯，今天情况怎么样？”

“挺好的，早上不想吃东西，不过傍晚的时候还是把粥喝完了。这会儿已经睡着了。”小护士甜甜地笑着，好像病人的生死和她并没有太大的关系，或许她早就习惯了置身于他人的生老病死之外。

“嗯，我就在门外看看他。”

“好的，不过田先生，这个月的医药费和住院费又要结算了。”

“好，我知道了。”

“那我先不打扰您了，有什么问题可以随时找我。”说着小护士拿出一个厚厚的记事本，做起了自己的事情。

田晓明默默走到病房门口，没有推门，透过小窗看向室内，年迈的父亲正在熟睡，输液瓶里的液体缓慢地减少着。田晓明握住门把手，冰冷的触感好像让他体会到了液体流入父亲身体的感觉。

虽然过去很久了，但每次看见父亲的脸，他都会想起自己决定去BUNK时父亲激动的反应。早年从部队退伍的父亲，对日本和日资企业始终带着难以消除的仇恨。当时父亲把自己用了十年的茶杯砸在了地上，声嘶力竭地命令他离开BUNK。他认为父亲从未站在自己的立场上考虑过，这份好不容易争取到的工作他是绝对不会轻易放弃的。年轻气盛的他摔门而出，后来他接到邻居的电话，才得知父亲气得脑溢血发作，倒在了家里。

这些年，田晓明虽然在人前人后春风得意，但每次来到病房门口，心情都特别低落，特别是被赶出 BUNK 的那段日子。他不禁自嘲，自己到头来究竟握住了什么?

他推开了门，走到父亲身边，才发现父亲并没有睡着，而是睁着蒙眬的双眼凝视着天花板。注意到他来了，父亲支吾了两声，不知道在嘟囔些什么。田晓明帮父亲翻了个身，然后在床边坐下。走廊上，几个小护士欣喜地叫了起来，田晓明转头看去，才发现是窗外飘雪了。

“爸，下雪了。”

父亲“唔”了一声，费力地睁了睁眼睛，田晓明起身，一把拉开了窗帘，静静地望出去。

“下雪了。”倪赟望着窗外，“上海好像很久没有下雪了。”

王烨顺着倪赟的视线望出去，漆黑的夜空中果然飘起了雪。倪赟端起桌上的红茶啜了一小口，然后舒了口气。他朝服务员打了个响指，和服务员低声说了几句。王烨自顾自地吃着盘中的食物，没有在意他说了什么。服务员又和另外一些服务员说了几句话，那几个人通通朝王烨这桌看过来，接着那位服务员又走了回来，对倪赟说：“没问题。”

王烨终于还是忍不住发问：“你说了什么?”

倪赟带着一丝狡黠的微笑，说：“待会儿你就知道了。”

说完，倪赟整理了一下着装，起身对王烨说：“把酒带上楼吧，我们去屋顶喝。”

“屋顶？”

“白居易那首诗怎么写的来着？晚来天欲雪，能饮一杯无。外面下雪了，别浪费了这好景色啊。”

王烨这才知道，刚刚倪赟是在向服务员要天台的钥匙。

她跟在倪赟后面，缓缓推开那扇有些生锈的铁门，台阶上已经有了零星积雪。雪花很大，在夜空中清晰可见，突然一阵风吹过，倪赟便脱下身上的外套披在了王烨肩上。

“我不用。”王烨注意到倪赟的动作过于暧昧，想脱下外套。倪赟双手依旧落在王烨肩上没有拿开：“穿上吧，上海这湿冷的天气最容易让人感冒了，本来是想拉你看美景，不是要你来吹冷风。”

盘旋的楼梯上，倪赟走在前面，王烨跟在后面，向下望去，外滩的灯红酒绿尽收眼底。黄浦江上的游船依旧在缓缓移动，终年不变的景致在雪夜中倒有了些不一样的味道。登上天台，冰冷的雕花铸铁椅已经全湿透了。“到这边来。”倪赟说着朝一个角落走去，那里刚好有个拱洞，王烨走过去一看，竟还有一堆木柴。

“这……”王烨转头看向倪赟。

倪赟抿嘴一笑，拿出打火机，想点燃木柴中间的酒精棉球，却发现棉球结冰了，怎么点也点不燃。倪赟顿时很尴尬，抓了抓头，这下换王烨笑了。

“该死，我竟然把这一茬给忘了。”

王烨看着倪赟孩子般可爱的模样，把酒放在一旁，蹲下身来：“你早就知道今天要下雪，是不是？”

“卖衣服得看天气，做衣服也得看啊。”倪赟一拍脑袋，“算来算去，还是算漏了一茬。”

“你要知道，我并不是一个喜欢浪漫的人。”王烨起身，靠在墙边，看着这堆点不燃的柴火和拱洞外面的飞雪，倪赟傻乎乎的认真模样确实打动了她。

“但你是追求格调的人，不是吗？”

倪赟看了看王烨，又看了看一旁的酒，灵光一闪，说道：“我有办法了。”他走过去，拿起那瓶酒，王烨立马猜到了他的想法，阻止道：“酒很贵欸。”倪赟没理会她，往冻成冰的酒精棉上倒了一点酒，冰慢慢融化了，他再拿出打火机一点，火光一下照亮了整个拱洞。

倪赟和王烨坐在火堆的两旁，倪赟拿出刚刚在口袋里藏好的酒杯，给两人各倒了一杯酒。王烨接过酒说：“以前你和别的女孩吃饭，也是这样挖空心思吗？”倪赟抿了一口酒，咂咂嘴说：“我和别的女孩吃饭，都是别的女孩挖空心思吧。”听到这个回答，王烨便不再问了，一口饮了那杯酒。

四五杯酒下去，王烨的脸颊在火光的映照下微微泛红，她好久没有这样敞开喝了，也好久没有这么放松过了。倪赟确实想得周到，提前了解了天气，做好了准备，让一切看起来都是那么自然。

“其实我以前很讨厌服装行业，”王烨放下酒杯，走到了拱洞边，叹了一口气，“不只是服装行业，甚至连衣服本身也很讨厌。可是后来我发现，原来有时候，人对一件事物的讨厌并不是自发的。好比你爸爸让你学画画，你就会讨厌画画，其实你真正讨厌的不是画画，而是被管教时的那种服从感。

“我终于知道我为什么喜欢你了，因为我也不喜欢服装行业，甚至连我爸做的很多事情我也都不喜欢。我不喜欢他的工厂，不喜欢他的做派，不喜欢他为了事业而不断放弃自己已经拥有的东西。”

王烨淡淡一笑：“但现在我们被服装捆绑在一起。”

“不如换句话，如果没有服装，就没有此刻的我们。”

倪赟端起酒杯，示意和王烨再干一杯，王烨却没有应和，她说：“有一段时间，我根本不在意自己的穿着，每天穿着又宽松又难看的衣服走在校园里，随便其他人怎么看怎么笑，我都觉得好像和自己没什么关系。那段时间我也不会去照镜子，对衣服更是深恶痛绝。说来你可能无法想象，但当时我就是这么打算的：一辈子随便穿衣好了，只要自己觉得舒服，为什么一定要打扮得那么光鲜呢？”

倪赟直直地看着王烨，似乎在等待她故事的转折，但王烨突然收口了。

“所以，后来呢？”

“后来？后来不是站在你面前了吗？”

“喂，没有谁是这样讲故事的啊。”

“我说过这是故事吗？”

倪赟有些泄气，盘腿坐在地上，望着杯里所剩不多的酒：“那时候，我爸还是个厂长，听起来好像很了不起，但你要知道，我爸当时所在的厂里，光是厂长就有七八个，他又是最年轻的那个，所以经常受欺负。那时候我还小，也不懂我爸怎么就愿意在车间里，一待就待到半夜。后来我爸出来自己做，没人帮他，员工都是他手把手地教，我才慢慢理解了他为什么可以守着一台缝纫机待一夜。在国外念书的时候，我对服装依旧没有什么兴趣，但是从出国那天起我就知道，我回国后是要接手我爸的事业的。你说奇怪吗？人真的是在某一瞬间长大的，那天我爸和我说‘别担心家里’，我突然就觉得我爸老了，如果我不帮他，把他努力经营了这么多年的事业扛下来，可能就真的没人可指望了。”

王烨似乎不打算再在这个话题上耗费时间，她喝光了杯里的酒，然后说：“火快灭了，雪也快停了，我们下去吧。”

“王烨。”倪赟拉住她的手，他总是叫她的外号“王爷”，这是他第一次直呼她的本名。王烨回头看了倪赟一眼，发现对方正深情地看着她，不觉一笑：“你今晚找我应该不是单纯想和我吃饭吧？”

倪赟试图让自己表现得再深情一点儿，但面对王烨的质问，也只好言归正传：“其实我想和你商量一件事儿。”

两人对视了几秒后，王烨收回了刚才难得的温柔，回到平日防备的状态，冷冷地说道：“你说吧。”

倪赟突然咧嘴大笑起来：“拜托，你也不用变脸变得比翻书还快吧？”

王烨迅速转身朝楼下走去：“既然是正事，那就去楼下说吧，这里太冷了，我担心自己头脑不清楚。”

倪赟看着王烨的背影，自言自语道：“你就不能有一次像个女人的样子吗？”

雪停了，田晓明将烟头摁灭在快要融化殆尽的积雪上，回头望见楼上父亲房间的灯灭了，才舒了口气离开。刚刚坐回自己的车上，手机屏幕上就跳出了大老板发来的邮件，邮件的内容让他瞬间变了脸色。

“环贸店开业计划暂缓”，光是这几个字就让田晓明头痛不已，他立马给大老板回电，电话那头不断传来的人工语音提示告诉他对方正忙。他一气之下将电话扔到了副驾驶座上。

田晓明看了看手表，九点零三分，开车去老板家，不堵车的话要一个小时，要是堵车，老板又不在家，今晚就算浪费了。田晓明知道老板没有什么心思去和 BUNK 拼，只想耕好自己眼前的一亩三分田。真正想和 BUNK 拼的是田晓明自己，这一点，或许老板早就看清了。但眼下绝不是放弃的时候，田晓明没有再拨老板的电话，直接下了车，去护士台借了手机，这一次，老板很快就接了。

“喂。”老板明显带有些醉意，四周是嘈杂的声响。

“老板，是我。”

听出田晓明的声音，那边的嘈杂声渐渐平息下来。“哦，老田啊，这么晚了，你还没休息啊。”

“老板，我想问一下为什么要暂缓开设环贸店呢？”

老板顿了顿：“老田，有时候，咱们也要看看自己有多少资本能和别人拼。说实话，之前你做的事确实帮了公司不少，但是眼下我们没有那么多可以任意调动的资本。你交上来的预算我让财务看过了，他核算之后，认为环贸的租金我们承受不了。我们可以选择便宜一些的商厦嘛，那附近还有巴黎春天、新华联，我打听过了，这些商场里的空余铺位也有不少，好多品牌门店这两年都搬离淮海路了，我们干吗要在这个时候去做接盘侠啊……”

“可是……”

“没什么可是了。老田，我们总不能在一棵树上吊死，不是吗？”

田晓明不敢再继续说什么，应了声“是”，挂断了电话。

那一晚，田晓明没有驱车回家，他打算去会一会那位多年不见的老朋友，或许能从对方那里得到一些启发。

王烨搅动着杯里的咖啡，淡淡地说了两个字：“不行。”

“为什么?!”倪赟有点急了，他这次匆匆从菲律宾赶回上海，JFC的订单志在必得。

“没有为什么，不管是德鲁的山东工厂，还是菲律宾工厂，你们完全可以拿下更大的订单，没有必要在这件事上斤斤计较。”

“但是你也知道，菲律宾工厂是新工厂，大订单早就被其他工厂瓜分了，JFC的单子是我唯一可以拿下的，是必须要拿下的单子。这件事情，我记得我很早就和你说过……”倪赟的瞳孔突然缩小了，似乎想到了什么，“等等，你……你之所以拿下JFC的订单，是不是因为我之前和你说过的话？”

“是，是你当时无意间说的话，让我意识到，JFC可能是杜尚瑞唯一的救命稻草。”

“王烨！我一直以为我们是最好的商业伙伴，你突然离开德鲁，我让你走，你要去杜尚瑞，我也没反对。可是现在，你帮着别人来抢我的订单，你觉得我会怎么看？”

“倪总，商业就是商业，没有什么伙伴，我想这一点你比我更清楚。你的菲律宾工厂没有JFC的订单不会死，这就是我当时唯一的想法。至于你怎么看，我从来没有想过。”王烨将咖啡勺放在了餐巾上，“和你吃饭，我很开心，但我没办法让步。”说完，王烨提起包，准备离席。

倪赟意识到自己刚刚确实言重了，起身拿起外套说：“我送你吧。”

“不用了，回程那段路的时间，不足以让你说服我，我还是自己打车吧，以免两个人都尴尬。”

王烨没有看倪赟，头也不回地离开了。

四

王烨的手机是凌晨五点响的，昨晚太忙了，睡觉的时候连静音都忘了开。她坐起身来，靠在床头，看到手机上是倪赟发来的短信，是连续三个瘪嘴的表情。这个时间发短信来，倪赟无疑一夜没睡。王烨看了看时间，也差不多该起床了，下楼小跑一会儿再上来吃个早餐，正好可以去上班，至于要不要回复这条信息，她还没想好。

刚刚洗漱完，她就接到了李双辉的电话。

“怎么了，李总？”

“王小姐，实在不好意思啊，这么早就来打搅您。事情是这样的，昨天晚上我们收到了打样设计图，邮件里要求我们这周就必须把样衣做好，说是录节目时要用。可是我们样板间的人看了之后，觉得样式有难度，这周可能没法完成，所以……”

“一共几个款？”

“六个款。”

“我今天坐最早一班高铁过去，你们等我到了之后再开工。”

“好的，实在是不好意思，又要麻烦您跑一趟了。”

“跑一趟不要紧，能解决问题就行。”

王烨给林丹发了一封申请出差的邮件，立刻收拾了两件衣服往虹桥赶去。她来不及考虑林丹是否会批准自己的出差申请，在这件事情上，进退都是错。去了，林丹不会高兴；不去，工厂出了问题，王烨一样脱不了干系。既然如此，还不如按自己的想法去做。

按照李双辉所说，这几乎是非常高难度的任务了。可能在旁人眼中，一个星期做出六件衣服，不是什么难事，但是只有在工厂长时间待过的人才清楚，打样衣的难度是不同的。如果是已经做好的样衣放到流水线上，大家有样本，就很容易操作，车线位置、面料需要注意的细节，都会一清二楚。但是如果处在打样初期阶段，只有设计师的图纸和打版师的建议，在缝制过程中就可能会出现格外多的问题。况且，这六款衣服，不出意外，都是要放到《反谈奇兵》节目中去展示的，那就更不能出一丁点儿错误。

王烨特地在高铁上看了一眼手机。奇怪，一个小时过去了，林丹也没有回复那封邮件，既然如此，王烨干脆就当对方默许了。

因为时间紧急，王烨赶到工厂就直接进了样板间。设计图确实都是新出的 YOGA air 系列，公司已经决定了，要在下一期节目宣传这些衣服，自然半刻的推迟机会都不可能有。

“王小姐，这个……您看怎么办？”

“这边的打版师傅有多少个？”

“一共三个。”

“谁比较拿手一些？”

李双辉看了看三个打版师，露出不自信的神色，王烨心里便有数了。她轻叹了一口气：“好了，这样吧，根据这些版式来看，你们觉得自己比较擅长做哪个款式？”

穿红衣服的大妈先挑出了两件短款的衣服，毕竟用材少，看起来确实容易。穿蓝衣服的大妈则选了两件长款——虽然是长款，其实比短款的工艺更少。最后剩下了最难的两款，留给了一个小姑娘。这个小姑娘唇红齿白，长得十分清秀，怎么看也不像是会做衣服的人。她没有拒绝，大概是资历最浅，没有商量的余地。王烨有点不放心，多问了一句：“你有疑问吗？如果有，现在可以提出来。”小姑娘看了看设计图，摇了摇头，坐到了自己的座位上。

王烨想了想，说：“你帮我把设计图打印一份，我到办公室看看，把问题找出来，及时解决。”

“我早就帮你准备好了。”

高楼窗外传来消防车“呜呜”的声音，林丹皱起眉头将百叶窗拉了下来。她不喜欢听到消防车、救护车或者警车的鸣笛声，认为这种声音预示着某些不太好的事件将会发生。

这两天，林丹一直心绪不宁，她看了看放在桌上的那份病理报告。“神经衰弱？”她不由得轻蔑地笑了笑，但很快又冷静了下来。她坐在椅子上，拿起办公桌上的药瓶，倒出两颗药丸，咽了下去。她闭上眼睛，尽量让自己平静下来。

她看到邮箱里Mary发给杜尚瑞工厂的设计图，以及Mary单独发给她表示感谢的邮件。设计图通过了，Mary也顺利拿到了参加设计奖评选的审批，这一切当然要归功于她。不过，林丹这么做，并不是要Mary欠自己一个人情。在这个公司里，她能指使的人多得是，一个设计师根本入不了她的眼。

她将设计图纸打印出来，对照着电脑上的另一份图纸仔细比对起来。看完之后，林丹轻笑了两声。“虽然看起来很聪明，但其实笨到了极点……”她将图纸塞进了碎纸机，“不过，正合我意。”

王烨聚精会神地看着设计图，总觉得哪里有问题，但一时间似乎又想不出什么来。根据设计图上的要求，王烨凭借自己的经验，大致做了风险预估，可能出问题的地方她都做了标记，然后她回到打样间，挨个向打版师们解说。两个大妈都对王烨提出的问题表示认同，反而是那个小姑娘有些别的意见。

“领结的部分，我建议用死的领结，这样会比较有型。目前的设计图上是活领结，在包装的时候很容易被挤坏，陈列的时候就会很难看。”这是王烨的想法，“我也会去和设计师沟通一下。”

“但我觉得……”小姑娘的语气有些怯弱，但还是很想表达自己的看法，“设计师之所以选择活领结，是因为买衣服的人可以按照自己的喜好系成不同的样式，而且之前听你们说，这些衣服是打算在节目上展示的，那么大家应该会更期待看到明星怎么系这个领结吧。”

小姑娘的话让王烨茅塞顿开，她是站在工厂的立场去考虑的，但因为太着急，完全忽略了设计师的初衷。李双辉大概也没想到小姑娘会说出这样的话来，看着王烨的表情，以为她受了冒犯，赶紧打断小姑娘：“不懂就别乱说，王小姐说死结好肯定有她的理由。”

“不，她说得对，就做活结吧。”

她走向前，看了看小姑娘胸牌上的名字——梁双，问道：“你是服装专业毕业的吗？”

“不是。”

“那？”

“我家是开裁缝店的，我一直在家里帮忙，后来裁缝店做不下去了，就到工厂来了。”

王烨若有所思地点了点头，“好，那你继续做吧，加油。”

一整个下午，王烨都泡在样板间里，一边看着三个打版师做衣服，一边尽可能地提出意见。一整天，公司都没有给她打来一通电话，这让她觉得非常意外。不过通过手机里的邮件往来，王烨大概也能了解到公司里发生的事情——还是大大小小的会议，内容基本都围绕着旗舰店开业的事情。

其间，王烨顺道去检查了一下车间目前的环境，虽然李双辉一直说短期内整顿车间很难，但王烨还是看出了很大改变，毕竟生死在此一举，他也不敢随便糊弄。过了下午三时，王烨有些累了，估摸着样衣已多少有了眉目，正打算休息一会儿，却突然听说有人找她。这个时候，谁会来找她？

那辆豪车开进来的时候，王烨立马露出了无奈的表情。倪赟打开前车窗朝她挥了挥手，嬉皮笑脸的样子像个流氓。

李双辉安排倪赟和王烨进了会客间，王烨扯住倪赟的袖口，冷冷地问道："你来干吗？"

倪赟笑着说："我来学习啊，想想自己的工厂还是有太多不足了，应该多向能接到大订单的工厂学习。"

"别打官腔，倪赟，你要是敢捣乱，我就……"

眼见气氛不对，李双辉尴尬地问道："这位是？"

"他是……"

"我是王小姐的朋友，正巧来这边出差，想到她之前和我说起过你们工厂，就碰碰运气来看看她在不在，顺道参观参观她眼中的好——工厂。"

"哦，来者就是客，不过王小姐是过奖了，我们就是个小工厂，也没有什么特别厉害的地方。"

“你们最厉害的地方，就是请到了王小姐来负责啊。”倪赟阴阳怪气的语调让王烨很厌烦，狠狠瞪了他一眼，让他赶紧闭嘴。

“哈哈，那是那是，王小姐确实很负责任，这也是我们工厂的福气。”

最后倪赟还是硬要拉着王烨去参观工厂，王烨实在拿他没办法，只想带他闲逛两下应付了事，结果他这也要看那也要看。王烨知道，他不是来参观的，而是来挑刺儿的。好在她提前让李双辉对工厂进行了整改，倪赟也没找出什么大问题。

一下午过去了，倪赟竟然一点也没有表现出疲惫的样子。王烨真想对他说，你有空在这里浪费时间，还不如去接几个像样的单子。但不说也猜得到，倪赟的回答绝对是：“像样的单子都在你这儿呢。”

没让倪赟参观的，恰恰是他最想参观的样板间，可是王烨说什么也不会让他看到JFC的新款式。这不是针对倪赟，在这件事上，王烨必须对外保密。

“欸，我都决定把单子让出了，你还对我藏着掖着。”倪赟有些不高兴。

“首先，单子不是你让出的；其次，你要是真的想看，下周节目里就会出现这几款衣服，到时候你想看多少遍我都不会管你。但在出厂之前，我是不会让你踏进样板间一步的。”

倪赟盯着王烨，王烨也没有给他什么好脸色。倪赟只得无奈地说：“好了，你赢了，我……”他偷偷从门缝里瞄了两眼，也没看到什么，“算了，我倒想看看，这YOGA air到时候会做成什么样子。”

倪赟上了车，和李双辉及王烨道别，说今天实在有事儿，下次请大家吃饭。王烨只想赶紧送走这尊瘟神，心想千万别有下次。

“欸，我走了啊。”

王烨重重帮他关上车门：“好走，不送。”

“很绝情嘛。”

李双辉低声对王烨说：“已经有两件衣服做好了，我们过去看看吧。”

王烨点点头，视线却没有从倪赟的车上移开。

她总觉得有什么不对劲，似乎从早上拿到那张设计图开始，她就有这样的感觉。可是问题出在哪里，她真是一点头绪也没有。

倪赟刚刚驶出工厂，就不觉偷笑起来。他回头看着渐渐变小的人影，拿出手机，滑动了两下。那是刚刚他以上厕所为借口，去王烨办公室偷拍的设计图，虽然匆忙，但拍得一清二楚。

“王爷啊王爷，”他叫着王烨的外号，“你还真以为我那么笨吗？”

说着，他收好手机，将车载音乐开到最大声，疯狂地踩下油门。

五

作为中国受西方文化影响最大的城市之一，上海每年圣诞节时总是无比热闹。圣诞节前一周开始，南京东路、南京西路、老西门、大世界、新天地，延伸至整条淮海路，从黄浦到徐汇，从浦西到浦东，无一不装点得火树银花。

BUNK旗舰店选在圣诞节这天开业，确实也是做足了准备。说来也巧，最新一期《反谈奇兵》也刚好在平安夜播出，顺带展示了JFC的新款服装，真像是上天也在助他们一臂之力。

距离圣诞节还有一周的时候，一直包裹着绿布的BUNK旗舰店终于露出了金碧辉煌的真面目，楼顶硕大的logo闪着金光，照耀着淮海中路与茂名南路的交叉路口，方圆一公里内抬头可见。logo之下，巨大的LED屏幕上，刘亦允迷人的微笑总能吸引不少人观望。

丁善正检查完最后一批入库商品后，在确认表上盖上了自己的签章。他从库房出来，看着这耗时一个多月的陈列和布置。旗舰店有四层楼高，每层近2500平方米。这里将成为全球款式最齐全的BUNK旗舰店，售卖商品包括限量款和所有大牌合作款。这家号称全球最大的BUNK旗舰店，不到一周时间就要展现在顾客面前了。

想到这里，丁善正的心情就有些复杂，他想起十几年前，自己刚入职，在面积不到100平方米的徐家汇门店忙里忙外。那时候他还有着少年的热情，感觉工作真的可以给自己带来快乐，一心只想凭实力成为那家门店的店长。他有时直到半夜还在仓库记录商品，为如何营销高价单品想破了脑袋，当营业额一天天上涨时，他发自内心感到喜悦。而现在，自己成为这家全球最大BUNK旗舰店的店长，原本应该自豪，却发现快乐早就烟消云散了。

丁善正走上楼，注意到新入职的店员晓珊还在忙着帮塑胶模特儿换上新一季的衣服，其他人都已经走光了。

丁善正看了看表，早就过了下班时间。他慢慢走到晓珊后面，假装咳嗽了两声。晓珊看见丁善正，一哆嗦，手里的衣服掉在了地上，丁善正帮她捡起来，递到她手上。她战战兢兢地叫了一声“丁店”，丁善正微微点了点头：“你叫晓珊是吧？”

“是……是的。”

“下班了，早点回去吧。”

“是，我弄完这个DP（全棉免烫）搭配就回去。”

丁善正没有说话，默默从晓珊身边走过，晓珊缓缓松了口气，他却又在她身后开了口：“如果我没记错，你入职那天和我说，你加入BUNK，最大的愿望是有一天能够像我一样成为旗舰店的店长，对吗？”

“是。”

丁善正犹豫了两秒：“如果当上店长就不再有自己的生活了，你还愿意吗？”

晓珊被丁善正问住了，愣了两秒，额头上已渗出了汗。她用手擦去了汗珠，笑着点头说：“愿意！如果真能成为精英，工作和生活又何必区分得那么清楚呢？”

丁善正的瞳孔微微收缩，回过头重新审视着这个二十出头的女生，心想：年轻真好。他没有再说话，踱步向楼上走去，消失在了晓珊的视线中。

BUNK的办公区内一片嘈杂，干净平滑的地板上传来“嗒嗒嗒”的高跟鞋声。公司里的每个人都忙得不可开交，一边检查着手机里的邮件，一边用肩膀夹着听筒，温柔地说着话。几乎每位员工都在打电话确认邀请的嘉宾能否在旗舰店开业当天到场剪彩，旗舰店开业可谓是BUNK当下的头等大事。

林丹坐在办公室里，在手机上浏览着近期关于BUNK的各种报道，如果BUNK中国事业部的热度是一条抛物线，此刻它正在一步步接近顶峰。

她从柜子里拿出一包绿茶，反手倒了倒，才发现袋子已空空如也，茶叶早就泡完了。林丹拿了外套，准备下楼去买杯咖啡，刚刚起身，就注意到郭靖的车开进了办公楼的停车区。虽然相隔很远，她还是看清楚了从车上下来的那个女人是于飞虹。

林丹的唇边露出一丝苦笑，不久前，坐在郭靖副驾驶座位上的人还是她。忍受着水土不服，浑身过敏也要跟郭靖去菲律宾谈判的是她，听着郭靖未来的计划，积极提出建议的也是她，可是现在呢？林丹说不出心中的滋味。

这样的嫉妒有必要吗？

高娜在的时候，林丹从来不卑不亢，因为她知道，就算有十个高娜在郭靖面前卖弄风骚，也抵不过她在郭靖耳边说一句建设性的话。但是，她现在却彻底被于飞虹甩在了后面。

她原本以为，自己只有别人够不到的份儿，却从未想过自己也有要够别人的时候。

她调整了心情，也不打算去买咖啡了，推开玻璃门，走到自己小组的办公区，对正忙得鸡飞狗跳的几个人说："明天我们组去旗舰店帮忙，顺便看看有没有什么着急的商品还没有到库。”

“明天啊？明天王烨和厉姐都要出差去工厂欸。”钱思思脱口而出。林丹没有看她，而是把视线转向王烨说：“你们都要出差吗？”

厉如花望了王烨一眼，似乎想看看王烨要怎么回应。

“因为是新接手的工厂，正巧要出货，其中有两款是专供旗舰店的，如果不亲自去查一下，我有点不放心。”王烨似乎并不打算因为旗舰店开业而打乱自己的计划。

“那好，你和Linda就按原计划出差吧，思思和晓蓓跟我去店铺。晓蓓待会儿把我们组最近上市的产品番号打印出来给我。”

林丹走后，钱思思捂着胸口舒了好长一口气。“吓死了，今天谁又把丹姐惹到了？”她看向郭晓蓓，“是不是你？”

郭晓蓓立马炸了毛：“神经啊！我从一大早就一直在给客户打电话，连面都没有和丹姐碰过。”

“那不是你，不是我，也不可能是王烨或者Linda姐。你们说，会不会是丹姐更年期提前了？”钱思思一边说一边偷笑，王烨却并不打算在这个话题上浪费时间。

其实从她周末将样衣送到郭靖手里开始，就特别忐忑，全部心思都放在JFC这次的单子上了。那是她在工厂花了两天三夜，和打版师们一起用心做出来的。郭靖提出了表扬，于飞虹那边也没指出什么问题，节目组甚至发来邮件说明星们都觉得款式很好，一切都顺利得不行。但就像前几天一样，有一种莫名的感觉笼罩着她，这种感觉非常不好。细想起来，一切都有些太顺了。

厉如花瞥见王烨略微皱紧的眉头，将椅子移到她身边，问道："你怎么了？"

"没怎么，总觉得有些事情不对劲，但怎么也想不出头绪。"

"是不是最近压力太大了？"

王烨朝厉如花笑了笑："没事，可能只是我自己想多了。"

午休的时候，王烨在休息室喝水，无意听到了几个女生的谈话。她们都在祝贺那个叫Mary的设计师，据说她的设计刚刚在国际设计大赛上拿了铜奖，几个姐妹正起哄让她请客吃饭呢。王烨想起JFC的几件新款都是她设计的，她们之间虽然有邮件往来，却没有正式见过面。王烨朝她们看去，那个瘦瘦高高的短发女生就是Mary。

"等这周节目一播，你就大火了！"其中一个女生对Mary说道，语气中带着几分羡慕和嫉妒，又表现得像是真的在为她开心。

"是吗？但愿如此，不过我不会在公司待太久了。"

"怎么？关键时刻，你要走吗？"几个女生都很惊讶，"怎么从来没听你提起过？"

"我和你们说，你们可别告诉别人啊。因为拿奖的关系，我应该会直接去纽约那边的设计公司，不会再做服装了。"

王烨接好了热水，没有继续听下去。这样的情况她早已司空见惯，多少年轻人把这里当跳板，通过BUNK去往更好的平台。这是年轻人应该做的事，不然在这个大公司里，要往上走很难，做不了领导，就只能成为领导的敌人，怎么看都不像是年轻人该做的选择。

果不其然，当天晚上，公司全员都收到了 Mary 的离职邮件。

王烨轻轻滑动手机，删掉了那封邮件。邮箱里还堆着上百封需要她处理的邮件，但这些都是她下班之后不想理会的。她窝在沙发里，看着 Shadow 在跑步机上挥洒汗水。Shadow 问她要不要一起跑步，她摇了摇头。

她环顾着整个客厅，熟悉得不能再熟悉的角落里，摆着一年前和 Shadow 从花市搬回来的大盆天堂鸟。衣服一天比一天多，整个空间却散发出一种陈旧的感觉。刚搬进来的时候，你会铆足了劲儿要将一切弄到最好，把整个屋子布置得和真正的家一样；可是随着时间推移，散落在沙发上的杂物、蒙了灰的挂画、餐桌上乱七八糟的杯盘，都会让你对生活产生厌倦。这很像工作，太清楚、太明白、太熟悉时，你就会缺少那种探险精神和好奇，想着就这样吧。这种厌倦感是很可怕的，你仿佛陷入了某种状态，明知道有问题，却不想再做改变。

“我们搬家吧。”

王烨看着 Shadow，突然说出了自己的想法。

“啥？”还在跑步机上戴着耳机左摇右摆的 Shadow 停了下来，“你说啥？”

“搬家吧，搬到一个更好一点的地方，我们应该住得更好。”王烨说得很笃定。

“呃，我觉得现在也挺好的啊，而且搬家好累啊。”Shadow 按下暂停键，走下跑步机，坐到王烨身边，“你最近看起来心情不太好，这不像你。”

“我们还是搬家吧。”

“好。”Shadow抿了抿嘴，握住王烨的手。

“嗯，这样可以丢掉一些东西，会一下子轻松很多。”

Shadow也环顾着四周：“嗯，家里东西太多了，有些衣服可以收拾一下，送给小区福利站的阿姨。”

“嗯。”王烨点了点头。搬家真的可以改善心情吗？她也不知道，但这是她能想到的唯一方式。这时手机里弹出一条消息，王烨低头看了一眼，是倪赟发来的短信。

“在吗？紧急呼叫！”

王烨将手机反扣在沙发上，想想也知道这位公子哥儿有什么“急事”，不予理会是最好的处理方式，但没过两分钟，电话就打了过来。

“什么事？”

“你的那些设计图是从哪儿来的？”

“什么设计图？”

“JFC的设计图。”

王烨突然意识到，倪赟到底还是背着她做了事情：“你偷了设计图？”

“你快告诉我，设计图是哪个设计师做的？”

“你先回答我，你是不是偷了杜尚瑞的设计图？”

“是。好了，该你回答我了。”

“你知道你的行为有多可耻吗？”

“是，我可耻，我不可耻就没法知道你摊上大事儿了。”

王烨有些莫名其妙：“你什么意思？”

“你知道那几张设计图是抄袭的吗？”倪赟带着几近埋怨的语气，说完又有些担心会伤害到王烨，立马补充道，“你不知道也正常，要不是彤妈妈来我这里喝茶，我也不知道原来那几张图抄袭了她之前的款式。”

王烨瞬间头皮发麻，这些天她一直觉得有什么地方不对，现在终于明白了。从她第一眼看见那几张设计图的时候，就有了一种似曾相识的感觉。虽然设计师很聪明地避开了一些细节，但只要是陈彤的忠实粉丝，肯定能在第一时间发现端倪。

“我先挂了。”

“欸，等等，你打算怎么处理？”

“那是我的事。”

“这个时候还要分你我吗？”

“你告诉我这件事，我应该谢谢你。但是，你偷设计图的事，让我对你非常失望，当然，你是公子哥儿，你有你的做事方式，但请你不要随便侵犯我的原则，否则，我没法再把你当朋友。”

“我怎么侵犯你的原则了？我做事的方式怎么就让你不能容忍了？”

王烨深深吸了口气，调整了一下情绪：“那我问你，如果今天这几张设计图不是抄袭的，你是不是就打算拿回去抄袭？”

“……”

王烨不想再听他说话，匆匆挂断了电话，Shadow 看着王烨涨红的脸，很担心。

“没事吧？”

“没事。”王烨答得干脆，心里却默默打鼓。她坐下来仔细思考整件事，这个时候她最该联系的不是于飞虹或者郭靖，而是 Mary。她终于明白了 Mary 为什么会突然辞职，不过现在追问 Mary 根本于事无补，不管多大的错，公司都不会去怪罪离职人员。

王烨走进洗手间，往脸上扑了两下冷水，擦干，然后走到门口，拿起挂在衣架上的风衣：“我出去一下。”

“你去哪儿？”Shadow 一头雾水，也不知道到底发生了什么事情，跟着冲到了大门口，而王烨早已飞奔下楼了。

王烨通过别的设计师很快打听到了 Mary 的航班信息，拦了辆出租车就坐了上去，接着她给厉如花拨了一通电话，让她和自己兵分两路赶往机场，虽然电话那头的厉如花还有些懵，但听王烨的语气就明白是出事了。王烨当然知道正确的处理步骤是什么：第一时间向于飞虹和郭靖汇报，等他们决策，再等他们处分。但她清楚，光是汇报没有任何意义，将犯下的错误甩给领导，是最不可取的。遇到问题首先要解决，可比解决问题更重要的是弄清楚事情原委，这样才能明白应该如何下手。

这绝不是简单的抄袭，她试图理清事情的来龙去脉。在行业内，设计抄袭事件屡见不鲜，顾客只会考虑款式好不好看，不会在意抄袭与否。如果这次的款式只是投放到店铺，并不会激起多大的波澜，公关部很快就会压下水花，但问题在于，这些款式是要穿到明星身上，在大众面前曝光的。

去往机场的出租车上，王烨迅速找到了陈彤设计的原款服装及相关信息。她镇定地用手机编写汇报邮件，一封发给郭靖和于飞虹，另一封发给李双辉。但Mary为什么要这么做，王烨百思不得其解。听说Mary得了国际设计奖，应该是这件事的导火索，因为她在拿完奖后就抛弃了一切，撇清关系，彻底离开。

可如果仅仅是这个缘故，她有必要这样做吗？

拖公司下水，绝对是下策中的下策，一旦东窗事发，不仅她的奖项会被撤回，业内的口碑也会受到影响。那么，只有一个可能，就是从头到尾，她都掐算好了时间——抄袭的时间、打版的时间、拿奖的时间、上节目的时间，以及她辞职的时间。

可是，她真能将这一切都算得这么清楚吗？只要其中一环出了问题，就全盘皆输。王烨想不清楚的事情太多了，只有当面向Mary求证，才能得到想要的答案。王烨突然想到了另一种可能，刹时她如芒在背。如果这件事的最终矛头不是指向JFC，而是指向杜尚瑞，或者她，会怎样呢？她不敢再继续往下想了。

机场安检口外排着长长的队，厉如花急匆匆地跑到王烨面前，上气不接下气地说："哎哟，我在BUNK打一份工比在别的公司打十份工还累，我是做技术活的好不啦？累死老娘了。"王烨来不及和厉如花详细解释："算帮我忙，我回头详细和你说，你先帮我找Mary。"王烨四下张望，试图找到那个她只见过一面的Mary，但人来人往，要找到Mary并不容易。厉如花好不容易从手机朋友圈里找到一张办公室合照，找出Mary的头放大，开始到处询问起来。王烨跑到信息广播站，正在检查值班表的地勤小姐看着气喘吁吁的王烨，愣住了。

王烨扶着门，调整了一下气息："我要找人。"

"现在广播找人，请萧安琪女士听到广播后，前来服务中心，您的朋友正在此等您。"

Mary坐在候机厅，听到广播，心里有些奇怪：哪个朋友会在机场找她呢？她看了看手表，距离登机时间还有四十分钟，可服务中心在安检口外面，出去再进来又要安检一次。Mary仔细想想，觉得有些诡异，如果真是朋友找她，应该直接打电话给她才对。她拿出手机，突然发现手机没电了，思前想后，还是打算去看一眼。

Mary并不认识王烨，所以见到王烨的瞬间不免有些诧异。王烨走上前，出示了自己的工作证，试探性地说："我是林丹的下属。"她很快注意到Mary脸上闪过的异样神情，"她让我给你看一样东西。"

说着，王烨将陈彤的原版设计图从手机里翻出来，递给了她。Mary瞬间面如死灰。

"你什么意思？"她望着王烨。

"我想你比我清楚。"王烨冷冷地说。

Mary转身要走，厉如花一把将她拉住："你做了坏事就想走啊！”Mary蛮横地想把厉如花的手推开，王烨挡在了Mary面前：“请你和我回公司解释清楚。”

“抱歉，我要登机了，麻烦你们让开。”

“如果你不回去解释清楚这件事，我就向国际设计奖组委会发邮件，告发你抄袭的事情。”

“你……”

王烨慢慢让出一条道：“你自己决定吧。”

六

会议室的长条桌上，摊放着陈彤的原版设计稿和Mary的抄袭稿，于飞虹正半弓着身子，仔细对比着，而郭靖双手托着下巴，非常安静地坐在主席位上。王烨站在一旁，厉如花一副嫉恶如仇的样子，站在王烨身后，Mary半捂着嘴，焦躁不安地靠着墙，尽可能地侧过脸，避开他们的目光。

于飞虹眼神沉重，她朝郭靖看了一眼，微微点了点头。郭靖放下手，清了清喉咙：“好吧，Mary，你确定是林丹指使你这么做的？”

Mary怯生生地点了点头。

王烨屏气凝神地看着郭靖，墙上的挂钟显示，此刻是深夜十一点二十分，距离第二天的到来不足一个小时。这时，走廊上的脚步声越来越近，在场的人都很清楚那是谁，等待的，只是她推门而入的那一刻。

终于，脚步声在会议室门口停了下来，林丹敲了敲门，然后缓缓推开。和他们不太一样，林丹看起来并没有什么忐忑的神色。她的表情非常轻松，就像根本不知道发生了什么事一样。只是对于深夜被叫来开会，她似乎有一点情绪。

“不好意思，接到电话我就赶过来了，还是来晚了。”

“不要紧。”郭靖也表现得很平和，但语气中夹杂着几分严肃，“现在人到齐了，我想有些事还是大家当面弄清楚比较好。”

林丹看了看郭靖，又看了看于飞虹，最后又看了王烨和 Mary 一眼：“所以，究竟发生了什么事？”

于飞虹最不怕得罪林丹，便先开了口：“是这样的，我们突然接到消息，说 JFC 马上要上节目的衣服款式正巧和陈彤之前设计的款式撞上了，所以赶紧询问了设计师 Mary，但 Mary 说，这事似乎和你有一点关系。”

“是吗？”林丹走到桌子前，随手拿起两张设计图看了看，然后走到 Mary 面前：“Mary 是吗？你说我和这件事情有关系，请问，是什么关系呢？”

Mary 抬头看着林丹，眼神中充满了手足无措的慌张。会议室里的人都看着她俩，似乎在等待 Mary 给出一个恰当的答复。

“是她！”Mary 突然抬起颤抖的手指着王烨，“是她让我指证你的。是，我是抄袭了，但最初的图纸都是她给我的，她急着让工厂快点上手，所以……所以让我加快速度，她知道这次她管理的工厂如果不能及时出货，就再也没有机会了！她哄骗我说只要图纸通过了，我就能拿到参加国际设计奖公审的资格，还拉着我一起去陷害丹姐。”

厉如花双手捂住了自己那张得像鹅蛋一般大的嘴，手足无措地看着王烨：“不可能……”厉如花怎么也不敢相信。王烨也想不到，Mary 会在这个时候反咬她一口：“你刚刚根本不是这么说的。”

林丹的眼睛眯成一条线，审视着王烨：“王烨，自你当年从高娜那里调到我这里，我自认待你不薄，就算我们之间有过意见分歧，我也都尽量尊重你，可是，今天你这么做，真的让我很失望。”

王烨并不畏惧林丹的发难，笑着说：“您也没少让我失望啊。”

“你什么意思？”

“您心里清楚。”

王烨看向郭靖，郭靖也看着她，她知道所有人都在等她解释。她发现了事情真相，却没想到会被倒打一耙。她还要解释吗？这一连串的阴谋本来就事先做好了演习，她还有解释的必要吗？利害轻重都摆在面前，Mary 丢卒保车，是必然的结果。

这时，于飞虹打破了僵局：“郭总，节目马上就要播出了，我想我们可能得先和《反谈奇兵》沟通。节目一旦播出，可能会引来更多麻烦。”

郭靖的神情突然有些漠然：“马上通知节目组，我们要更换赞助服装，然后通知各部门，将 BUNK 的春季新款样衣拿出来，看看能够筛选的款式有多少，不够的话，让日本总部那边先将研讨会审批的样衣空运过来，费用由我们这边承担。”他深吸了一口气，“对于杜尚瑞，马上停止所有的订单合作，已经进入生产的订单及时结款。”说完，他便拿起手机，走出了会议室。

王烨站在那里，突然听到了细小的窃笑声。她不想去看到底是谁在得意，只觉得当场被扇了无数个耳光——被Mary、林丹、郭靖，甚至还有她自己。她感觉到了来自周围的深深恶意。

马上停止与杜尚瑞的所有订单合作，意味着她所有的努力都白费了，不仅如此，她还遭到了前所未有的怀疑：她和工厂私通？她拿工厂订单回扣？她要陷害自己的领导？她自导自演了一场大戏，却只能自食其果？

她感觉自己陷入了一个真空地带，一句话也说不出，一个字也听不到。她收起桌面上所有的图纸，夺门而出，将所有人通通甩在身后。

厉如花左顾右盼，顿觉无奈，只能拎着包追了出去。

王烨刚刚下了楼，于飞虹发来了一条短信："没事，我相信你，我觉得郭总也是相信你的。"

王烨知道这只是于飞虹安慰她的话而已。

不一会儿，于飞虹又发来了一条短信，王烨只觉得自己拿手机的手在颤抖。

"忘了告诉你，郭总刚刚发信息给我，说他已经决定将YOGA air的订单都转至倪赟那边去做了，抱歉。"

王烨站在楼梯口，看着手上被捏成一团的设计图。窗外有一只随风飘荡，找不到归处的塑料袋。她突然想起很早之前，林丹和她说的那番话：永远不要只看眼前的胜利，生活最喜欢的，就是在你感觉胜券在握的时候，给你一次致命的暴击。你以为周围的人都喜欢看热闹吗？不是的，他们只是想看你被命运蹂躏时，和他们一样狼狈的神情，借此获取一点安慰。

厉如花远远地看着站在广场中央不知往哪儿走的王烨，忍住了没有叫她。厉如花知道这一刻，谁也帮不了王烨，除了她自己。

没有什么不可能

一

王烨常会回想起儿时见过的那些雾气，那是她坐在掉漆的木椅上，透过小窗望见的。念小学的时候，每天放学，妈妈都会用自行车把她驮到工厂大门口，她会按照妈妈的指示，自己走到办公室去，摘下书包，写作业。有时候写累了，她就趴在窗户上往外看，蒸汽弥漫的车间里，穿着工作服的男男女女穿梭其中，有说有笑，干劲十足。每个区域都有一个身穿不同颜色衣服的组长，工人们把衣服一件件缝好，熨烫好，整理好，装入胶袋中。这就是王烨儿时最深刻的记忆。

妈妈总是扑在工作上，没有太多的时间照顾王烨，王烨很早就意识到了这一点。为了给妈妈省事，在别的小女孩都梳漂亮辫子的时候，她到理发店找老板剪了短发，她不想把时间花在打扮上，但也不喜欢被别人轻视的感觉。在那些小男生笑话她不够漂亮的日子里，她永远可以靠自己的能力站上颁奖台上领取三好学生奖状和小红花。学校将她的照片挂在优秀学生的展示橱窗里，可她并不喜欢被人关注的感觉，所以，放学后她会偷偷打开橱窗，把照片撕掉，只留下自己的名字。

在王烨的童年里，她时常遭受着许多人的嫉妒，只有妈妈工厂里的人会对她格外照顾。在他们口中，王烨的母亲是一个好领导，从不像那些油腻的中年男人，肆意压榨他们。王烨几乎从来不穿店里买的衣服，她所有的衣服都是妈妈亲手做的，有些款式甚至在市面上见不到。每天下班后，妈妈总是在工厂里留到最后，她会认真检查工厂里的大小事情，确认无误后，才带着王烨回家。有时候王烨在办公室里睡着了，早上醒来却发现已躺在了自己的床上，那一瞬间，她最能感受到妈妈对自己的爱。

王烨记得，那时同班有一个男生的父亲也在妈妈的工厂里上班，有时候他们会在工厂里遇到，妈妈会让那个男生也到办公室和王烨一起做作业，王烨几乎没有和他说过话。他是个安静的男生，临走时会和王烨说再见，在学校见面的时候，两人又像陌生人一样。

王烨很喜欢这样的状态，在工厂里的那几个小时，是他们私有的时光，也是一种特权，一种只有工厂子弟才能享受的特权。然而只要离开那间办公室，特权就消失了。

那是国企的辉煌时代，本土小品牌赶上了红利期。然而，千禧年的到来并没有带来多少欢喜，相反，似乎一切盛景都急转直下了。

工厂的订单在一夜之间减少了一半，随着大量外资品牌进入中国市场，原先生产的衣服卖不出去，只能堆在仓库。王烨的母亲原本以为可以再撑一撑。第二年，她从青岛南下，在江浙沪一带调查寻访，试图转型，力求存活，但事情比想象的更困难。工厂没有订单，工人的工资眼看已经发不出了，只能把库存的衣物发放给他们，让他们自己去卖，用赚到的钱当工资。

从那天开始，办公室窗外的雾气就一天比一天少了，熨烫台的好几个工人都走了，好多时候，熨斗一整天也不会被人拿起。车间里人来人往的热闹景象一夜之间消失了，那个放学来写作业的男生也再没出现，王烨渐渐连他的名字也忘记了。

王烨想起某个夏天的午后，她放学去找母亲，看到母亲正在车间里陪同一群人巡视。王烨像往常一样站在门口，踮起脚，透过玻璃窗，往里面偷看。就在这个时候，悬在半空的蒸汽管道突然爆炸了，滚热的水从空中喷了下来，车间里的人乱作一团，母亲却非常镇定，高声指挥，在那里疏散人群。那群人临走时，母亲压抑着难过的心情，竭力和他们解释着什么，可他们似乎并没有要听下去的意思。

那天之后，工厂的工人又陆陆续续走了一些。

王烨看着母亲的头发，想到那句诗——朝如青丝暮成雪。某个夜里，母亲扶着王烨的双肩，非常认真地说："你记住，人，一旦开始抓紧什么所谓的救命稻草，就基本走上穷途末路了。"

王烨打开电脑，看到李双辉发来的几封邮件，都是在询问订单的事情。对于那个残忍的事实，王烨已经不知道该从何解释了。她突然想起了多年前的事情，母亲在办公室里被人发现，浑身无力地倒在地上，等被送去医院的时候，已经来不及抢救了。

王烨将邮件删删改改，最终还是没有发出去。

厉如花手里拿着报告，走到王烨面前，看她眉头紧锁，本不好意思打扰，但手上这件事自己拿不定主意。

“Kelly，有件事我想和你说一下。”

“什么？”

厉如花把报告交到王烨手上：“有一款面料检测一直过不了关，但我查过资料，这是常规面料，不是新开发的，公司好多衣服都用了快十年了。”

“面料编号多少？”

“RT679。”

王烨看着报告上几处画圈的地方，几乎都是成分检测上的问题，她也很奇怪，现在店里摆放的不少款式使用的都是这款面料，怎么会在成分上出问题呢？

“送去再检了吗？”

“已经是第五次检测了，我去问了品质部，据说今年换了检测公司，不在之前那家做了。不知道是不是上面没有打点好，对方故意为难我们？”

“这样吧，你先把报告放在我这里，我回头问问检测部门，打样之前你再来找我。”

王烨又看了一遍报告，但此刻她心乱如麻，毫无头绪，便将报告放在资料夹中，继续思考李双辉的事情。

当天下午，李双辉直接来到了BUNK公司，在前台指名要找王烨。王烨知道躲不过，只有出去面对，刚想推门，却被于飞虹拉住了。

“你最好别去，虽然这对他很残忍，但是你也要懂得保护自己。”于飞虹是诚心劝告，“这件事，谁也帮不了你，虽然我不知道你当时贸然接下这个烂摊子的原因是什么，但我相信你是聪明人，若非有特殊原因，也不会插手。可现在的问题是，从一开始，郭总就没打算再和他们合作下去，他不是给了杜尚瑞一个机会，而是给了你一个机会，你懂吗？”

王烨朝于飞虹点了点头，于飞虹以为她听进去了，但下一秒，王烨便推开门走了出去。

“王烨……”

王烨踩着高跟鞋，“嗒嗒”的声响里没有透露出半分胆怯，但其实她心里一点底也没有。她很害怕，不是害怕面对李双辉的质疑，而是害怕看见当年母亲眼中那种乞求的神情。

“王小姐，王小姐，您终于出来了！”李双辉原本暗淡的双眼好像一下被点亮了，他从沙发上一跃而起，“王小姐，订单不会不做的，是吧？无论如何，这次的订单不会有问题的是吧？”

王烨不敢直视李双辉的双眼：“李总，你先听我说……”

“王小姐，我们厂里上上下下几百人可就指着这笔订单了。”王烨知道，李双辉在强忍住眼泪，努力不让自己崩溃。

“这件事情，我会解决。你先不要急，再给我一点时间。”

“谢谢王小姐。王小姐，拜托了，真的，拜托了。”

“嗯。”王烨用力地点了点头。

二

郭靖缓缓拉起百叶窗，金橘色的夕阳余晖落在雪白的墙上，被靠窗的绿植打散成碎碎的光斑。于飞虹敲门进来，郭靖没有回头看她，只是淡淡地问了一句：“走了吗？”

“走了。”于飞虹把资料放在郭靖桌上，“不过，事情好像没有就此结束。”

“想得到。如果他真能就此离开，我也不必让你去多看一眼了。”郭靖回过身来，从壶中倒了一杯咖啡，轻轻抿了一口，“这件事情，你怎么看？”

“我觉得不太像是王烨栽赃陷害，当然，我也没法确定是不是林丹。”

“是谁都不重要，重要的是，王烨和林丹已经不能再共事了，杜尚瑞只是一个导火索，没有它，也会有别的事。”郭靖转身坐在椅子上，略加思考后，问道：“陈彤的设计稿查到出处了吗？”

“通过公司内部的后台大数据也没有查到相关的信息。”

“也就是说，数据传送的时候用了外部网络，看来，这是要故意隐藏提供方的信息啊。”郭靖摸了摸下巴说。

“我仔细看过设计图，并找人做了调查。并不是所有的图样都在相关的公共平台上展示过，虽然款式都可以找到，但是图样精确到了细节，若非和陈彤有比较亲密的关系，根本拿不到。”

“我知道了，你现在去做两件事。第一，不管你用什么办法，找到新的设计师，尽快拿出替换方案，确认无误之后，我亲自去和节目组谈，无论如何，要在节目中展示 JFC 的最新款，并且一定要上通稿。第二，你帮我约一个人，我想见见她。”

“好，要约谁？”

“陈彤。”

王烨站在丽思卡尔顿酒店楼下，看着从旋转门内出来的人，个个西装革履，身板笔挺，举手投足之间带着难以接近的上流贵气。她来回踱了两步，微叹了一口气，挽了挽衣袖，还是走了进去。

“您好，我想找一下住在 1507 的倪赟倪先生，我姓王。”

“哦，请您稍等一下。”前台小姐报以礼貌的微笑，然后拨通了电话。

王烨随意看了看周围的环境，前台很快就给了答复：“不好意思，倪先生说现在不方便见客。”

“那什么时候方便？”

“不好意思，他没说。”

“没事，我在楼下等他吧，他总会下来的。”

王烨坐在酒店大堂的沙发上给倪赟发了一条短信，但并没有收到回复，她知道倪赟在耍性子，故意的，这时候越问他就越得意。王烨坐了十分钟，看见前台接了两通电话，虽不明显，却也能看出她在注意着王烨的一举一动。王烨想了想，趁她不注意，起身往电梯走去，不是上楼——此刻敲门他肯定也不应——而是径直来到了地下停车库。四面相通的车道，停的车却不多，这个时间点，大部分住客都出去了。王烨很快就找到了倪赟的车，看了看手表，果不其然，不出五分钟，倪赟就从电梯门里走了出来，匆忙朝自己的车快步走去。正当他准备打开车门的时候，王烨绕到他身后，拍了拍他的肩膀。

“啊……好巧。”倪赟的脸上露出了尴尬的笑容。

“不巧，我等了好久。”

王烨想，有时候，太了解一个人也挺好的，至少，可以少走些弯路。

倪赟找了家咖啡厅，坐下来，还没点单，就开口道：“如果你来找我是为了订单的事，我可能没办法帮你，毕竟在这件事上，某些人比我绝情。”他说这番话的语气就像个孩子。倪赟总是对一些过去的事情斤斤计较，执着得不行，倒惹得王烨有些想笑。

“不说订单，我们谈合作。”王烨早料到他不会轻易放手，何况这件事他说了也不算——郭靖都已经把订单发到倪赟的工厂了，他不接，也轮不到杜尚瑞。

“合作？”倪赟斜着眼，狐疑地看着王烨。这个女生太精，他吃不准她在打什么算盘，但内心突然有了些期待。

“嗯，你在菲律宾的工厂目前状况怎么样？”

“说实话，还不错。但是那边的人笨手笨脚的，工艺肯定比不上国内。”

“你之前不是一直想让我过去帮你指导吗？”

“对啊，你不是不去吗？”倪赟想了想，眼睛里突然闪出了光，“莫非你改变主意了，打算来帮我？”

“JFC 的这笔订单对你有多重要？”

“很重要，订单成了，工厂也成了。”

“把这笔订单交到菲律宾工厂，你放心吗？”王烨始终盯着他看，看得他有些心虚，她给人下套的伎俩太厉害了。

“你有什么话就直说吧。”倪赟不想再和她打心理战了，自己稳输。

王烨笑了笑：“我提两件事，你答应我们就继续谈，不答应我马上就走。第一，我可以帮你，但是去菲律宾不实际，我现在还不能离开 BUNK，但我帮你找到了一些人，比起我，他们更能帮你的工厂快速上道。杜尚瑞的工厂虽然小，但工人的手艺不差，这点，我检验过了，让他们来指导那些菲律宾人绰绰有余。第二，他们帮你把 JFC 的订单搞定之后，你要用你的关系帮他们接一些其他品牌的订单，订货量虽然比不上 BUNK，但养活他们的工厂应该没问题，算是资源置换，这点我没办法做，但你可以。”

倪赟想了想王烨的话，觉得这女生太厉害了，不动声色间让他陷入了无法回绝的境地。

“王爷……你为什么一定要帮他们呢？”

王烨想也没想：“成年人应尽的善，就是不再见死不救。”

倪赟终于忍不住笑了："好，我答应你，不过，你也得答应我一个条件。"

"你说。只要不是以身相许。"

"嫁给我就那么丢脸吗？"

"有点。"

"你！"倪赟想想，还是算了，"你想多了，我没那么俗，真要你嫁给我，也是让你心服口服地嫁。"倪赟点开手机，递给王烨，"我要你帮我的，是这个。"

三

陈彤从会议室走出来的时候，正好是下午四点，因为是周末，办公室里只有几个设计师还在赶工，办公桌上随意放着几本近期的*ELLE*（《世界时装之苑》），应该是某个助理借去看后刚刚归还的。她从抽屉里抽出一包绿茶，准备去开水房，刚要起身，便听到身后有人叫她。

"Maggie 啊，有点事儿想和你说说呢。"陈彤转身，看见那个喜欢穿大红色衣服的 Lisa 正扭着腰婀娜地走过来。Lisa 将设计稿放在桌上，用笔圈画出模特的衣领和袖口，说："这两个地方要用荧光色的面料，工厂那边说做不到呢，而且 Maggie 啊，荧光绿打样出来真的好看吗？会不会有点土啊？"

陈彤托着下巴又仔细看了一遍自己的设计图，想了想说："你叫那个觉得土的人来找我吧，如果他有更好的提案，更换倒不是问题。"

“真的吗?! 可以更换?”

“嗯，当然可以。别说更换了，署名也没问题啊。”

“真的假的?”Lisa双眼放光。

“嗯，更换之后，卖好了是他的功劳，老板肯定也高兴，但是卖不好的话，提意见的人也会承担这份责任。有人帮我分担压力，我有什么不乐意的，你说是吧?”

陈彤和气地笑了笑，Lisa的脸色却暗淡了下去，支吾着说：“其实荧光绿也蛮好的，说土的人才是真没眼光呢。”

“没事，谁有意见，你就让他直接来和我说，凡事都有商量。工厂那边还有问题吗?”

“应该没什么问题，我会去follow（跟进）的。”Lisa的目光慢慢转移到陈彤身上，“Maggie，你的品味真是太好了，你这件刺绣外套是哪里买的啊? 去年的几个大牌我都没看到出了这一款啊。”

“闲来没事自己做的。”

Lisa的杏仁眼瞬间变大，又谄媚道：“难怪呢，真是好看呢。有时间一定要教教我啊！我还有点事要先去忙了……”

陈彤端着茶杯，看着走远的Lisa，微微叹了口气。

自从陈彤加入杰克斯邦德之后，这样的事情已经不是第一次发生了，公司里的小团体对她这样突然空降的设计师充满了敌意。就在前两天，以Lisa为首的几个人坐在咖啡厅里对陈彤过去的设计评头论足，在一旁买咖啡的她刚好听到。

“毕竟人家是国外知名设计师，知名，你们懂吗? 光这个头衔就够你奋斗好几十年了。”

“可不是，你嫌她的设计土，那是自然的，也不看看她都多大年纪了？还‘永远二十二岁’，想想都觉得有些恶心。”

“人家怎么不能‘永远二十二岁’了？说不定她到现在都还是处女呢！”

紧随而来的笑声让陈彤觉得刺耳，但她完全没想和这帮小丫头一般见识，带着打包的咖啡离开了。

这样的冷嘲热讽，当年在国外，她早就听得麻木了。年轻的时候，总会把别人的质疑当回事儿，别人不喜欢，好像自己所有的努力就都白费了，可是随着年岁渐长，陈彤慢慢明白，所谓“别人”，不过是你没有做出成绩之前才会出现的人。有好几年，陈彤坐在时装大展的前排席位，曾经对她指指点点的“别人”开始对她阿谀奉承，这些她都了然于心。

她刚刚拿起手机，就看到了一条来自陌生号码的短信，读完后，她的眉头微微收紧了些。

新天地的 K11 里，繁忙的午后时分，也有几处幽静的咖啡厅。

于飞虹坐在郭靖旁边，眼神却不断瞟向咖啡厅门口。说实话，她不知道陈彤会不会来，但一旁的郭靖倒是显得从容很多。于飞虹不太清楚郭靖找陈彤是为了什么，但她有非常强烈的预感，郭靖并不想把陈彤挖来 BUNK。于飞虹相信郭靖也清楚，陈彤不是一个喜欢抛头露面的人，何况这又是来自竞争公司的邀约。郭靖这个人，做事前从不讲明自己的想法，好像已经胸有成竹，却让周围的人一头雾水。于飞虹说不上这是优点还是缺点，但很多时候这会让下属有些手足无措。然而他的那份自信，却是有威慑力的，让你觉得他是有信念的，并且一定会将之执行。

咖啡厅里放着巴赫轻快的《小步舞曲》，旁边的一对情侣留下喝剩的半杯咖啡走了，这里只剩下了他们俩。

陈彤终于来了，她戴着一副墨镜，上身穿着一件纪梵希的纯色麻黄衬衫，下套一条宽大的黑色麻布裤。她身材高挑，看起来格外清爽。虽然是初见，于飞虹已经感受到了自己和她之间的差距，陈彤有种说不清道不明的气质，亲和的外表下暗藏着一股侵略性。

陈彤四下张望了一下，于飞虹起身走上前迎她。陈彤看见他们，笑了笑，明明已经不是少女的年龄了，居然还可以笑得那么甜。郭靖绅士地朝陈彤伸出了手，陈彤礼貌地握住，点了点头。

“不好意思，我应该没有迟到吧？”陈彤坐下之前，敛了敛麻布裤的侧边。

“是我们来早了。”郭靖的言语中稍稍多了一丝温度，他朝服务员招了招手，然后对陈彤说，“您先点点喝的吧。”

“好的。”

于飞虹慢慢起身，打算回避，郭靖却朝她递了个眼神，让她不用急着走，她只好也刻意敛了敛裤摆，重新坐下。

“其实今天请陈彤老师过来，我是有一事相求。”

陈彤很快就掩饰住了自己的诧异，笑着问道：“有什么事，不妨说来听听，能帮上忙的话，我一定尽力。”

“突然找您帮忙怎么都显得有些唐突，但我觉得还是开门见山比较坦诚。”郭靖故意顿了一下，“我想和您商量一下，JFC 和杰克斯邦德能否有一次联名合作的机会，设计由您来主笔。”

于飞虹彻底愣住了。联名合作？郭靖在想什么？现在杰克斯邦德视 BUNK 为眼中钉，也是 BUNK 最大的竞争对手，他们怎么会同意？另外，现在联名，无疑是拉了敌人一把，让JFC带动杰克斯邦德的名气，万一杰克斯邦德借此压过了 JFC 的风头，那岂不是……

“这件事，我想我做不了主。”陈彤非常和善地回答，像是拒绝，说的却是实话。

“我需要的只是您答应主笔设计，其他的事情，我会搞定。”郭靖平静地说，“因为我知道，您一年只设计两个款，我希望您能把今年下半年的这一款留给我，这就是我的请求。”郭靖用勺子搅了搅咖啡，“当然，我不会让您白白答应我，作为交换，明年和德费合作的订单，我会多加 30%。”

郭靖几句话便将陈彤逼到了死路，这不是请求，而是要求。陈彤不说话，淡淡地看了一眼窗外，嘴角浮动着别有意味的笑：“一直听说 BUNK 的郭总很厉害，百闻不如一见。合作的事情，我还是那句话，我做不了主，但能帮上忙的，我必然尽力，郭总明白了吗？”

陈彤明面上不拒绝，便是松了口，郭靖很满意，他朝于飞虹示意，让她帮他把手包拿过来。他从手包里拿出一份合同，上面是明年和德费合作的意向书，“增加 30% 的订单”这一项已经加粗了，而且在合同的末尾，倪向东已经签上了名字盖上了公章，这件事就算成了。郭靖约陈彤来，是事先早好了每一步的，陈彤拒绝不了，就算是拒绝，他也有办法让她改口。拿下了陈彤的设计，郭靖心里也就踏实了一半。

陈彤看着那份合同，起身和郭靖握手："希望我们能够合作顺利。"

"不是希望，是必然。"郭靖笑道。

陈彤走后，于飞虹还有些不明白，郭靖让她再续上一杯咖啡。

"是不是觉得很奇怪？"

"应该说是吃惊，"于飞虹不懂，她好奇郭靖心里到底在打什么如意算盘，"陈彤答应了，杰克斯邦德那边可不一定会答应。"

"你担心的不是杰克斯邦德，你担心的，是田晓明。"

于飞虹一直怀疑郭靖懂读心术，总是能猝不及防地猜到别人心里在想什么。

郭靖接着说："田晓明不足为惧，毕竟话语权不在他身上，你奇怪的肯定是我为什么要拉他们一把。"

"我是觉得你对我没有信心。"于飞虹终于还是说出了心里话。如果郭靖不让陈彤把设计给JFC，而是给BUNK，于飞虹自然半点怨言也没有。

"不，和信心没关系，是我看到了一些别的东西。"郭靖继续说下去，"我私下调查了Mary这次给JFC的设计，据说在最终一版出来之前，已经被毙过四次。最后通过的那一版你看过了。”

“嗯，也就是抄陈彤……”于飞虹突然理解到了什么，“所以——！”

“总部的品味我不了解，但有一点可以确定，除去最终那一版，不管我们多努力，也无法超越陈彤设计的那些款式，这件事，我想你我都心知肚明。我们能够借助节目平台发力的机会不多，每一次一定要有话题点和讨论度，否则无论再怎么使劲，都是白搭。就像你所说的，BUNK怎么都不可能和对手合作，但是……”郭靖在杯托上敲了两下，“时代变了。在未来的市场里，已经没有绝对的竞争关系，所有的竞争都暗藏着潜在的合作，把蛋糕做大、做好，是最关键的，而抢奶油和面粉，不再是聪明的选择。我们要做的，就是出其不意。记得我们的企业理念吗？‘没有什么不可能’，说的就是这个。”

短短几句话让于飞虹彻底折服。她终于知道自己和郭靖的差距到底在哪里了。

“所以，抄陈彤，不如直接和陈彤合作，借陈彤之手，为我们JFC的品牌造势，提升话题度。”

“这只是一方面，另一方面，JFC作为一个新品牌，要说影响力，还比不过杰克斯邦德。我不是看低自己，而是实际分析过我们之间的数据差异。刚刚你说我们是拉了敌人一把，其实倒不如说是草船借箭。”

“只是郭总要怎么去说服杰克斯邦德呢？”

“这个你不用担心，我已经想好了。”

四

Shadow用食指蘸了点儿香奈儿面霜的试用装，在手背上抹了抹，漫不经心地问王烨："然后，事情就解决了？"

"算是吧。"王烨伸手拿起一瓶精华液看了看背后的配方表。找倪赟来解决杜尚瑞的问题一定不是最好的选择，却是她在短时间内唯一能想到的办法。

"那你没想和林丹好好算一账？我觉得你迟早得和她摊开说清楚。还有那个抄袭的设计师呢？其他人都来怪罪你，也没人去追究她？"

"其他人我不知道，但这件事我反省过了，会中圈套，说到底还是自己考虑问题不够周全，做事太直接，所以吃亏也只能自己忍着了。至于那个设计师，第二天就找不到人了，而且这么大的事情，最后全都归咎于一个辞职的设计师，放到哪儿都说不通，我想林丹早就考虑到这一点了。"

Shadow趁着店员转身去招呼其他人，又挤了一点乳液在手上，照着镜子往脸上抹匀。王烨直接把乳液放进了Shadow的购物篮里，Shadow惊恐地看着王烨，压低声音说："这瓶很贵欸！"

"等你老了，要花更多钱来保养的时候，只会后悔今天没有买下这瓶并没有那么昂贵的乳液。"

Shadow白了王烨一眼："真不知道你哪儿来的这么多歪理。"说完，立马笑着挽住王烨的手，"不过，和你逛街，真是最开心的。只有你会劝我买买买。"

“有什么好省的？”

“那倒也是。”Shadow把挑好的护肤品放到收银台，转身对王烨说，“对了，你刚刚说，倪少爷又给你开了什么条件？”

“他让我陪他去一趟意大利，说是去看一种奇怪的面料，让我帮他参谋参谋。”

“什么时候去？”

“过两天。”

“过两天不就是你们旗舰店开业的时候吗？”

“是，他就是让我在旗舰店开业那天跟他去意大利。这就是他的条件。”

“你答应他啦？”

“其实我也并不想参加旗舰店的开业仪式。”

王烨还打算继续说下去，突然看见不远处便利店的门口，正看着她们的郭靖。说实话，这个时候，不管是王烨还是Shadow，其实都不太想遇见他。但郭靖似乎没有要离开的意思，他穿过马路朝她们这边走来。Shadow正在从钱包里掏钱，王烨想转过身去挡住她的视线，但Shadow的钱包没拿稳，掉在了地上，她蹲下去捡的时候，正好看见了走来的郭靖。

Shadow站起身来，态度倒比之前见面时从容了很多：“过来买东西啊？”

“嗯，”郭靖微笑着应了一声，“真巧。”

王烨并不想开口说话，甚至想先离开，因为这个时候自己看起来怎么都有些多余。郭靖却看着王烨说："我听说了，你最后处理得很好。"他的语气不太像领导，倒像是一个置身事外的旁观者。

"路不是死的，只是有时候前面有墙而已。"王烨淡淡回答道。

"我去一下洗手间，你们慢慢聊。"Shadow终于还是找了借口离开。

"等等，我和你一起去。"王烨也不打算留下。

"你们都等一下……"郭靖叫住了她们，"其实我过来只是想打个招呼，没想耽误你们太多时间。有些事情虽然过去了，但我知道你们还是会在意，特别是Shadow，道歉虽然是世上最无用的两个字，但我还是想亲口和你说一声，对不起。希望下次见面的时候，我们能不只是打个招呼而已。"

Shadow死死捏着手上的购物袋，终于还是忍不住了。她走上前，看着郭靖，说："郭靖，人总是把自己看得比较重要，你是，我也是，但是，其实我们都没有彼此想的那么重要。其实我们从分开那天起，就已经是两个世界的人了，不必希望对方按照自己想象中的样子出现在面前。是，我还是在意，但这和你道不道歉没有关系，和你这个人也没有关系，我不想因为你的一句'对不起''算了吧''想开点'，就让那些发生过的事情变得像从未存在过一样。你刚刚的话彻底惹怒我了，'希望下次见面的时候，我们能不只是打个招呼而已'，那么，除了打招呼，我们还要吃饭聊天看风景吗？"

王烨看Shadow红着眼，说出了长期以来一直压抑在心里的话，她真想为Shadow鼓掌。伤害过就是伤害过，不能把伤害当作从未发生，放下还是放不下，也不该由他说了算。

“OK，我理解了，我收回我刚刚说过的话。”

王烨挽着Shadow的手，轻轻说了声：“我们走吧。”

走出店门口的那一瞬间，Shadow几乎是带着哭腔和王烨说：“我觉得心里舒服多了，真的，我觉得我再也不会恨他了。”

王烨突然有些心疼Shadow。她明白，再也不恨，和再也不爱，说到底，只是同一种情绪的不同表达方式罢了。

“我们搬家吧，等你从意大利回来，我们就换一个新房子，就像你之前说的那样，彻底和过去告别。”

王烨拍了拍Shadow的肩膀，点点头。

那天夜里，王烨给林丹写了一封请假的邮件，但没有抄送给郭靖。她想了想，在邮件内容中也给了林丹足够的情面——马上要到年底了，她还有七天的年假没有用，月底不休就自动取消了。在这件事上，林丹给出了准确的回复：因为公事繁多，她希望王烨不要在旗舰店开业那天请假，但如果实在要请，她也尊重王烨的意思，希望她好好休息一下，最近确实发生了太多事。

单从邮件内容，王烨看不出什么端倪，但仔细一想，又觉得林丹的语气别有深意。可她顾不上再想这些，用几天年假，换取杜尚瑞事件的顺利解决，她觉得是世上最划算的生意。

随即，她登上公司内网，输入工号ID，填写了请假单，两分钟后，林丹便批准了。

王烨起身准备收拾东西，手机却突然亮了起来。

“怎么突然请假？”发短信的是郭靖。

王烨想了想，快速回复了几个字："我有点事要处理。"

"非要在这个时候处理吗？"

"是。"

王烨以为郭靖还要再问什么，但他却没有再发短信过来，她缓缓地舒了一口气。

五

田晓明驱车在高架路上飞速行驶，就在半个小时前，他突然听说了JFC和杰克斯邦德推出联名款的事，陈彤还是首席设计。听到这个消息的时候，田晓明气急败坏，差点把手机从阳台上扔了下去。

车上，田晓明的电话直接打到了于飞虹那里："这么重要的事，你怎么没告诉我？！"

"你斗不过他的，说实话，没有人知道郭靖脑子里在想什么。你以为我提前告诉你，你就能阻止吗？他永远有你想不到的手段。"

田晓明深深吸了口气："你别忘了我手里捏着什么？！"

"你是不是非要搞个鱼死网破？"

"你不要以为我不敢！"

电话那头，于飞虹没有再说话，田晓明的车也抵达了写字楼门口，下车时他不忘威胁道："你自己好好想清楚利害关系。"

田晓明重重关上车门，快步奔向写字楼。

在电梯里，田晓明已经打好了算盘，他知道从一开始，郭靖就没打算给他留活路，而是要彻底将他赶尽杀绝。他回忆起来到杰克斯邦德的这段日子，顺利吗？看起来，似乎也挺顺利的。坎坷吗？其实比起过去，倒是坎坷了不少。说到底，靠山山会倒，靠人人会跑，在这个世界上，永远不要想着依靠别人来行事，在这一点上，田晓明已经栽过跟头了，但他不服输。比赛还没有结束，到达终点之前，他都不算输。

“老板！”田晓明急不可耐地闯进了大老板的办公室，但刚一开门，他的话音就悬在了半空。坐在里面的，并不只有老板一个人，郭靖正泰然自若地坐在老板对面。

“啊，老田，你来得正好，我正要找你呢。”老板起身示意田晓明坐过来。田晓明愣在门口，一动不动。郭靖和他四目相对，就在那一瞬间，郭靖镇定的神情带着巨大的震慑力，他倒有些胆怯了。郭靖喝了一口茶，站起身：“该说的我也说得差不多了，期待合作顺利，那我就先走一步了。”

老板立马伸出手：“好的好的，那郭总您慢走。”

“嗯，您请留步，不必送我了。”

郭靖与田晓明擦肩而过，郭靖却没有看他，而是静静地拉开门，走了出去。待那扇门关上之后，田晓明才回过神来。

“老田，愣在那儿干吗？赶紧过来！”

田晓明走到老板身边，老板帮他倒了一杯茶，伸手按住他的肩，让他坐下：“老田，你猜都猜不到，刚刚郭靖和我说了什么，他愿意把一部分宣传资源给我们，而且……”

“老板，您答应把陈彤老师贡献出去了?!”田晓明根本没听完老板的话，开口质问道。

“对啊，他又是给我们宣传资源，又是和我们联合开发，不过只想要陈彤的一件设计款，这么划算的生意，我怎么可能不答应呢？”

“但这都是他的圈套啊！他现在用一点所谓的资源和您换我们的王牌，您觉得我们是赚了吗？陈彤的设计值多少钱，一年就只有两款，您匀出一款，我们还剩多少？另外，不管是BUNK还是JFC，都是我们的强劲对手，我们最不应该的，就是向他们妥协。”

老板的脸色突然阴沉下来，田晓明才意识到刚才没有顾及老板的颜面，太着急了。“老田，这个时代变了，不管是各大互联网平台，还是各大影视娱乐公司，都选择了从竞争转向战略合作，我们也不能守着过去的观念以卵击石啊。是，你说得没错，他们是我们的劲敌，但是，你仔细想想，我们一个本土品牌，能够和他们对抗多久？就算我们孤注一掷，倾注所有的精力和财力，最后也不过只是攻破了他们其中的一座堡垒而已，还有多少人等着我们耗尽元气之时乘虚而入？现在他们给我们一个机会，也是给他们自己一个机会，没有了这个机会，他们还可以去找千千万万个机会，我们到头来也不过是他们千千万万的选择之一，你说，我不该答应吗？”

“但是——”

“没有什么但是，老田，我知道你心里不服气，你对BUNK的感情带着私人恩怨，但是，这里是大家的公司，不是你一个人的战场，不是所有人都应该理所应当地跟着你去冒险，去赌博，甚至承受巨大的损失。我创立这家公司到现在已经十多年了，我走的每一步，都求稳，而不求快，如果你觉得这不符合你的理念，可以选择离开。”

“老板，您这是在赶我走吗？”

“我没有这么说，但我希望你能好好想清楚，”老板压低声音，“每家公司，总要明白自己到底处于行业内的什么位置，人也是。”

“好，我明白了。”

田晓明回到自己的座位前，表情凝重地打开电脑，鼠标漫无目的地在屏幕上滑动。他打开 BUNK 的官网首页，几秒就会循环出现一次的旗舰店开业信息，不断刺激着田晓明的神经，他终于知道郭靖到底在想什么了。

宁为玉碎，不为瓦全。

这是田晓明最后想到的八个字。

六

林丹想起，十年前她和丁善正经常小聚的餐厅，早已经从乌鲁木齐路上消失了，那家店后来不知道换了多少老板，但都找不回当年川菜馆的味道了。这家高档餐厅的摆设，乍看起来没有什么问题，却始终不如回忆中的温馨，那种距离感，把林丹一下子拉回到现实。

丁善正用开瓶器拧开一瓶冰啤酒，给自己倒上，敲了敲桌子，才让林丹回过神来：“怎么了？”

林丹笑了笑：“没什么。就是看着窗外的小姑娘，觉得自己真的老了。”

"那你看看我。"丁善正伸手将头发捋起，露出发际线，"我才是老得都快要秃顶了呢。"

"好啦，男人老一点没关系，女人可老不得。你知道吗？我每次看着公司里那些小姑娘，就觉得年轻真好。特别是我跟你提过的那个王烨，有时候我真是嫉妒她，世上怎么能有一个人和以前的我那么像，那么固执，那么笃定？和她对视的时候，我就觉得像是看见了曾经的自己。"

"几年前我和你一样，总是感慨一些已经失去又找不回来的东西，直到去年我差点死在山上，回来之后，我对很多东西的看法都改变了。"

"死在山上？怎么回事？也没听你说过。"

"和朋友去北海道旅行，我执意要坐巴士去附近的山上。那时候我心情很差，也不想有人跟我一起，就一个人去了，结果当晚下大雪，车翻了，死了几个人，我也受了伤，但捡回了一条命。都说大难不死必有后福，这倒是真的，我回来之后，很快就接到了升职的消息，但是在医院那段时间，我好像重生了一样，觉得自己过去做的事情，真的都太傻了，明明可以用更轻松的方式达到目的，自己却一直在错误的道路上行走，你懂吗？"

"所以，你现在是找到正确的路了吗？"

"算是吧，不然我也不会回来。"丁善正一口灌下那杯酒，"我忍辱负重获取他们的信任，等了这么久，等的就是今天。"他看着林丹复杂的表情，往她的杯子里也倒了点酒，"你会后悔吗？"

林丹苦笑着摇了摇头："我有什么好后悔的？"她举起那杯酒，丁善正示意她先缓缓，又在旁边空着的杯子里倒上酒："事情要成功，还需要一个人。"这时，走廊里传来一阵脚步声，林丹转头看去，田晓明正微笑着走过来。

丁善正起身和迎面走来的田晓明紧紧拥抱，然后拉开椅子让他坐下。林丹诧异地看着两人："你们……什么时候……？"

"我们？"丁善正笑了笑，"扳起指头算，可不比和你认识得晚呢。"

林丹突然想到，田晓明和丁善正认识并不奇怪，他们确实应该比自己和丁善正认识得更早，但是不知道为什么，当林丹意识到自己和田晓明在一艘船上的时候，心里特别不舒服。那时候，田晓明暗地里被人举报，确实是她所为，她早就看不惯这个无所作为的男人在公司里呼风唤雨了。但命运就是这么作弄人，原本以为没有了他，自己就可以走得更顺、更快，结果反而落得更糟糕的下场。如今，这个让自己恶心的男人又成了自己的战友，多可笑。

田晓明看着林丹，虽然她什么都没说，但心里的话全都写在了脸上。田晓明笑了笑，这在林丹看来，怎么都带着几分中年男人的油腻感。他向林丹举杯，丁善正也举起了自己的杯子："来来来，为我们即将到来的胜利干杯。"

林丹也无奈地举起了杯子，和田晓明碰杯的时候，他露出了她曾经最厌恶的笑容："林丹，你也想不到吧？兜兜转转，我们还是要联手做事。这个世上，没有永远的朋友，也没有永远的敌人，只有永远的利益。这句话一点都不错。”

林丹猛地灌下那杯酒，感到腹中翻江倒海。她想吐，生理上和心理上都感到恶心，她一刻也不想在这里停留。她想起了刚才自己说的那番话——她时常嫉妒王烨，是因为王烨很像当年那个不肯与这个世界同流合污的自己。变成了自己曾经最害怕的样子，这种感觉真是糟糕透了。

七

2015 年 12 月 25 日，对于 BUNK 来说，本该是一个记入史册的日子。

刚过早上八点，上海地铁 1 号线的出口就已经挤满了人，维持秩序的工作人员拉起了隔离带。距离 BUNK 旗舰店开业还有不到一个小时的时间，整个淮海路简直可以用“人山人海”来形容了。营销部门的同事最早跑去现场，拍了照片发到公司邮箱，每一个人都看到了现场的盛况。

与此同时，浦东机场 T2 航站楼里，身穿深灰色羊绒风衣戴着墨镜的倪赟，端着一杯星巴克咖啡朝登机口走去。王烨只简单地穿了一件轻薄的羽绒服，拖着拉杆箱，慢慢地走在他的身后。

“等一下，你带我去意大利该不是个骗局吧？”王烨突然停下脚步，对走在前面的倪赟说，“你那所谓的神奇面料，我怎么想都觉得有点不靠谱。”

倪赟低头推了推鼻梁上的墨镜，没好气地说：“欸，机票的钱是我出的，酒店也是我订的，就算是去旅游，你也赚了好吗？”

“你不会真的是想带我去旅游吧？”

“都到这个时候了，你管它是旅游还是别的什么呢？海关都过了，马上就要登机了。”

王烨狐疑地看着倪赟，倪赟哼着小曲，自顾自地继续向前走。王烨也知道，吃人家的嘴软，拿人家的手短，这会儿是自己托别人帮忙。虽然不知道倪赟葫芦里卖的是什么药，但至少他不会随便把自己卖掉。既来之则安之。

王烨打开微信，朋友圈已经被旗舰店的开业现场照片刷屏了。

同一时间，于飞虹的车刚下高架桥，堵在了淮海中路和陕西南路的交叉口上。另一边，林丹从出租车上走下，用力甩上车门，推了推鼻梁上的太阳镜，抬头望着不远处 BUNK 旗舰店硕大无比的 logo。

早上十点，BUNK 上海旗舰店的大门正式开启，65 岁的创始人新田中建携郭靖和丁善正，还有刚刚到场的于飞虹，慢慢走向大门口。

工作群里很快就传来了钱思思发的几段视频，那是王烨第一次真实地感受到新田中建本人的存在。之前好几次全球视频会议，王烨都在电视里见过他，但那和亲眼看到他感觉是不一样的。他是一个威严的老人，身穿 BUNK 羊毛西装外套，内套一件浅蓝色牛津布衬衫，系着一条中规中矩的黑色领带。虽然他已经秃顶，两鬓花白，但说起话来中气十足。BUNK 从一家小型缝纫店做到今天，新田中建功不可没，谁也想不到一个身高不足175厘米的小老头，竟开创了服装快销品牌的一个新纪元。

红地毯上，郭靖和丁善正站在一旁，对着摄像机和不间断的闪光灯微笑。

“我们尽可能地为全世界顾客提供最优质的服装，这是我们的初衷，也是我们坚守的信念。对于中国市场，我们一直抱有最大的热情，希望我们的服装能得到中国人民的喜爱……”

新田中建手拿演讲稿，用蹩脚的中文发表完演讲，围观的人群瞬间响起热烈的掌声。新田中建刚刚带着三人剪彩合影完毕，宣布旗舰店正式开业，围观的群众立马迫不及待地冲入店中。

林丹端庄地站在门口，看着店里形形色色的人，口袋里的手机突然响了起来。

“喂，丹姐啊……”

“小顾？怎么了？”林丹皱了皱眉，不知道后勤部的小顾这个时候打电话来做什么。

“您真是贵人多忘事，前几个月，您不是让我帮忙调查仓库摄像头的事情吗？我到大厦的监控系统那里去找人调了视频，对方原本不愿意，说这种事是要找警察去做的，我好说歹说，托了点关系才搞定。”

林丹舒展了眉头，不禁浅笑道：“是吗？所以是谁在恶作剧？”

“摄像头确实在您说的那个时间之前就坏了，但是不是两个月前，具体不能确定了，因为录像已经被覆盖。但有意思的是，样衣间旁边的另一个角落有个备用摄像头，一般人都不知道，而且那个备用摄像头的录像保留的时间稍微长一点，刚好有您要的那段视频。至于您说恶作剧的人……”

电话那头报出名字时，林丹意味深长地“哦”了一声。她踩着高跟鞋，看着店里的人各自忙忙碌碌，仿佛都很清白。

新田中建看着人山人海的卖场，露出了满意的微笑，他拍了拍丁善正的肩膀：“丁，接下来就拜托你了。”丁善正恭敬地鞠了个躬，点点头。

新田看过各个橱窗后，侧身和郭靖低声说了几句话，便跟着助手离开了。郭靖和丁善正站在店门口向新田挥手告别，回头望去，整个卖场挤满了人。顾客肆意翻拣着衣服，原本整整齐齐的展台被弄得一团糟，员工忙里忙外，招呼顾客，试衣间的长队已经排到了门外。

“不知道今天的营业额能不能达到预期，看样子，应该不会差。”郭靖摸着下巴说。

“我觉得工厂要忙着补货了。”丁善正笑着说。

卖场内，于飞虹提着包穿行于人群中，对于今天JFC最终的营业额目标，她还是略感紧张。

同样是CEO，于飞虹不管表现得多么从容不迫，都无法和郭靖一样，真正做到胸有成竹。对于JFC在中国市场的这次试水，她还有太多无法估计的方面，所以每一步都走得很小心。她很早就意识到“在职场里，没有人是不可取代的”，一路上永远不缺的就是深渊和在背后推你一把的人，到头来，还是得看自己的成绩有没有绝对的说服力。

“于总……”

助理小步跑来，在于飞虹耳边说：“女装牛仔裤已经卖完了。”

“哪个款？”

“N076 款和 N089 款都没了，刚刚仓库打电话来让我们加货。”

“好，你现在立刻联系工厂，追加 10% 的货量。”

“是。”

于飞虹的心情被这个突如其来的好消息振奋了，她踏着高跟鞋往回走，正准备将此事告诉郭靖，不料看见了拎着手袋望着她的林丹。

林丹扬起嘴角，语调中却丝毫没有祝贺的意思：“真是厉害啊。”

于飞虹轻笑一声：“林丹，你今天看起来倒是挺闲的。”

“我不是来和你抬杠的，”林丹走向于飞虹，调出手机里的视频，“我想你应该看看这个。”

于飞虹看着手机，视频里面是一个穿着黑衣服的女人，拖着箱子从仓库走出来，基本看不清她的相貌。林丹得意地笑着：“不知道是谁，是不是？”她快速拉到最后，按下了暂停键，走廊角落，女人回头的瞬间，于飞虹清晰地看到了那张脸，微微一怔。

“你可别说你不知道照片上的人是谁。”林丹的语气中带着一丝幸灾乐祸。

“你……”

“你当然可以说，手下做什么和你没有关系，但以我对你的了解，你可不是随便把手下推出去当替死鬼的领导。”

林丹咄咄逼人的气势让于飞虹一下乱了方寸，她深吸了一口气，说：“样衣的事情是我做的，所以你想怎么样？把这个交到郭总手里，然后置我于死地？”

“我要是真的这么做了，此刻的你应该正在郭靖面前想方设法解释原委，而不是在这里质问我。我没那么蠢。”林丹向前挪了一步，“我只是特别佩服你，用这样的方式让所有人都觉得你是被害者，更进一步增加了郭靖对你的信任，然后一步步爬上了现在的位置。”

于飞虹屏气凝神，望着林丹，想知道她到底要说什么。

“我把这个给你，只是想和你做个交换……”林丹凑到于飞虹耳旁，轻轻地说了一个词。

就在这个时候，门口突然传来一阵骚动，一群穿着制服的人走了进来，于飞虹还没从林丹的话中回过神来，便听到那群人的头头对正在挑选衣服的顾客说：“不好意思，我们是质监局的，经检测，BUNK品牌的两款服装中有害物质超标，甚至有致癌的风险，我们需要将这两款商品带回去调查。”

原本闹哄哄的旗舰店一下安静了，不过片刻之后，顾客们开始窃窃私语，进而大声质疑。收银台前的顾客停住了准备拿出钞票的手。

于飞虹将目光投向不远处的郭靖，看着他漆黑的瞳仁，多希望他能开口说一句话，打破这死气沉沉的尴尬。郭靖走向那位说话的质监局领导，将自己的名片递给了他，对方瞥了一眼名片又抬头看了看郭靖。

谁也不知道郭靖和他说了什么，或者根本什么都没有说，那位领导就这样带着手下的人退到了店外。

于飞虹记得刚刚进店前，郭靖在自己耳边说的话——今天的营业额目标是600万，而此刻，它正随着客流量的减少而变得越来越难以实现，刚刚人山人海的热闹景象顷刻化作虚无。

王烨刚刚系上安全带准备关机入睡，手机突然振动起来。她接起后还没来得及说话，就听见厉如花急吼吼地大叫："Kelly，出事了，出大事了！"

厉如花把刚刚发生的事情一五一十和王烨说了一遍，王烨只觉如芒在背，她解开了安全带，起身打开行李架。倪赟正在听歌，一回头发现座位空了，才注意到王烨正急匆匆地往机舱口跑去。

"喂！王爷，你去哪儿啊？"

"我要回公司。"

倪赟以为自己听错了，摘下耳机，也迅速从行李架上拿下背包，追了上去："去哪儿？"

"我要回公司，出事了。"

倪赟一把拉住王烨，双眼直视着她，质问道："公司出事了和你有什么关系？"

"放开我。"王烨恶狠狠地瞪了倪赟一眼。

"你们公司有那么多领导在，没有你一样能解决问题，这会儿飞机马上就要起飞了，你就不能好好坐在座位上吗？"机舱口的大风吹乱了倪赟的头发。

"倪赟，你不要闹了，去看面料什么时候都可以，非得是今天吗？"

王烨突然一怔，接着看向倪赟，“你是不是原本就知道今天要出事？所以才让我跟你去意大利？”

“我不知道你们公司要出什么事，我也不关心你们公司发生了什么，今天是我的生日，我只想带着我喜欢的人，去一个没有人打扰的地方，安安静静地度过一天，你明白吗？”倪赟看着王烨，“我知道，其实我在你心中没那么重要，甚至在你认识的人当中，我也正巧是你最看不上的那种，但是我一直很努力，想摆脱你心中对富二代的固有印象，我想让你看到我的好。我做工厂，你不帮我，我需要订单，你也不帮我，这些都算了。我想就放宽心，什么都不想，单纯和你过一个生日，这样简单的要求，你也没办法答应我吗？”

王烨被倪赟突如其来的表白弄得有些晕眩：“我……”她设想了很多种可能，却没有想到今天是倪赟的生日。

“我……”

倪赟抿了抿嘴唇，缓和了一下自己的情绪：“算了，趁飞机还没起飞，你走吧。我知道留不住你。”

“走吧。”王烨收起了手机，一手插进口袋，洒脱地说。

倪赟睁大眼睛，疑惑起来：“去哪儿？”

“去意大利。”说着，王烨转过身，拖着行李走回了机舱。

倪赟还有没反应过来，冷风呼呼地吹打在他脸上。

“先生，飞机马上就要起飞了，请您回到自己的座位上好吗？”空姐轻轻地拍了拍倪赟的肩膀。

“啊……哦，好的。”倪赟傻傻地笑了笑，打了个响指，朝座位跑去。

两人坐好后，倪赟侧过脸，又看了看王烨："你可别反悔哦，舱门已经关了，你可下不去了。"

王烨闭着眼睛，不耐烦地说："你有完没完？"

"我就是怕你后悔。"倪赟的脸上露出几分窃喜。

王烨彻底放松下来，她刚才决定不走，并不只是被倪赟的话所打动，而是突然意识到，在一场风波中，并不是参与的人越多，事情越能得到解决；相反，若非当事人，尽可能不卷入或者彻底远离风波，反而是让事件更快得到解决的方式之一。

视死如归

一

最让郭靖始料未及的，是关于BUNK面料有害物质超标的新闻以迅雷不及掩耳之势霸屏网络，在热搜排行榜上居高不下，网友和顾客都开始毫不留情地辱骂BUNK。在这件事上，他明显感觉背后有人在操控。事发当天，新田中建火冒三丈，在电话里狠狠批评了郭靖一番，他们谁都不曾想到的是，这件事曝光之后，影响力远远超过了BUNK上海旗舰店开业的新闻，原本预计销售火爆的旗舰店一夜之间门可罗雀。更加棘手的是，在新闻发布的第二天，就迎来了BUNK在香港股市大跌的消息。

很快，郭靖也接到了杰克斯邦德老板打来的电话，对于之前商议的合作，他们希望能够暂缓实行。郭靖二话没说就答应了下来，他自己也知道，这个时候任何新的举动，都会让暂未解决的问题火上浇油。

在事件发生的48小时内，郭靖居然没有召集任何一个人商谈开会，而是将自己锁在办公室里，拒不迎客。不过，此刻就算郭靖敞开大门，也没有一个人敢靠近。BUNK的格子间内人心惶惶，新田中建大发雷霆，在抄送公司全员的警告邮件中，他虽然没有指名道姓地怪罪郭靖，但办公室里早已传起了郭靖这个CEO做不了太久的流言蜚语。

郭靖的电脑屏幕上是实时股市的页面，BUNK及JFC的曲线都一路下跌。从昨天半夜开始，他的手机就没有安静过，但此刻他只是静静地站在窗边，一只手摸着嘴角，看着不远处的黄浦江，像在放空，又像在思考些什么。

于飞虹拉下自己办公室的百叶窗，确认门已锁上后，才拨起了电话。她双手颤抖地等待电话接通，尽量压制着自己的愤怒，害怕再次陷入对方的圈套。

电话终于接通了，对方开口便是戏谑的口吻，让于飞虹觉得有些恶心。“喂，于总？”

“你为什么要这么做？”若不是处于非常时刻，她真想出现在田晓明面前，用力地扇他一巴掌。

“为什么？你说为什么？我一开始就告诉你，让你配合我，但是你一次次让我出丑，是把我当猴耍吗？”

“我和你说过，郭靖并不是什么想法都会告诉我，我能配合的都配合你了。你明知道RT679的事是无法解决的，BUNK的所有热销商品几乎都用了这款面料，而且当年是你亲口说，这款面料是公司内部公认可以使用的。你现在抓住这个漏洞不放，还趁着旗舰店开业的关键时刻曝光这件事，未免有点太卑鄙了！”

“你们郭总不是神仙吗？不是什么事都能解决吗？既然如此，你为什么不提早告诉他这款面料有问题呢？明明是你自己有私心。哦，对了，我还没想到，或许你早就等着郭靖下台的那天了，你好跻身上位。于飞虹，我当年真是小瞧了你。”

“我才没有你想的那么贱！”

于飞虹没有告诉郭靖，自然有她的苦衷。RT679 是她当年带着团队一手开发的面料，田晓明还在职的时候，觉得这款面料手感轻柔又有韧性，上身一定会有不一样的感受，所以在检测结果还没出来之前，就冒着风险将其投入了生产。没想到的是，用这款面料制作的衣服，刚刚上市就被一抢而空，这十几年来，RT679 面料的衣服一直是 BUNK 产品中的销量冠军。更重要的是，因为这款面料，于飞虹和面料工厂的老总结下了不解之缘，最后那位勤勤恳恳的企业家成了她的丈夫。在田晓明第一次找到她，以 RT679 威协她时，她就想过要不要将这个藏了十年的秘密告诉郭靖。但只要她说出口，BUNK 一定会立马停止与她丈夫的面料工厂合作，甚至可能会索要巨额赔偿，那她和丈夫这些年打拼的成果就会化为乌有。这十来年里，于飞虹不止一次和丈夫商量过改善面料的成分、降低有害物质的含量，但只要稍微改变一点成分配比，面料的质感就立马会有天壤之别。根据国际有害物质管控标准，RT679 确实超标，但并没有达到损害人体健康的程度。尽管如此，这依旧是于飞虹一个无法解开的心结。

“于飞虹，我现在就告诉你，这才只是个开始。”说完，田晓明便挂断了电话。

于飞虹将桌上的文件扫落在地，懊恼地捂着头。她早知道纸总有包不住火的一天，只是没想到事情会发展到这一步。

二

到达意大利当晚，王烨被倪赟带到了一家旧式餐厅的露台上，没有蛋糕，没有大餐，只有简单的两三碟当地菜——牛尾骨，海鲜意面，一碟蘑菇炒牛肉，顺带点了两瓶香槟。天空中有几颗闪闪发亮的星星，倪赟缓缓地给王烨倒了一杯酒，笑着说：“你尝尝这个，味道可好了。”

王烨举起酒杯，嘴角扬起一丝微笑：“生日快乐。”

“生日快乐。”倪赟端起杯子碰上去，自己也笑着说了一遍。他低头看了看表：“现在是国内时间凌晨三点，你不会还在担心公司的事情吧？”

“并没有。”王烨叉起一小块牛肉放进嘴里，“我如果真的担心什么，是不会和你坐在这里吃晚餐的。”

倪赟放下刀叉说：“你的脸不要这么僵，偶尔笑一笑，会让皮肤更有弹性。”说着，他将两根食指放在嘴角两边，做了一个向上拉伸的动作。王烨真想把盘子扣在他脸上，但她只是吃着盘中的食物，冷冷地说道：“我只听说经常笑的人更容易长法令纹。”

“没事，你就算长了法令纹也很好看。”

“滚。”

王烨从来也没有想过，在罗马的天空下，自己竟会和倪赟站在特莱维喷泉附近，看着那些向许愿池投币的游客，感受一份好像并不属于自己的安逸。罗马的夜晚，临近九点夜幕都还没有降临，倪赟不知什么时候从口袋里摸出了两枚硬币，递了一枚到王烨手上：“要不要试试看？都说在这里许愿很灵的。”

王烨把硬币还给倪赟：“算了吧，我一直不相信这些东西。”

倪赟没有接硬币，双手拍在王烨肩上：“试试，来都来了。”

倪赟绕到许愿池边缘，双手合十，将硬币夹在手掌之间，面对着喷泉，闭上了眼睛。王烨默默走到他身边，轻轻笑了一下，她第一次这么认真地看着倪赟闭上眼睛的样子，发现他的睫毛原来这么长，侧脸的轮廓也很好看。倪赟突然抛出了那枚硬币，硬币在空中画出弧线的瞬间，他趁王烨没有访备，猝不及防地亲了一口她的脸。王烨愣愣地看着他，倪赟笑着说：“我刚刚许下的愿望就是能亲你一口，你看，实现了，多灵！”

王烨突然露出凶狠的表情，倪赟吓得往后退了两步：“你……你干吗？”王烨轻笑一声，用力一推，倪赟整个人摔进了水池，周围的游客惊叫起来，王烨则直接扭头走开。

“喂！你还没许愿呢！”倪赟从水池里爬起来，浑身湿漉漉地朝王烨喊了一声。

话音未落，一枚硬币就从倪赟头上划过，掉入水池中。

“好了，我许过了。”王烨丢下一句话，继续向前走。

倪赟撑着水池边缘，突然打了个喷嚏，然后傻傻地笑了起来。

王烨洗漱完毕后却一直没有入睡，她躺在床上打开电脑，虽然嘴上说自己对公司的事情毫不关心，但其实还是想知道最新进展。

刚刚连上网络，一堆邮件和短信便闯进了手机。王烨大致了解了事情的原委，针对新田中建在邮件中的指示，郭靖的回复相当有技巧，他承认了自己工作的失职，但并没有承认上级对他的否定。众人都能看出，郭靖的处境其实岌岌可危，可他并没有在邮件中表现出唯唯诺诺委曲求全的样子；相反，他的气场依旧强大。在回复新田中建的邮件中，他将预计的事情走向和解决方案都写了进去，而且是在用积极的态度面对。反倒是新田中建最后那句“那就你全权负责收拾烂摊子”，显得有些孩子气。

王烨慢慢滑动手机屏幕，注意到给自己发短信最多的不是林丹，而是厉如花。王烨点开短信，全部看完，才注意到原来前些日子厉如花和自己提过的那款没有通过检测的面料，就是这次事件的导火索。

不知不觉，她竟然看到了凌晨三点，想到国内的同事已经开始上班了，她立马给厉如花打了一通国际长途：“Linda，到底是怎么回事？”

“你这么早就起啦？不对，你那边应该还是凌晨吧？”

“这些都别说了，你告诉我事情怎么样了。”

“具体情况我也不知道。我今天看了新闻，才意识到那天我给你看的那款面料RT679就是这次被调查的面料。检测报告你放在哪儿了，还记得吗？”

“应该在我抽屉里，你找一下。”

电话那头传来一阵窸窸窣窣的声音：“找到了。”

“你拍一张照片发给我。”

“好。对了，Kelly，我和你说，这件事其实有些蹊跷。”

“怎么？”

“按道理说，如果面料真的有问题，公司的上层领导不可能不知道，你说对哦？但是看郭总和新田老头儿往来的邮件，好像他们都不知道这件事。那么这款面料用了这么多年，为什么一直没出问题？偏偏在这个时候，就在旗舰店开业的当天，冒出了这么个事情来，你不觉得蹊跷吗？”

王烨仔细想想，觉得厉如花分析得很有道理：“你的意思是……有人设计？”

厉如花压低了声音：“我能想到的就是这个。你想啊，这件事外人是不可能知道的，我们下面的人也根本不会去注意，面料不过关就再检咯，但问题是，之前这么多年为什么都检测过关了呢？偏偏最近这几次又被卡住了？所以啊……”厉如花故意拉长了尾音，“可能不是有人要整公司，就是有人要整郭靖呢。”

“你等等。你刚刚说，这个秘密只有上层的人知道，而郭靖却不知道。那么，很有可能知道这件事的人，是郭靖来公司之前就在BUNK工作的老员工，而且很可能不止一个人。”王烨顿了顿，“但为什么没人提出来呢？这其中肯定有什么问题。”

“你啊，不在现场，就算是福尔摩斯在世，也想不明白的。你啥时候回来啊？”

“明天。”

“明天就回来？”

“我该做的事已经做完了。所以，该回来了。”

“那就等你回来再说吧，现在公司乱成一锅粥了，我先去忙了。”

王烨挂断电话，拿起手机看了看厉如花发过来的检测报告，靠在床头沉思了几秒。然后她跳下床，趿上拖鞋，开门径直走到隔壁倪赟的房间门口，敲响了门。

“Who is it？”（谁啊？）倪赟睡得迷迷糊糊的，头发乱糟糟地打开门，看见是王烨，吃了一惊，又赶紧把门关上，“你等我一分钟。”他快速梳了几下头发，重新打开了门。

“这都几点了？这么晚找我，是不是一个人不敢睡啊？”

“别睡了，先看看这份报告吧。”王烨把手机递了过去，倪赟抓了抓头发，看了起来：“这是什么？”

“你能不能帮我找家第三方检测公司，看看这个数据具体有哪些问题。”

“这倒是小事，关键是，你给我这张报告没用。你在BUNK这么久了，还不知道什么叫现场、现实、现物吗？你至少得把面料实物给我找来。”倪赟说完，突然觉得不对，反问道：“欸，咱们不是说好不谈工作吗？”

“你看看时间。”

“怎么了？”

“十二点过了，已经不是你生日了。”

“喂，你……”

“我已经订了明早回上海的机票，不，是今早，跟不跟我走随你。”

“这么快？！”

“快什么快，你要我做的事情，我都做完了，不是吗？你刚刚也说了现场、现实、现物，缺一不可，是不是？”

“那你订了几点的机票啊？”

“发你手机上了，自己看吧。”

“欸，你等等！”倪赟拉住王烨的手，“我问你个事儿。”

“你问。”

“你……喜不喜欢我？”

王烨转了几下眼珠，忍不住笑了出来。

“喂，别耍赖。”

“倪少爷，你贵庚？”

“刚满二十六，你不是知道嘛。”

“我觉得你就十六。”王烨抽出自己的手，“等你长大一点再说吧。”

回到房间后，王烨彻底没有了困意，她不时想起许愿池边倪赟在自己脸上印下的那个吻。但是在听完厉如花的分析后，她也很想弄清楚，站在背后的那个人到底是谁。与此同时，她竟然还有些关心起郭靖来。

黑暗之中，她坐起身来，靠着枕头，想给郭靖发一条短信，可打了几行字后，又立马删掉了。她一时间找不到自己发短信的立场。应该说什么呢？以什么样的口吻呢？朋友还是下属？或是一个旁观者？王烨想了很多，最后还是决定沉默，毕竟在这个时候，问候是最无用的。但同时，王烨也感到奇怪，自己为什么会关心郭靖呢？这个欺骗了自己好友的人，除了工作上是自己的上级，王烨并不想和他有太多交集。王烨想找个理由说服自己：应该是可怜他吧？不，也不是可怜。最后她不得不承认，是郭靖在邮件里那种临危不惧的姿态吸引了她。

王烨翻开郭靖的朋友圈，空空荡荡，什么也没有。这样最好了，如果一个人压力太大，多半都会忍不住在朋友圈里发发牢骚。不说话，说明情况还不是那么糟糕。但他会不会是屏蔽了所有人，偷偷发了一条状态，然后蹲在角落里悄悄哭泣？想到这样的场景，王烨又忍不住笑了。

三

“你那边 OK 了吗？应该不容易被看出来吧？”丁善正倚在便利店门口，一边讲电话一边碾碎脚下的烟头，“好的，我了解了，辛苦你了。”原本还微微皱着眉头的丁善正突然放松下来，他迅速用扳直的回形针取出手机里的电话卡，然后换上原来的那张，若无其事地走向马路对面的旗舰店。

和现在相比，开业那天门庭若市的景象倒像是一场梦。面料事件愈演愈烈，各大媒体最喜欢的就是在这个时候落井下石，争相报道，疯抢头条，而这也是丁善正早就料想到的。

事发后的几天里，丁善正和往常一样，照常上班、下班，走在同一条路上，看起来并没有什么不同，情绪既不激动，也不低沉。反倒是店里的员工接连走了几个，越是期待奇迹发生的人就会越早离开。这在丁善正眼中不足为奇，这样的人情冷暖，在过去的十来年间他早就已经麻木了。

丁善正进门就看见前些日子留店加班的晓珊正跪着整理底层货架上的商品，他注意到这几天，店里唯一还保持着工作激情的就只有她了。

他回到店长办公室，计算了一下日子，距离这个月底集团的上层大会还有不到三天的时间，他必须在这三天里抓住机会。

事发后第三天，郭靖终于走出了办公室。没有人知道这三天他在办公室里做了什么，也没有人知道他三天不吃不喝，到底是怎么挺过来的。令众人诧异的是，走出办公室的郭靖丝毫没有颓废的样子，他依旧满面春风，就像什么事都没发生过一样。他和熟悉的下属打招呼，到休息室泡咖啡，去楼下超市买香烟。不管怎么样，郭靖活了过来，就像大家都活了过来一样，这个时候，员工们明显感觉到了有一个精神领袖的重要性。

郭靖交代于飞虹立刻通知媒体和记者，他要开一场新闻发布会，寻求新型环保面料的合作商。他希望借助这次发布会，说明公司本身存在的问题，但也要放出消息，让客户愿意继续和他们合作，看到BUNK的诚意。

“场地和时间也都交给你安排，不要拖过明天，越快越好。”

“嗯，我知道了。那……我们要承认RT679面料的问题吗？”

“你觉得呢？我们公司以诚信著称，在这个问题上，我觉得你不该有疑虑。”郭靖义正词严的样子让于飞虹有些羞愧。

“抱歉，我最近确实心太乱了。”

“我们没有时间跟彼此道歉了，好好去做吧。”郭靖淡淡地说。

“嗯。”

“对了，你帮我找几块RT679的面料过来，每个颜色各一块。”

“是有什么发现吗？”

“并没有，我只是想研究一下这款面料。”

“好的，我这就去。”

于飞虹很快就托助理找来了几块RT679的面料，郭靖拿着面料回到了办公室，又锁上了门。于飞虹的内心很忐忑，她甚至怀疑郭靖其实是在生她的气，她知道，公司不可能继续和丈夫的面料工厂合作了，但她还是抱着一丝希望——郭靖或许有什么解决办法。虽然她不知道郭靖心里到底在想什么，但不知为何，她从某个时候开始，心里总是对他有着莫名的信任。

王烨和倪赟抵达浦东机场时已是深夜十一点，倪赟拿上行李，到地下车库取完车后，已经过了午夜。他等王烨坐稳，正准备往她家的方向开，王烨却说："先别送我回家，我们去趟公司。"

"这个时候，写字楼的大门都关了吧？"

"员工通道24小时都是开着的。"

"欸，你总不会在这个点儿让我拿着面料去找人检测吧？"

"如果你愿意的话。"

"你让我缓缓。"

倪赟始终记得那晚的情景，他和王烨在夜晚空旷无人的宽阔马路上一路疾驰，车内放着重金属音乐，二人缄默无言，一副"视死如归"的样子。

一个小时后，两人出现在南京东路尽头的写字楼下，王烨用工卡刷开员工通道入口，然后拉着倪赟走了进去。漆黑的甬道里，倪赟被王烨拉着，原本有些冰冷的手，突然温暖起来。王烨推开公司的玻璃门，里面黑乎乎的，看不清任何东西，她伸手开了灯，一时刺眼的光线让倪赟有点适应不过来。王烨没有理会倪赟，自己走到样衣间，开始寻找RT679面料的衣服。

突然一只手落在王烨的肩上，低沉的声音在她耳边响起："你怎么来了？"王烨下意识地退了两步，发现竟是郭靖。

"听说我不在的这几天，公司出事了，我负责的几款衣服用的也是那种面料，所以一回来就赶紧过来查看一下。"王烨没有停下来，继续找着样衣。

"你要找的是这个吧？"说着，郭靖将手上的两块面料递给王烨看。

王烨接过来，看了看：“嗯。”

这时，倪赟走了进来，看见郭靖也在，有些诧异，想退出去，郭靖却已开了口。

“倪总也来了？”

“咳咳，呃，嗯，我正巧过来办事，王烨坐我的顺风车过来。”

“哦。”

两人顿时觉得气氛有点尴尬，好在王烨又开了口：“所以，这款面料真的没办法改善吗？”

“目前看来是的，不过我已经安排人去研究了。”郭靖说。

倪赟突然觉得，自己或许不该在这个地方停留太久：“那个……要不，你们先聊？我先撤了。”

“倪总，你等一下。”郭靖叫住了倪赟，“有点事情我正想和你商量一下。”

“和我？”

郭靖点点头，带倪赟走进自己的办公室，将自己的想法向他讲了一遍。

“所以，郭总是希望在发布会上，我能够带头响应你？”

“这件事说起来有些难为情，但时至今日，我也是出于无奈。其实今天你不来，我也打算去找你，像你们这样有缝制工厂又有面料工厂的客户确实太少了，我能想到的，第一个就是你们倪氏。”

“这件事，我想我得和我爸商量一下。”

“你父亲那边我已经交涉过了，让我来找你正是他的意思。当然，这一切都要看你自己是否愿意，我不强求。”郭靖言辞平静，态度诚恳，可依旧带着慑人的气场，倪赟意识到自己根本无法拒绝。

“那我具体要怎么做？”

“你什么也不用做，你需要的，只是默认。”

“默认？”

王烨不知道郭靖和倪赟在办公室里谈了什么，她拿着面料的样品和桌上那份检测报告，坐在自己的工位上思考起来。她从电脑中调出客户联络表，很快就找到了生产 RT679 的工厂的信息。奇怪的是，和其他工厂相比，这家工厂的信息录入并不完整。但王烨很快也发现了，同一时期与公司合作的其他工厂，也都存在着信息录入不全的问题。工厂的地址在百度地图上已经找不到了，可能早已搬迁，工厂负责人似乎也不是最初登记的那位。

王烨在电脑中输入 RT679 的相关词条进行搜索，很快就找到了相关资料。她起身到档案室，试图找到最初的检测报告，看当时签字盖章的人是谁，但是什么也找不到。

难道是被人故意销毁了？

王烨从通讯录上找到 IT 部门负责人的电话，存了下来。这个时候，只希望他们能从旧服务器上找到一点信息了。

这时，倪赟和郭靖从办公室里走出来，几乎同时向王烨开口：“一起走吗？”王烨看着他们俩：“我打车回去就好，你们先走吧。”郭靖看了看墙上的挂钟：“这个时间点，你一个人回去也不太安全，就麻烦倪总送你一下吧。”说完，便取下挂在衣架上的外套，走出了玻璃门。

办公室里只剩下倪赟和王烨，气氛一下轻松了不少。

“可以走了吗？工作狂小姐。”

“走吧。”

“你就不好奇郭总找我有什么事吗？”

“与我无关的事，我从不好奇。”

“你怎么知道与你无关？”

“直觉。”

四

上午十点，外滩 SOHO 3Q 的 F 座门口，挤满了各路商界媒体，到场的所有人都希望能够拿到此次事件的第一手信息。

会场内，郭靖望着硕大的背景板，沉默地站着，周围的人正在忙忙碌碌地准备发布会的各项事宜。于飞虹在台上调试了几次话筒，确认无误后，又命人调整舞台灯光。林丹站在距离郭靖不远的地方，反复校对着演讲稿，但始终有些心不在焉，看着来来往往的人，总是突然忘记自己校对到第几行了。很快，供应商负责人就陆续进场了，这次发布会，BUNK 提前向一小部分负责人放出了消息，但邀请函却是每一家都寄了过去。这都是郭靖的意思，最终也确实如他所想，来了近 100 家工厂的负责人，会场很快就被挤满了。郭靖回头看见了倪赟和英西文，和倪赟相互确认了一下眼神，便进了休息室。

于飞虹正准备进去汇报情况，突然看见了闯入会场的不速之客。田晓明跟在几个工厂负责人后面，堂而皇之地坐在了贵宾席后排的位置上。于飞虹心里打鼓，但还是忍住了，她走进休息室，凑近郭靖低声告诉他："田晓明也来了。"

"我猜到他会来。"

"那我们要不要……"

"不用。"郭靖果断地制止了于飞虹的想法，"一切照常进行。"

半小时后，媒体人员也陆续进了场，闪光灯咔嚓作响，光影游走在众人的面庞上，每个人看起来都心怀鬼胎。

于飞虹首先上台开场，林丹将发言稿交到郭靖手上，郭靖微微点头，随即便上了台。

"大家好，我是BUNK大中华区生产部的CEO郭靖，今天邀请各位前来，主要是针对前几天发生的RT679面料事件进行说明。首先我代表BUNK向广大消费者及供应商道歉，我们在面料的选取上确实有所失误。BUNK一向注重商品的质感和质量，尽可能为大众提供最优质的服装，而在这一次的面料事件上，因为我个人的疏忽，导致公司整体声誉受损，我必须当面跟大家说一声对不起。从此以后，我们也不会再使用RT679面料及同系面料，目前产品所使用的其他面料，也都会在这段时间进行统一排查，希望大家一起来监督。"

这个时候，田晓明突然站了起来，对着台上的郭靖说："郭总你好，刚刚你的发言看似很有诚意，可你说的都是接下来的解决方案。那我想问，对于已经购买了相关面料商品的顾客，他们应该得到什么样的赔偿呢？同样，顾客又怎么知道自己购买的衣服是否使用了 RT679 面料呢？”

田晓明话音刚落，记者们就都坐不住了，铺天盖地的问题接踵而至：关于 BUNK 这次旗舰店销售情况的不尽人意，关于这次面料事件造成的损失，关于今后 BUNK 如何挽回这次失信造成的不良影响，等等等等。郭靖从容地回答着田晓明的问题。

“刚刚提问的朋友，我想针对你的疑问说明一下，我们会在全世界各大门店树立公示牌，针对此次事件进行说明，将使用相关面料的服装列出清单，进行公示。已经购买 RT679 面料服装的顾客，可以等价换购 BUNK 店内的任何其他商品，而所有回收的 RT679 服装，我们会一并销毁。”

这时，立马又有记者站起来问：“据我所知，BUNK 的大部分畅销款式都是由 RT679 面料制成的，如果按照郭总的意思处理，失去了 RT679 这个主力军，BUNK 还要怎么立足于行业的顶端呢？”

“这也是我邀请大家来的第二个原因。其实我们早就意识到，RT679 不可能一劳永逸地成为 BUNK 的顶梁柱，所以这些年，我们也一直在开发新的面料，试图取代 RT679。原本这个消息应该在明年的春季展示会上宣布，但事发突然，我们也不得不提前公布了。由 BUNK 和 Antil 面料工厂联合开发的新面料 PrueN76，将会在接下来取代 RT679，今天我们也邀请了 Antil 的创始人——倪赟先生来到现场。”

台下立刻响起了一阵窃窃私语，聚光灯一下子打到了倪赟身上，他一时愣在原地，好一阵才回过神来，起身缓慢走到台上。前一夜，郭靖只告诉他默认就可以了，却没告诉他会宣布自己的工厂生产了一款根本不存在的面料。他一边往前走，一边思考该怎么应对，郭靖却给了他坚定的目光，像是在说，你什么都不用讲，点头默认就可以了。

倪赟紧张地站在郭靖身边，又有记者站了起来："郭总说和 Antil 联合开发了新面料，但貌似 Antil 是一家新工厂，之前也没有公布过什么相关消息，能请两位解释一下吗？"

郭靖对着话筒，娓娓道来："Antil 是倪氏集团在菲律宾的新工厂，之所以之前没有曝光，是因为我们都还没有做好准备，我们希望将成果展现在大家眼前，而不是一个设想。事实上，这次的事件恰好为我们提供了这么一个契机。"

倪赟突然有些佩服起郭靖来，不过几句话，便将媒体的注意力从 RT679 事件迅速引到了 Antil 上。而郭靖更聪明的一点，是他知道倪赟一直希望自己的工厂能获得影响力和知名度，这无疑是最好的机会，倪赟一定不会在现场拒绝。

郭靖将话筒递到倪赟手上："倪赟先生，你愿意向大家介绍一下 Antil 吗？"

倪赟还有些出神，但话筒已经落到了自己手上："哦，嗯，好的。"接下来的一段话，倪赟几乎没有任何准备，但是不知道为什么，刚一开口，话语就倾泻而出，滔滔不绝。

原本针对 BUNK 使用 RT679 的公关事件突然变成了 Antil 的首次新闻发布会，这是倪赟和其他人都始料未及的。但有趣的是，经过倪赟的介绍，大家似乎都相信了两家公司其实从很早就开始研发新面料了，甚至连倪赟自己都开始相信这件事真的发生过。

田晓明轻笑了一下，退到会场后面，打了一通电话："如你所想，他确实有两把刷子。"

"没事，我们的目的已经达到了，差不多了。"

"好的，我知道了。"

田晓明又回头望了郭靖一眼，虽然心里有点不服气，但还是默默地拉上了会场的门帘，转身离去。

散场之后，倪赟一到休息室就立马瘫坐在椅子上，深深地舒了口气。郭靖走进屋，锁上了门，然后笑着说："合作愉快。"

"郭总，下次这种事情，你提前和我说一声吧，我至少心里有个准备。"

"心里要有准备，就会变得很假。"

"那倒也是，但话又说回来，那个……"倪赟的声音压了下去，"那个什么 PrueN76，你确定我们能开发出来？"

"这件事我还没想好，不过，我对你有信心。"

"对我？"

"RT679 即将成为过去式。你有没有想过？你一直希望在菲律宾做出一点成绩，但依法炮制之前的德费和德鲁，其实都不是最明智的。相反，如果 Antil 不是缝制工厂，而是全新的面料工厂，一旦 PrueN76 真的开发出来，你的局面就立马打开了，那就不是你问我要订单，而是我问你要订单了。”

“这……”

“缝制工厂需要的是人手，而面料工厂需要的是这里。”郭靖说着指了指脑袋，“而你，最不缺的就是聪明，这是大倪总和我说的。”

“我爸还有夸我的时候？”

“媒体公关这边可以告一段落了，但面料这件事必须尽快解决，接下来我会和你一起，联手把所谓的PrueN76做出来。当然，如果你不喜欢这个名字，叫它N78、N79，什么都没问题。”

“这些事我没意见，不过我有一个要求。”

“什么？”

“我想让王烨也参与这次的开发。”

五

“事情就是这样。”钱思思绘声绘色地把她从别的同事那里听来的发布会现场情况转述给小组的其他人，然后双手合十做出一脸幸福的样子，“太帅了，想想郭总挥斥方遒力挽狂澜的样子，真的太帅了！后来我看了媒体拍的照片，和我想象的几乎一模一样，真的，一模一样！”

郭晓蓓发出两声不屑的“啧啧”，但还是应和道：“不管怎么说，这次郭总真的太牛了，我都以为公司快要解散了呢，这下又找回信心了。”

“公司再怎么也不可能解散啦，这么大的一家公司怎么可能说散就散？何况，这能算多大的风浪啊？”钱思思的语气就像一个饱经风霜的老员工，但实际上她也不过在公司待了一两年而已。

厉如花端着一杯拿铁没说话，看着两个小姑娘你一言我一语，她想笑，又憋住了。她侧脸看向一旁的王烨，后者正在和新接手的工厂交涉，据说杜尚瑞得到妥当安排后，还专程来给王烨道谢，而王烨却没去见李双辉，很快就接手了一家叫鲁坦的新工厂。厉如花也旁敲侧击地问过王烨，为什么不趁此机会调回德鲁？反正也熟悉，又节约时间，省得一切又要从头开始，和新的合作伙伴培养默契。王烨淡淡地说：“我还能管德鲁一辈子吗？就算公司让我管一辈子，我也不一定一辈子都在公司啊。”

厉如花想想也是，便没有再说别的。

“那这事就算过去了？”午饭的时候，厉如花随口又问了一句。

“算是吧，不过我想，背后的那些事情，应该不止我一个人耿耿于怀。”

“你是说，郭靖其实也没打算就此罢休？”

“我不知道，但我的直觉是这样。”

厉如花吃了两口饭：“欸，听说郭靖这几天要被叫回总部开会，我看多半凶多吉少，好多人都说他这次可能有去无回。”

“哦。”

“你怎么一点也不惋惜？”

“换作是别人，倒还有惋惜的必要，但是对于郭靖来说，离开也未必是件坏事。”

“这么说好像也是。”厉如花若有所思地点点头。

当天下班的时候，王烨在电梯口遇到郭靖。好像经历了这段时间的动荡，王烨也渐渐放下了一些过往的成见，虽然她并不擅长主动打破僵局，但还是问了一句：“那个……你还好吧？”

对于王烨的问候，郭靖似乎有些意外：“嗯，还好。”

“嗯。”似乎也找不到别的话说。

“你和林丹之间还好吗？如果有什么，你可以随时和我说。”

“还好，没什么大问题，至少，目前是。”

“那就行。”

不知道为何电梯迟迟未来，两人又同时开了口：“那个……”

“你先说吧。”郭靖说。

“面料的事情，算是结束了吗？”

“可以这么说，你有什么想法？”

“没什么，我也就是随口问问。那你刚刚想说什么？”

“相信发布会的事情你也有所耳闻，关于我们公司和Antil的合作，倪赟希望你能参与进来。”

“我？”

“我明天就要飞东京了，具体事宜等我回来再说吧。你可以好好想想，不愿意也可以拒绝，反正，你也不是第一次拒绝我了。”

电梯门终于开了，两人走了进去，被电梯里的人挤到了两个角落。虽然往常这个时候，王烨很厌烦拥挤的电梯，但这次，她竟有些感谢挡在他们中间的这些人。她真的不知道，如果电梯里只有他们俩，她要怎么去回应郭靖刚才的那句话。

其实她内心的疑问很多，她不相信郭靖会放弃追究RT679事件的源头，也不相信这件事真的像表面上那么简单，但是她也不想过问太多。在地铁口临别时，郭靖又说了一句："你好好想想。"

回家的路上，王烨走得很慢，路边的小店放着凤飞飞的《追梦人》，她突然就停下了脚步，回想起早上厉如花和她说的那些话，要是郭靖真的走了，下一任CEO会是谁？刚刚与郭靖的对话。是不是他们之间最后的几句话了？王烨摇了摇头，职场上，离别这种事最不值得伤感，人与人之间原本就只是短暂地陪伴。她轻轻哼着《追梦人》，继续向前走，心里却有一种不祥的预感，这次东京总部的召见，并不是那么简单。

六

六本木的街道还是那么干净，井然有序的建筑和错落有致的树木，在下雪之后，别有一番风味。

郭靖身穿赭色呢子大衣，提着公文包，走在下着小雪的街道上。他突然想起六七年前，也是这个时候，他穿着西装从日比谷线下来，精神抖擞地朝着BUNK位于六本木的总部走去。

郭靖朝咖啡店的玻璃门看去，好像看见了那时候的自己，年轻，蓬勃，有朝气，当他站在面试官面前，从对方眼里看到的，仿佛是十年后成功的自己。那一年的六本木和如今相比，看起来并没有太大的不同，唯一不同的，是自己脸上的神情。

“你到得好早啊。”郭靖回头，看见捂得严严实实的丁善正站在身后。“今年东京好冷啊。”他一边朝手掌呵气，一边搓着手说。

“你应该早就习惯了才是。”郭靖不冷不热地说。

“那倒也是。这段时间辛苦了。”丁善正伸手想要揽郭靖的肩膀，但郭靖很自然地避开了。

“距离开会还有半小时，要不要去买杯咖啡？”丁善正提议道。

“你去吧，我想在这儿待会儿。”

“行，那一会儿见。”

丁善正走后，郭靖在路边的凳子上坐了下来，天空中的云层还是厚厚的，雪也没有要停的意思。他闭上眼睛，思考了几分钟，便起身朝六本木总部走去。

会议定在东京时间早上九点，郭靖到达会议室门口时，于飞虹已经到了。她一点也不喜欢六本木总部的气氛，肃杀得让人透不过气。

“你看起来真是一点也不紧张。”于飞虹苦笑着对郭靖说道。

“倒是想紧张，但好像已经过了紧张的年纪了。”

“不怕你笑，我早上带来的一包烟都抽完了，”于飞虹耸了耸肩，“说实话，我第一次开这样的大会，还是挺害怕的。”

才八点五十分，已经有人来了，他们看郭靖的眼神就像是隔着一层玻璃，连打招呼时都变得有些拘谨。于飞虹朝郭靖投去一个无奈的眼神，郭靖只是一笑置之。推开大门，各个董事已经各自落座，丁善正也来了，整个会议室加上郭靖和于飞虹一共有七个人。新田中建这个时候拄着拐棍，在监事的搀扶下也走了进来，距离上一次见面并没有过去太长时间，他看起来却比以前老了很多。据说因为前段时间那场风波，老爷子大病了一场，从目前的状况来看，传言应该是真的。

新田中建端正地坐在主席位上，在独子新田川对面。他朝桌子敲了两下，示意会议开始。新田川有些紧张地站起来："今天我们的会议主要是对前些日子，BUNK 大中华区生产部的 RT679 风波进行总结，下面请新田先生发言。"

新田中建清了清嗓子，所有人都正襟危坐，朝主席位望去。他环视了圆桌上的每一个人，然后厉声说道："RT679 的事情传得沸沸扬扬，我相信大家都很清楚，在这里我也不浪费时间重复。但我必须要说的是，这次的事情虽然暂时得到了解决，但我依然非常不满，特别是郭在这件事上的态度，让我非常失望！我不知道你这个大中华区 CEO 是怎么做的，为什么在这么关键的时候让这种事情爆出来？你知道这次事件为公司带来的损失有多大吗？将近 16.8 亿日元的亏损！！郭，你还有什么想说的吗？"

郭靖平静地摇摇头。

新田中建忍住气，继续说："经过我们内部讨论，关于是否罢免郭大中华区 CEO 一职，需要大家最终投票决定。今天在座的，包括我在内，每人一票，现场生效。下面，我先投出第一票。"新田中建毫不客气地举起手，紧接着，新田川和日本部的董事菊池也举起了手，美国部的 Chari 则选择了弃权。和郭靖平级的东南亚第三国区域负责人深山看了看郭靖，又看了看其他人，叹了口气，也举起了手。

于飞虹左顾右盼，似乎没有人支持郭靖留下，她突然站起身来，说：“我反对！”她紧张得声音有些颤抖，但还是继续说了下去，“或许今天我说的这些话并不好听，但是我还是要说。在我们公司，一个人不管做出多少成绩，都只能被看作是理所应当，是本分，是职责。但只要犯了一丁点的错，就要把他所有的成绩一笔勾销，我觉得这是不公平的。”

郭靖重重地敲了一下她的桌子，但于飞虹并不打算停下来：“这次的面料事件，不可能只是郭靖一个人的失误，我觉得由他一人来承担所有的错太武断了。”

“所以，于，你想要一起承担，是吗？”新田中建质问道。

“她只是一时冲动。”郭靖拉住了于飞虹，让她坐下。

七个人中有三个人举了手，最终的决定权，落在了丁善正身上。只要他举手，票数过半，郭靖就立马会被罢免。于飞虹攥紧拳头，手心里全是汗。

而此刻，郭靖面不改色地端坐在座位上，平心静气地接受着这次审判。窗外的雪依旧飘着，像是这肃杀的氛围中仅存的一丝生气，他抬头看了一眼窗外的雪。此时此刻，对他而言，去或者留，都没那么重要了。

这时，丁善正看看新田中建，又看看郭靖，尴尬地笑了一下，然后说“对不住了，兄弟”，也举起了手。

“丁善正，你……”于飞虹气得说不出话来。

“好，依照目前的票数来看，郭靖先生被罢免 CEO 一职，决定即日生效。”站在一旁的监事做好了会议记录，然后宣布道。

“接任人选我们还需商议，在名单公布之前，暂由郭继续担任目前职务。”新田中建的声音虽然疲惫，但还是尽量让自己的语气有力一些。

于飞虹为郭靖感到不值，她想站起来为郭靖申辩，但郭靖在桌下按住了她的手。他轻轻摇头，示意她不要轻举妄动，以免以卵击石。

“接任人员的名单，我想……也不用隔日公布了吧。”坐在角落的丁善正突然幽幽地发声了。所有人的目光都转向了他，只见他有些猖狂地笑了笑，站起身说：“其实，今天我也有件事，想向大家宣布。”

丁善正默默走到办公室门前，拉开了大门，只见林丹和田晓明从屋外慢慢走了进来。

郭靖的眼神突然黯淡下去，于飞虹惊讶地看着走进来的两个人，仿佛瞬间明白了什么，惊愕道：“林丹？你！”

林丹冷眼看着于飞虹，一句话也没有说。

上海办公室里，王烨正打算去灯箱检查面料的色差，突然听到钱思思抱怨：“怎么一大早谁都不在办公室啊？丹姐也跑去日本出差了？大家干脆都不要上班了，反正也没人点名，直接下班吧！”

厉如花把一堆检测报告放到钱思思的桌上。“喏，你先把这些搞完再走，都是你的。”

王烨正要走开，IT 部的小王就跑了过来：“欸，王烨，你让我帮你查的资料，我费了九牛二虎之力，终于搞定了，说吧，怎么报答我？”说着靠到王烨耳朵边，“怎么也得给我找件 +J 联名的长款羽绒服吧？”

“+J 两件，冬夏各一件，可以吗？”

“可以可以。这个，我打印出来了，你自己看吧。说实话，要不是之前的旧电脑还在储物间里，没有被处理掉，可能我也回天乏术了。”

“辛苦了。”

王烨拿过资料，快速翻了起来，最后停在最早那张 RT679 的检测报告上。她看着报告上的签字，一时没有回过神来：“是她？”

她拿起手机，拨了郭靖的电话，可是电话始终没有人接听。

“在开会。”郭靖回了一条短信过来。

“我找到背后搞鬼的人了。”

“不用找了。”郭靖回了这几个字，便再也没有任何回复了。

林丹、田晓明和丁善正慢慢走到新田中建面前，新田中建看着丁善正，不解地问道：“这是……丁，你这是要做什么？你不知道我们内部会议是不允许 L3（三级）以下的人参加的吗？”

丁善正冷冷一笑：“没什么，新田先生，我只是想宣布一点小事情，稍安毋躁。不如先让于总来说吧。”

郭靖难以置信地看着于飞虹，于飞虹涨红了脸，说不出话来：“我……”

林丹走到于飞虹面前，将一份文件拍在了桌上，她看了于飞虹一眼：“是你自己说，还是由我来和大家解释？”

“呵，既然大家都不说话，那就由我来说吧。”丁善正轻轻拍了拍林丹的肩膀，笑着说，“就像刚刚宣布的那样，郭靖被罢免了CEO职位，按照公司之前的规定，也就意味着他将失去参加L3会议的资格，而今天到场的两位——林丹和田晓明，将成为接下来L3会议的重要与会人员。”

“什么？！”在场的所有人都不明白丁善正的意思。

“简单一点来说，林丹和田晓明现在拥有集团11%的股份，他们走进这间会议室也不是没有资格吧，新田先生？”

新田中建气急败坏地拍着桌子，起身问道：“这是怎么回事？”

“新田先生，您先别急，您所有的疑惑，我都会一一为您解答。”丁善正首先走到于飞虹身边，拿起林丹放在桌上的文件，“这一份文件，是于飞虹和林丹私下所签的协议，于飞虹同意将自己6%的股份转入林丹名下。”

“Is that true？”（这是真的吗？）Chari难以置信，“I can`t believe it！”（我不敢相信！）

于飞虹双手捂住脑袋，低着头，一句话也不说。

“你们不用质疑，协议书上白纸黑字写得很清楚，上面还有两人的手印呢。”

郭靖红着眼，望着于飞虹：“为什么？”于飞虹只是自顾自地摇头，什么话也说不出来。

“而田晓明先生目前拥有的5%的股份，源于八家企业从BUNK购买的股份总和……”

新田中建立马意识到了他们使用的卑鄙手段：“田，是你！是你放出的面料消息，你们……你们趁着股市下跌的时候借用空壳买人，你们……”他上气不接下气，站在一旁的助理赶紧拿来一瓶药，新田快速咽下几粒，才缓过劲来，“你们……真的太卑鄙了。”

丁善正漠然看着新田中建，继续说：“要论卑鄙，这个世上永远没有人比 BUNK 的上层更卑鄙。十年前，我因为一次失误，丢失了 40 件便携式外套，被公司处分，公司决定让另一个人来代替我当店长。如果说是我技不如人，那我自然心服口服，可是代替我的人来店不到一周，便惹出了更大的麻烦。当时那个人和大区经理有染，却试图把罪过再一次推到我身上，因为我不肯配合，他们一直怀恨在心。当我想要离开那里，申请到日本店铺工作的时候，他们居然买通医生，偷偷换掉了我的体检表格，谎称我有肺结核，让所有人都孤立我，远离我，让我遭到了总部第一轮面试的拒绝。那时候我几乎走投无路了，为了报复，我不得不接受降级处分，成为普通店员，从最苦最累的工作做起。这么多年，你们以为我为什么要忍辱负重，陪你们玩？我等的就是今天。”

丁善正的一席话，击中了在场大部分人的心。

他接着说：“再说林丹，她大学毕业就进入 BUNK，一直相信公司的宗旨——实力至上。呵呵，实力至上，就是这个词，害她葬送了自己的青春。那一年，公司为了打开西南市场，让怀胎七个月的她跑去出差，连夜加班，最后她因为操劳过度流了产，她丈夫也因为这件事要和她离婚。她找到领导，结果领导说什么？‘不过是流产而已，有什么大不了的，别人生完孩子第二天就来上班了。’接着拖她继续熬夜加班，后果是什么？林丹再也不可能有孩子了，你们开心了？当她决心将自己完全交付给公司的时候，她得到的又是什么？”

丁善正走到窗边，凝望了几秒窗外的飞雪，试图让自己稍稍冷静一点。他的头脑里，回放着十几年来断断续续的片段。

他记得那一天，二月末的上海突然迎来了一场巨大的暴雪，他刚刚从BUNK面试完准备回家，遇到前来安排工作的前辈，前辈拍着他的肩膀说，刚刚表现得很好，你要相信BUNK是可以让你实现梦想的地方。紧接着的两三年内，他和同一批进店的员工一起费尽心力去开好每一家BUNK店，那时的欢乐在现在想来也觉得可贵，当时他们是真心相信过梦想这回事。“我们是一家全员经营的企业，什么是全员经营？就是你们每一个人都是老板，都是主人。”那时电视里循环播放着新田中建在万人舞台上的讲话，每一名员工，包括丁善正在内，都万分相信那一个个晋升计划。而后，那些同级的伙伴相继在升职考试中失败，淘汰他们的原因全是日常工作中鸡毛蒜皮的细节。一个又一个经验丰富的同僚被逼走了，他们把最好的青春献给了BUNK，结果连在上海立足的一丁点机会都没有。店里的电视每隔一段时间，就会重复播放新田中建的演讲，那番振奋人心的话慢慢让丁善正觉得厌恶。

“有时候我会想，每一年的年终，大家看着公司营业额数字的那一刻，是真的开心，还是暗自怨恨？每年的全球大会上，新田先生都会站在台上和所有人说，BUNK是一家关怀员工的公司，会把每一位员工当成家人一样对待，领导不是你们的领导，而是你们的家长。多少刚进公司的新人，都会相信新田先生的话，可事实呢？为了冲业绩，公司要求我们下班打卡之后继续工作；削减供应商订单从而迫使对方降低成本，进而使用更次的面料去生产服装，却告诉所有人，BUNK坚信品质第一。当我们一直做着和实际宗旨相悖的事情时，我们坚持下去的动力是什么？真的只是领导的一句认可吗？”

田晓明冷冷地插了一句：“新田先生，还记得十年前你站在黄浦江边和我说的那句话吗？你说，你要做第一个消除等级差别，消除性别歧视，消除贫穷的老板，你要让BUNK的每一位员工为自己在BUNK奋斗过而感到骄傲。”

“哈哈哈，这番谎言真是太打动人了，试问在座的各位有谁没被欺骗过呢？”丁善正调侃道。

“别说了！”于飞虹终于忍不住喊道。

新田中建沉默着，一句话也没有说，他双手微微颤抖，嘴角抽动着，试图起身和丁善正“决一死战”。然而，当他站起来的那一刻，还没拄稳拐杖，便喷出了一口血来，整个人就这样瘫倒在了地上。

“新田先生！”众人惊呼起来，纷纷离席围了上去。

丁善正无动于衷地看着新田中建被抬出会议室，窗外的雪又下大了。这时，有人拍了拍他的肩膀，他一回头，看见郭靖站在身后，一拳打在了他的脸上。

和时间赛跑

一

大部分人都出去了，偌大的会议室一下子显得空空荡荡。趴在地上的丁善正抹掉了嘴角的血渍，被林丹扶了起来。郭靖站在丁善正对面，冷冷地说："你以为你操控股票的事情真的没人知道吗？你以为新田注意不到股票下跌的时候，那些蠢蠢欲动，疯狂买进的账户吗？借壳混入，你未免有点太天真了，你知道操控股票内幕是犯法的吗？"

"你当我真傻呢？你凭什么说我操控了内幕？你有证据吗？上市股票明买明卖，哪一点违法了？我倒想问你，事到如今，你还站在新田那边，到底是图什么？你难道没有看到，他罢免你的时候那副丑陋的嘴脸吗？试问在场的人，有谁没有被公司坑过？明知道自己被骗，还竭尽全力为公司奋斗终生，你图的是什么？我今天所做的一切，不过是为了拿回我应有的那部分。"

于飞虹站在一旁不说话，因为在这一刻，连她都被丁善正说服了。就在刚才的那场大会上，于飞虹看到的，是人情冷漠，是落井下石，丝毫看不到公司高层的宽容、对员工的关爱。郭靖竭尽全力为公司创造最大效益的时候，公司只会将这件事视作理所当然——在其职，尽其责；而当他犯错或遇到困难的时候，那些所谓的众志成城、同仇敌忾，又消失得无影无踪。他们这些年的执着究竟是为了什么？

但她又感到恐慌，丁善正他们这么做的目的，真的只是为了拿到一点股份，争取一点主动权，让新田中建通过回购来为他们变现吗？当然，那会是数目很大的一笔钱，确实能够让他们自觉得到了补偿。但于飞虹细想之下，认为他的目的肯定不止于此，他双眸中透出的仇恨显示，他是打算将BUNK的资产全数吞并。这个男人和十年前她认识的那个男人，已经不是一个人了。

“我做什么，和你没有关系。丁善正，你刚刚的问题，问得很有意思，你让我看看他们的嘴脸，那我想问你，他们的样子又是谁造成的呢？”郭靖反驳道。

丁善正的脸色突然沉了下来，田晓明拍了拍他的肩膀，示意由自己来说两句。田晓明走到郭靖面前，说：“郭靖，论年龄，我和老丁都大你五六岁，也算是过来人了。我知道你现在对公司还抱有希望，你的未来看起来也还算美好，但我还是想告诉你一个事实，不管有没有发生RT679的事情，新田中建都早已做好了罢免你的打算。你知道为什么吗？三年前，我差不多在同样的时间到总部来开会，得到了和你一样的待遇。他们说接到公司内部投诉我的邮件，造成了恶劣的影响。

当时我也信以为真，但回国之后我才知道，我是彻底被骗了，新田中建早就做好了罢免我的打算，所以我才一气之下离开了BUNK。你知道我们为什么会输吗？只因为我和你都是中国人。L3再往上是什么？是役员，是几乎能和新田平起平坐的级别了，他能让你上吗？但不让你上，又不符合公司规定，所以，他会想尽办法，让你降级。你现在明白了吗？什么实力至上，到头来，也不过是资本家的骗局。”

郭靖怔怔地看着田晓明，不愿相信自己听到的一切。田晓明微微叹了口气：“你以为我们真的在争什么吗？我们争的，也就是一口气啊。”

那一天的东京，比往常都要冷得多，郭靖怅惘地走在有乐町附近的小道上。他甚至不太记得自己是怎么从六本木总部走出来的。于飞虹说要陪他，他扬手拒绝了。

街边的药妆店播放着打折信息，轻快的音乐环绕着整条街道，他这才注意到，原来雪已经停了。他回过神来，从口袋里摸出手机，发现王烨接连打来了六七通电话。他找了一家稍微安静一点的居酒屋，坐在靠窗的位子，点了一壶清酒。他看着王烨最后发来的一条短信：没事吧？不知道是因为喝了酒的缘故，还是因为这条信息，他突然觉得内心暖暖的。他滑动着手机，突然翻出了自己在早稻田大学念书时的照片。他想起那个冬日下午，自己接到BUNK面试通知的邮件时，脸上洋溢的兴奋这辈子估计也找不回来了。

在日本，能在BUNK这样家喻户晓的企业工作，是可以向所有人炫耀的事情。不管是高官子弟，还是普通学生，几乎每家每户，至少都有一件 BUNK 的衣服。这么多年，说起 BUNK，大家都会竖起大拇指夸赞衣服的品质和店铺员工的服务态度。

“能去 BUNK 工作，郭君可是非常厉害的人了！”当时高自己一级的学长在研究所得知这个消息时，还特地来为郭靖祝贺。转眼间，那竟也是很多年前的事了。

他喝完酒，便结账走人，打算回酒店好好休息一番。正巧刚走了几步就碰到一家 BUNK 门店，一个中国职员正冒着严寒，戴着耳麦对着大街上的人介绍店里的新品。看着他认真而单纯的样子，郭靖的眼眶微微有些湿润，喉咙里像是哽着什么东西，说不出话来。

“欢迎光临 BUNK，限时特优，欢迎选购……”寒风吹红了那个小伙子的脸，他的日语还不够标准，带着浓浓的中国南方口音，他将 DM（宣传单）递到郭靖手上，满脸热情地说，“先生，进去看一下吧。”

郭靖浅笑着摇摇头，双手插进风衣口袋，仰头望着那个又大又明亮的 BUNK logo。他真怕注视得太久，眼泪会突然忍不住掉下来。

二

好事不出门，坏事传千里，三两天之内，BUNK 上上下下都知道了郭靖卸任的消息。对于很多人而言，这似乎是早就在预料之中的事情，根本算不上什么新闻。甚至有人觉得，这次事情闹得这么大，要是郭靖不下台，公司于其他人也说不过去。比起为郭靖的离任感到惋惜，大家更关心到底会由谁来接管公司。

郭靖回上海的那天下午，王烨正在整理自己的办公桌，她准备出门扔掉废弃的东西，刚开门就撞见了郭靖。

“回来了？”王烨很自然地打了声招呼，然后侧身从推开的玻璃门中出去。

“嗯。”郭靖也很自然地回应，没有苦闷，没有低落，就像是出了很长一段时间的差，终于回来了而已。

他们都没有提王烨之前发的短信，也没有针对这次的事件进行讨论，就像是有些东西已经消失了，就没有必要非得将它攥在手上不可。

郭靖推开自己办公室的门，一切还是那么熟悉。那张办公桌，是郭靖到上海任职时，新田中建知道他喜欢日本办公室的那张实木方桌，专门为他在上海定做的。深棕色的皮质沙发朝向落地窗，窗外是他看了无数遍的黄浦江。桌上的咖啡机，是他之前和林丹去菲律宾的时候，特地买回来的。桌下的地毯，是他亲自到达芬奇家具挑选的。有那么一刻，他不想破坏这个空间的美感，他觉得这里就应该保持着原本的美好，也算是给过去的那些日子留个念想。

郭靖拉开百叶窗，隐约看到一些员工时不时朝着他的办公室张望。他知道他们心里在想什么，私下在讨论什么，但他一点也不关心。他望向那个熟悉的角落，王烨依旧背对着他，在用心工作。这两年多来，他每次烦闷的时候，就会拉开百叶窗往那个角落望去。当其他人都在讨论公司八卦、开玩笑的时候，只有她波澜不惊地坐在座位上工作；而当其他员工都在奋力加班时，又只有她的座位是空着的。她永远都那么特别，像是在不停地和时间赛跑，不多浪费一分钟，也不肯多奉献一秒自己的私人时间。

这或许是自己最羡慕并欣赏她的地方吧。

突然有人敲了敲门，打断了郭靖的思绪。

“进来吧。”

于飞虹推门走了进来，她看着他，思绪万千，有好多话想说，又一句也说不出口。她想起自己在伦敦最无助的时候，是郭靖专程飞过去请她回来。这一路，是他无微不至地指点她，帮助她一步一步坐上了 JFC CEO 的职位。可是此刻，她却什么忙也帮不上。

“真的决定要走了？”

“嗯。”

“我和部门的人说了一下，还是给你开个欢送会什么的，地方就定在陆家嘴那家橘子餐厅吧，之前常去，大家也热闹一下。算起来已经快三年了，大家还是挺舍不得你的……”于飞虹说着，眼泪就止不住了，“郭总……真的谢谢你，真的，我不知道该说什么，这会儿有些语无伦次了……”

郭靖拍了拍于飞虹的肩膀：“什么都不用准备了，我待会儿就直接走了，今晚飞英国。”

“啊，你等下就走了？！”

“你知道我不喜欢这种伤感的氛围，而且，聚散别离都是常态，没必要大费周章。”

“可是……”

“不用谢我，这一切，都是你自己争取来的。接下来的路依旧很难，我不在，你自己好好把握。”

于飞虹给了郭靖一个深情的拥抱，然后彻彻底底地大哭了一场。她从来没有在办公室里这样失态过，但是这一次，她什么也顾不上了。

那天下午，郭靖真的什么也没有带，就这样离开了BUNK。他走的时候，没有告诉任何人，也没有任何人为他送别。他下楼的时候，特地看了一眼王烨的座位，但她并不在。

王烨收拾好东西出来的时候，正巧从窗户里望见了准备上车的郭靖。她定在那里注视着他离开，黑色的奔驰车渐渐消失在视线里，她有一种预感，可能他再也不会回来了。

三

2016年伊始，高耸入云的摩天大楼间呼啸着刺骨的寒风，好像整个上海都笼罩在湿冷的雾气中，而BUNK也迎来了有史以来最寒冷的一冬。创始人新田中建在医院急救醒来后，一直处于高危状态，随时可能撒手人寰，而BUNK上层之间的争斗也变得激烈起来。菊池联合新田川一起打压美国地区的负责人Chari，不断削减其职权；深山负责的第三国频频发生罢工和游行示威事件，产品生产受到严重影响。与此同时，新田中建入院的消息刚刚传出，BUNK和JFC的股价就急速跳水，整个上海分部再次陷入水深火热之中。

大中华区的CEO职位一直处于空缺状态，公司好像又回到了田晓明任职时期，每周的例会上各个部门互相争吵，没有人能拿主意。往日，林丹和于飞虹至少有一人能起主导作用，但自从郭靖走后，于飞虹再也不参与BUNK的任何例会，只管负责JFC。大家以为林丹可以就此一手遮天，实际上却并非如此，她对于大家的争吵也没有什么想法，很多时候干脆沉默地坐在一旁，不提任何建议。大家都说，公司估计要完蛋了，每天却依旧很开心地上班下班，只要工资准时到账，没有裁员的消息放出，就根本没人去管公司的管理层是否已四分五裂、各怀鬼胎。

在这期间，也不是没有值得高兴的事情。《反谈奇兵》上，BUNK服装的展示效果非常好，所以后续又有了别的节目找过来，希望能够与BUNK合作。与此同时，王烨所管辖的工厂突然冒出了年度爆款订单，公司不停地翻单。随着时间推移，新闻层出不穷，很快人们就忘记了RT679事件，BUNK的生意也有了复苏的迹象。

春节分红的时候，据说林丹拿到了非常丰厚的一笔钱，然后请了一个很长的假。林丹不在，公司冷清了不少。

王烨一直处于一个自我封闭的状态，她拒绝和周围的人说话。公司又来了一批新人，他们最不敢接近的就是王烨。其他老员工都对新人一派亲热，王烨却直接提出她不会带任何新人，林丹也默许了。不知道是不是工作久了，太过于得心应手，以至于遇到困难，王烨也总是很快就能想到解决的办法，不用再去询问任何人。

不知道为什么，自从郭靖离开之后，王烨总是不由自主地想起他。她总是不时去往郭靖带她去过的那家小面馆，叫二两臊子面，想起那个阳光尚好的下午，郭靖坐在这里和她谈论陈彤的情景。

听 Shadow 说，他好像去了英国，后来又去了法国南部，之后在东南亚一带住了很长一段时间。他没有急着开始下一段职业生涯，而是每天都在记录自己的生活。这些都是 Shadow 在他的 Instagram（照片墙）上看到的。

春节前夕，王烨不断接到猎头打来的电话，询问她是否有跳槽意向，但她通通回绝了。

消失了好长一段时间的倪赟有一天突然打来电话，兴奋地告诉她，之前郭靖打算和他合作开发的那款面料，已经进入最后的试验阶段了，很可能会成为下一款火爆十年的面料。他邀请王烨去马尼拉，见证奇迹的诞生。王烨二话没说，当晚就买了次日飞往马尼拉的机票。飞行途中，她做了一个很长的梦。

她梦见一辆车行驶在蜿蜒曲折的山路上，她坐在副驾驶的位置，但司机是谁，她却完全看不清楚，或者准确来说，那是一个没有五官的人。这条路好像异常地长，在行驶途中，他们彼此也没有任何的交流。奇怪的是，不管他们行驶了多久，周围的景色却自始至终没有任何变化，渐渐地，王烨意识到，他们好像行驶在一条封闭的环形山路上，永无止境地循环着。王烨想要打开窗户确认一下，却被无脸人制止了。他说："不要开窗。"

“为什么？”王烨说，“在一个地方转太久，你不会觉得眩晕吗？开窗或许可以确认一下有没有别的路。

“那也于事无补。”无脸人继续说道。

“为什么？”

“你以为打开窗就能看到路，就能开到新的路上，实际上只是进入了下一个循环，于是我们再换一条路，但依旧如此。说来有些无趣，但人生大抵就是这个样子，你总觉得在某个时期要找到一个突破口，换一条路走走看，其实，另一条路依旧只是循环往复。再换，再走，问题却依旧存在，你永远只是在换路，也仅仅只是在换路而已。”

“那怎么办？难道就困死在这个循环里吗？”

“计算机编码当中，有一种方式，叫作跳出循环，其实是一种数学计算方式。换作行驶，也不是做不到。”

“倒想听你说说，怎么跳出循环？”

“有很多方式，比如，这辆车没油了，无法前进了，那么车会停下来；比如，我们饿了，车上的食物也吃完了，连水都没有了，我们也没气力再开的时候，它同样会停下来。其实只要你停下来，就算是跳出循环了。”

“你的意思是，只有死掉才能结束。”

“我不是那个意思。不知道你有没有看过《恐怖游轮》？其实电影并不恐怖。恐怖的是，主角永远无法结束人生这场循环。你以为它只是一部电影吗？其实，它说的就是我们这样的人。”

“我们这样的人？”

“我们这样的人，就是不管什么时候都在迷茫的人，换条路还是会迷茫的人。”

“所以……”

“所以，迷茫是常态，就跟循环一样，不要老想着跳出循环，也不要老想着有什么方式可以结束人生的迷茫。其实你不必非要破坏或者跳出循环，只要车有油，车上的粮食和水都够，你还有力气，就可以了。”

王烨想了想，再看窗外的景色时，突然发现有一点点不同了，慢慢地，好像变得更加不一样了。“所以，我们是换了一条路吗？”

“路还是那条路，只是你看的角度不同了。我们的车现在是倒立着行驶，只是天和地掉了个个儿而已。”

“啊？”

“好了，你再睡一会儿吧，一会儿要是没有路了，我再叫醒你。”

“要是一直循环怎么会没有路呢？”

“是啊，所以……人生又怎么会没有路呢？”

王烨是在这个时候醒过来的，醒来的时候，机舱一片昏暗，大部分乘客都在睡觉。她侧了个身试图再次进入梦乡，却像是与梦境完全隔离开来了，怎么也没法再次入睡。无奈之下，她从背包里拿出了出门时带的那本《到灯塔去》。伍尔芙的这本书，她已经读过好几遍了，每次去比较远的地方时，她都会带上。她突然又回想起刚才那个梦境，梦里的那个无脸人，他的声音是那么熟悉，他就像是她现实中认识的某一个男人，但又无法和任何一个人对上号。梦里他说的那番话，像是突然击中了王烨的心，或许就像心理学中常说的，梦境是一个人内心活动的真实写照。

逃无可逃是人生常态，换个视角才是解决问题的关键。

这是她一直以来的人生信条。

四

王烨从湿冷的上海抵达潮热的马尼拉，顿时感受到了湿漉漉、黏糊糊的空气。她立马脱下厚重的棉衣，露出嫩黄色的短袖。之前被倪赟反复邀请，这还是她第一次真正前往，马尼拉的机场比她想象中稍差一点，但各种标识和店铺又带给人一种不一样的异域风情。

刚出机场，便见到了举着写有“王烨”二字牌子的英西文，王烨突然想起，自己已经有很长一段日子没见过他了。他还是从前的模样，只是头发短了，着装更精神了。她想着刚进公司那会儿，工厂和她对接的就是英西文。英西文见到王烨，接过她的行李箱，就像第一次去高铁站接她时那样，还是那么热情又客气。

“王小姐，辛苦了。”

王烨本来想问，倪赟没来吗？想了想，又忍住了。英西文倒也懂得察言观色，立马微笑着说：“倪总在工厂等你，知道你要来，特地把工厂上上下下布置了一遍。”王烨只是简单地“哦”了一声。上车之后，她下意识地透过后视镜看了看司机的脸，看看他是不是梦里的无脸人，接着被自己的想法逗笑了。她把头转向窗外，沿途的风景让她静下心来。马尼拉有许多吉普车，据说是当地的出租车，但其实坐的人并不多。这里的交通非常拥堵，以至于王烨很快又睡过去了，但这一次，她没有再做梦。

当她醒来的时候，汽车缓缓开进了一片略显荒芜的地带，再向前看，仿佛有海，天空蓝得一塌糊涂。汽车就在这个时候停了下来。

王烨戴上墨镜，推开车门，刚抬头，就看见了站在工厂门口朝她咧嘴微笑的倪赟。他一身花花绿绿的清凉装扮，趿着一双拖鞋，像是刚刚从海滩冲浪回来的样子。不知道他什么时候剪了一个寸头，眼睛炯炯有神，在阳光下看起来活像一只小狼狗。

“王爷！”倪赟走上去想给她一个拥抱，她灵巧地避开了。英西文从后备厢里把行李拖出来，看着玩世不恭的倪赟，像看见了顽皮的小男孩，不禁笑了笑。倪赟耸耸肩膀，自觉没趣地跟在王烨身后。王烨刚刚走了两步，便停了下来，在她眼前的，才不是什么菲律宾的新工厂——倪赟分明就是把德鲁从青岛原封不动地搬了过来。工厂的一草一木，一砖一瓦，连甬道边上的指示牌，都与德鲁一模一样。王烨站在那里，回头望了一眼倪赟，倪赟得意地张开双臂：“有没有很震惊？”

王烨深深地吸了一口气，什么也没说，继续往前走。她的眼眶有些湿润，她不希望被倪赟看到。又走了两步，迎面而来的是一张熟悉的面孔，虽然他换了装扮，戴着工人帽，但王烨还是一眼认出了他。

“王小姐，”李双辉热情地走了过来，“你来啦，我们等你好久了。”

王烨点点头："你们还好吗？"

"特别好。倪总人好，对我们也照顾，我们全厂上上下下真的多亏了你。"

"没有，那是你们自己的功劳。"

在她侧身抬头的那一刻，王烨彻底愣住了。甬道尽头的台阶上，郭靖穿着浅蓝色的薄款衬衫，站在花坛边对她微笑。

倪赟拍了拍王烨的肩膀："怎么，看见前领导，吓得不敢走了？"

郭靖慢慢从花坛边走过来，站在王烨面前，刺眼的阳光落在他的脸上，让王烨有些看不清，好像在这一瞬间，一切都变得那么不真实。他还是老样子，冷峻的脸，简单的衣着，傲然的神态。郭靖伸出右手，谦逊地说了声："好久不见。"但他却不知这四个字让王烨内心波涛汹涌，泫然欲泣。王烨握住郭靖的手，回了一句："好久不见。"简单的四个字，却意味深长。

人生有时候就是如此奇妙，细数不过数月，感觉竟像沧海桑田。

王烨怎么也想不到，郭靖从法国南部离开之后，便直接来到了菲律宾。据倪赟说，郭靖已经在这里待了快两个月了。

"我之前还想着，要是郭总跑了，谁和我去搞 PrueN76 呢？"倪赟安排了食堂的一间包厢为王烨接风，他抿了一口刚上的茶，调侃道。

这儿虽说是工厂的食堂，但包间的装潢一点不亚于国内的五星级酒店，连服务员端上来的餐点摆盘，随便一拍都可以做美食杂志封面。

"所以，你们还在开发 PrueN76？"王烨略感吃惊，她以为郭靖离开 BUNK，已经做好了再也不从事服装行业的打算，却万万没想到，他的离开，并不是他在服装行业的终点。

“嗯，这件事一直梗在我心里，我查了一些相关资料，听说英国和法国有一些比较特殊的面料工艺，所以，离开 BUNK 之后，我就直接去了这两个国家。”

王烨突然为自己之前的误解感到羞愧：她以为郭靖早就放下一切，去外国游山玩水，然而，Instagram 上的照片只是烟幕弹，根本不是他真正的意图。

“我在英国探访了很久，但实际上并没有什么成果，在法国南部也耗费了不少时间。说实话，我心里没底，但没想到，就在我打算放弃的时候，在法国南部的一个小镇上，我真的遇到了一种特殊的面料。这种面料的成本并不高，但问题是，面料所需的原材料只在当地才有，于是我带回了他们那里原材料植物的种子。”

倪赟接过话来：“我们已经在后面的基地开始培育了，为了调出和法国南部差不多的温度和湿度，真的也费了不少时间，不过，第一批试验材料马上就能出来了。”

王烨实在想不到，原来倪赟和郭靖消失的这几个月，是在密谋这么大的事。

“所以你们希望我过来帮你们什么？”

“加入我们。”倪赟再一次发出了邀请，态度真诚，丝毫没带开玩笑的语气，“郭总离开之后，我们的面料要想推进 BUNK，就得靠你了。”

“为什么一定要和 BUNK 合作？”

"因为，它是 BUNK。"郭靖的一句话，就概括了全部。

五

那天晚上，不知道是为了庆贺重逢，还是为了开启合作，所有人都兴致高涨，喝了很多的酒。倪赟一手举着红酒，一手举着白酒，说了一堆豪言壮语，最后终于不胜酒力，瘫在座位上睡着了。其他人一边恭唯王烨，一边收拾残局。大家好像时时刻刻都处于备战状态，好久没有这么轻松过了。饭局的最后，只剩下了王烨和郭靖两个人，郭靖说送王烨回去，王烨答应了。

从工厂到酒店，需要经过厂后的海滩。月色之下，脚底绵绵细沙的摩挲声，伴随着细细卷起的浪花，更是反衬出了两人行走时缄默的氛围。

"我还以为你真的一声不响就走了。"王烨还是坦然地说出了心里话。

"说实话，我当时做好离开的打算，确实没有想过再与任何人重逢，但我临走的时候，突然想起了一个人的话，大概是那句话让我留下来的。"

"什么话？"

"那些对你充满恶意的人之所以存在，是为了等着你爬起来挑衅他们。"郭靖望着渐入云中的月亮说道。

"这句话倒是有点意思，不过在我看来，不理会他们的恶意，才是对他们最直接的挑衅。”王烨一针见血地反驳了郭靖的观点。

郭靖突然停下了脚步：“你知道你最可怕的一点是什么吗？当别人都在试图看穿某一个人的时候，你却只想看穿事情的本质。”

“是吗？或许只是因为我对任何人都提不起兴趣吧。”

“所以你才迟迟不肯接受倪赟。”

王烨没接这茬，而是环抱双臂，晚风吹得她有点冷。郭靖脱下自己的棉麻外套披在她身上，王烨想拒绝，他却抢先开了口：“昼夜好歹有温差，你穿得太少了。”

“从未想象过你是一个会关心别人的人。”

“我在你的眼中是有多无情？”

言谈之间，竟已走到了酒店门口，王烨把外套脱下来还给郭靖，然后说：“现在公司乱成一锅粥，你觉得我有机会帮你复盘吗？”

“首先，这不是帮我；其次，越乱越暗藏机会。”

“好，我明白了。最后问你一个问题。”

“嗯。”

“你是不是早就知道了于飞虹与 RT679 一事的关系？”

“是。”郭靖坦承道。

“好，我明白了。”

“你怎么不问我为什么不揭穿她？”

“因为，你不希望她也成为斗争的牺牲品。”

郭靖看着王烨的双眼，他时常在想，是什么让这个二十来岁的小姑娘有着如此惊人的洞察力，总是能透过细枝末节联想到幕后真相？

“好，我知道该怎么做了。”王烨推开酒店大门，一股冷气扑面而来，让她格外清醒。她回头和郭靖道了声“再见”，便径直朝前台走去了。

郭靖凝望着王烨的背影，带着复杂难言的情愫，他真庆幸自己能够遇见这样的女子，让枯燥乏味的人生，多了几分值得回味的记忆。

六

当年终报表狠狠砸在田晓明桌上的时候，他正跷着二郎腿抽烟。大老板怒火中烧地拍着桌子，大吼道：“田晓明，你他妈的不想好好干活儿，就给我滚蛋！你自己看看，从十一月份开始，公司的营业额缩水了多少？30%！别和我说你不知道！”

田晓明伸手拈开几页报表，草草地扫了一眼：“老板，我之前和您提过建议，您一条也没同意。这事儿真不怪我，要是按照我之前的计划，我们去年的年终目标至少能完成120%。”

“别和我说这些有的没的，自从BUNK出了面料事件，我看你的魂儿也丢了！你好好给我反省一下，交一份检查报告上来！”说完，老板摔门而出。

田晓明一言不发地看着桌上那沓报告，然后直接将它扔进了碎纸机。这时，他的手机响了起来，等了三天，Chari终于给了回信：“你之前所说的价格，我答应，不过你必须将股份全部转让给我，这是我唯一的要求。”

田晓明迅速发了两个字："成交。"

田晓明没打算把这件事告诉丁善正和林丹，因为在他眼中，另外两个人并不是他真正意义上的盟友，甚至他也知道，林丹从一开始就没把自己和他划分在同一阵营里。那种厌恶和轻视的神情，在多年之前，他就感受过。不过无所谓，从一开始，田晓明和丁善正结成同盟的原因就很简单，他们都希望拿回自己应得的那份利益，如今目标完成，他也没有要继续和丁善正合作下去的意思了。BUNK 也好，杰克斯邦德也好，在金钱面前，这些权力和职位对于他来说都不过是浮云。他早就想好了，只要那笔钱到手，他就彻底消失，再也不出现。

当天晚上，田晓明像往常一样去了医院，这些日子，父亲的病情越发严重了，他不但不能张口说话，连睁眼的次数都变得越来越少了。从上个月开始，父亲已经转入了 ICU（重症监护室），医生说他可能熬不过三个月。不知道是不是进入了中年的缘故，田晓明对于父亲随时可能离开这件事已经不那么难以接受了。好几次他帮父亲擦洗身子，换尿布时，他都会想，现在他所做的这些，对于父亲而言是否还有意义？他会知道是我在帮他擦洗吗？他会因此感到幸福吗？他真的舍不得这繁杂无趣的人世吗？

每次进 ICU 必须穿上特殊的衣服，也不能待太久，那间充满了死亡气息的病房，让田晓明觉得压抑。可是今天，当他走进特殊病房的时候，医生单独将他叫了出去。

"是不行了吗？"田晓明问道。

"现在只是用药物维持他身体的活性，血液基本上已经停止流动了，只要气管拔掉，就……”

“我知道了。”田晓明表现得异常平静。

“所以，什么时候拔掉，要看亲属的意思，我们不能擅作主张。”

“我有个不情之请。”

“请讲。”

“可以由我亲自来做吗？”

医生有些为难，回头看了看办公室的其他人：“按照正常情况来说，也不是不行，只是……一般没有人狠得下这个心。”

“我知道。只是，我觉得这件事应该由我来做。”

“那……好吧。”

田晓明走进病房，旁边那几具几乎一动不动的躯壳不时发出呻吟声，他看向自己父亲那张面如死灰的脸。他闭上双眼，深深地吸了一口气，伸出微微颤抖的手，握住父亲鼻腔附近的插管，在心里默数了三声，然后迅速拔了下来。他以为父亲会难受地睁开双眼，或者费力地喘息，然而什么都没有发生。父亲紧闭着双眼，像睡着了一样，一动不动地躺在那里。心电图最终化为一条没有起伏的直线，无止境地滑动着。田晓明什么话也没说，双腿麻木地走出病房。他一步一步走向过道，每一步都显得那么艰难。终于，他扶住墙，蹲下身来。他浑身颤抖，嘶哑地抽泣起来。

三天后，田晓明彻底消失，再也没有出现在杰克斯邦德的办公室里。没有人知道他去了哪里，也没有任何人再和他取得过联系。

七

谁也没想到的是，Chari 在这次的斗争中占了上风，更让人想不到的是，公司的组织结构在一夜之间发生了翻天覆地的变化。据说林丹在上海消失的那段日子，是飞到了纽约与 Chari 结盟，就此被调派到纽约分部，成为 BUNK 美国部的 CEO。而菊池为了拉拢于飞虹，将自己的一小部分股权转让给了她，让她稳住上海分部，兼任 BUNK 大中华区的 CEO。在这两件事情上，Chari 和菊池心照不宣，也没有在会议上争斗，而新田川只担心父亲的身体，并没有太多的意见，也默认了这样的安排。最出人意料的是丁善正，他没有选择站队，而是死死地攥着自己的权力，在董事会里守着那一亩三分田。他不理会上面的任何决定，也不参与讨论，只要不涉及他的利益，他就不会出现在董事会上。他在等，在等新田中建再也爬不起来的那天，只是他不知道还要等多久。

冬雪在不知不觉中隐匿了起来，虽然寒意未止，但冬季似乎已经走向了尾声。

丁善正把车停在古北一家日式酒馆的门口，这家小店藏在一个不起眼的角落，垂帘上印着一个大大的“酒”字。丁善正缓缓走了进去，向早就预订好的桌位走去，而他约的人似乎还没有来。老板娘很热情地和他打了招呼，他跟往常一样要了几瓶朝日啤酒，然后坐在靠窗的位置。

丁善正似乎有些出神，好像一时间忘记了此刻已经是 2016 年，他看着漆黑的窗外。等待，似乎是他一辈子都在做的事情。酒馆的电视正在转播日本节目，里面的日本人笑得前仰后合。这时，丁善正注意到门口有一辆凯迪拉克停了下来，一个高大的男人推开车门，掀开门帘朝屋里望了望，老板娘用日语和他打了个招呼。丁善正举起手，对他笑了笑，男人朝老板娘示意已经有朋友坐在里面了。

这个男人虽然乍看上去还很年轻，但鼻翼两侧的皱纹暴露了他的年龄。

男人坐下，脱掉厚重的外套：“这地方真不好找。”

“这样的地方比较适合谈事情。”

“那倒是，现在谈事情要是约在酒店，反而显得有些明目张胆。”

丁善正为对方倒了一杯啤酒，然后举起自己的，想要碰杯，男人却只是自顾自地喝下了自己那杯，像是有些生气一般，然后说：“事情我都听说了，你做事还真是一点余地都不留啊。”

“是吗？没想到这么快就传到您那里了。”

“善正，我不得不劝你一句，虽然这次我帮了你，但并不代表我赞同你的做法，有时候太激进，往往失败比成功来得更快。”

“谢谢提醒。”丁善正把自己杯里的酒一饮而尽，又倒了一杯，“我们当初约定的那个份额，我会如期还给您，请放心。”

“这件事情，你和秘书联系就好，我今天纯粹是以朋友的立场来和你见面的。关于这次事件背后的那些零零碎碎，我已经安排人处理妥当，你也不用担心。”

“无论如何，这次，谢谢了。”

“明天我就飞回香港了，后续的一切，你自己好好把握。”

丁善正点点头，他转向窗外，两个小女生提着两大包 BUNK 的衣服匆匆走过。他想起来，这周春装已经开始陆续上架，冬天真的要过去了。

2016 年的春天，BUNK 内部大换血，而王烨在于飞虹的任命下，坐上了林丹之前的位置。虽然王烨一百个不愿意，但最终被于飞虹说服了。

“我承诺，你想走的时候，随时可以走。但如果你留下来，或许可以打造你想要的新景象。”

厉如花对王烨说：“Kelly，你上吧。你上了，我们小组的人都安心。”钱思思和郭晓蓓都望着王烨：“就是，只有你上，我们才不会被欺负。”

那一天，王烨约杨曦然吃了晚饭，杨曦然早就听闻于飞虹想重用王烨的消息。在整个办公室里，王烨还是最想跟杨曦然分享这个消息。她们一起进公司，携手度过了最艰难的新人期，然后各自成长起来，王烨自以为杨曦然是最懂她的那个人。然而在这件事情上，杨曦然只说了五个字：“只要你开心。”

王烨留了下来，但没有搬进林丹之前的办公室，她还是坐在厉如花旁边，像过去一样听钱思思和郭晓蓓斗嘴，听厉如花分享办公室里的八卦，按部就班地做着自己的工作，并在大家需要她的时候给出最有效的建议。

她突然回想起去马尼拉的飞机上，梦中那个无脸人和自己说的话：路永远不会变，变的只是你看这条路的角度。

BUNK 2016年的春季展览会上，集团正式宣布了BUNK中国分部和Antil合作的消息，PrueN76也正式揭开了神秘面纱。同月，由PrueN76缝制的衣服成了热销商品，甚至打破了之前RT679的销售神话。

当晚的庆功会上，于飞虹上台发表了演讲，四十岁的她第一次以BUNK和JFC双重CEO的身份站在台上，既激动，又感慨。她对着话筒，却在将近一分钟的时间里都没有开口说话，整个会场的人都安静地看着她。

“上台之前，我准备了一份演讲稿，但是后来我扔掉了。扳着手指算，这是我到BUNK工作的第十八个年头了，我从没想过，我会在一家公司待这么久。今年我四十岁了，我的人生已经行进了一大半，每当我看见公司又有新同事进来的时候，总能从他们身上看到当年的自己，意气风发，壮志凌云。但我也很清楚，年轻人在BUNK工作两三年后会变成什么样子。在过去，我们总是强调要让大家保持激情，却又一再地消磨大家的激情，这是公司长久以来最大的问题。作为一个过来人，我真心希望，我能够依靠自身的能力去改变一些现状，给大家一个更自由的空间。在这里，我要感谢一个人，她的身上，总有一股拼劲，一股不服输的劲头。是她让我看到了年轻人应有的状态，也是她让我明白了我们两代人对职场的不同看法。她就是王烨……”

距离会场千里之外的公寓里，王烨正在和Shadow收拾着屋子，为接下来的搬家做准备。王烨打开抽屉，突然看到那封林丹临走时留在她桌子上的信。她一直没有拆开看，是因为她并不太想知道林丹写了什么。Shadow在客厅问她："你有没有要扔的东西？我先去把我这里的东西处理了。"

"你先去吧。"

她犹豫了一会儿，还是拆开了信。

王烨，我不知道你什么时候会打开这封信，也有可能你根本不会打开，但无所谓，临走之前，我还是想和你说几句。和你共事的这段时间里，我时常在想，应该以什么样的态度去对待你。你和其他人太不一样，或者说，你太不讨人喜欢了。你从一开始就是让领导头疼的人，但我却欣赏你的这种任性和无所畏惧。我承认，从头到尾，我都在利用你，利用你对抗高娜，利用你对抗于飞虹，甚至利用你让郭靖更信任我。在这一场利用里，我也不止一次地讨厌过我自己，但在明争暗斗的大公司，这是再平常不过的事了。如果不是我，也一定会有其他人来利用你。在我看来，人与人之间的交往，最大的意义就在于相互利用。

可是，和你相比，纵使我最终获得了想要的结果，也依旧输在了这场争斗里。曾经的我以为，只要能力够强，地位够高，就可以好好地为自己活一次，让自己高高在上，摆脱那些我最讨厌的人和事。但事实上，当我一步步接近这个目标的时候，我才发现，我必须委屈自己去和最讨厌的人共处，去做我最讨厌的事，而且只有这样，我才能达到那个目标。当我妥协的那一刻，我就知道，我输了。

我写这封信给你，是希望你不管在什么时候，都保持着最初的状态，不肯妥协，横冲直撞，不轻易让规则和世俗磨平你的棱角。而且，希望你可以让别人对你的这种不喜欢，成为你的保护伞，保持自己与他人的距离，避免轻易受伤。

我是多么嫉妒你，又羡慕你。我知道，我们总会再见的。希望你能一直保持这样的品质，当我下次再见到你的时候，继续像现在这样嫉妒你。

林丹

王烨一字不漏地看完了林丹的信，她突然想起学生时期，身边那些不友好甚至略带恶意的目光。她一直以为，他们是在讨厌自己，讨厌自己的不合群、不伪装、不肯拔掉身上的刺。而今天，她才真正意识到，原来他们并不是不喜欢，而是嫉妒自己，就像林丹所说的那样，嫉妒她承担得住别人投来的异样眼光，和敢于面对这些眼光的勇气。

王烨突然决定要把这封信留下来，她把信夹在了她常带在路上的那本《到灯塔去》里。她知道，有些事情是要告一段落了，但人和人的交集却并不一定会因此而消失。

魔都三年

一

虽然铁窗边框的雕花有些生锈，家具有些陈旧，卧室墙角的壁纸也已经有了脱落的迹象，但推开窗户，便可以看到整条安福路精致别样的街景。路旁整齐的梧桐树和抬头可见的无尽天光，干净的柏油马路和熙来攘往的白领，让这个安静的地段充满秩序又不失烟火气。最关键的是，房子独带的小院可以种些花花草草，甚至养条狗，而且王烨真的很喜欢这绿白相间的马赛克地板。

王烨用手机简单拍了两张照片发给Shadow，Shadow很快就发来一条语音："你喜欢的我肯定喜欢，相信你的品位。"

这时耳边传来中介的声音："姑娘，我实话实说，这个价格在这个路段真的很划算了。难得空出来这么一套小阁楼，你也知道附近住的都是什么人，要不是房东出国好几年了，不知道国内市价，也根本不可能这么便宜出租的。”

王烨没有立即回复中介，又仔细看了看卧室和厨房，这是她对于一个家最在意的两个地方。

王烨沿着狭窄的旋转楼梯走下去，中介还不时在身后吹嘘。这个时候，大门意外地打开了，另一位中介带着一个中年女人走了进来。

“你看，我说这里很抢手吧？姑娘，过了这村可就没这店了。”

王烨并不在意中介的话，但当那个中年女人抬头与她四目相接，她却愣住了。接着对方笑了笑，说：“还真巧啊，王烨可还记得我？”

王烨也不觉笑了，没想到会在这个地方遇见陈彤。

“当然记得。陈彤老师也来看房子吗？”

“是啊，不过貌似你先来了一步，我也就随便看看，回国之后一直住在酒店里也不是办法。怎么样，看上了吗？”

“说实话，还不错。”

“那看来我就没必要再浪费时间了。”陈彤莞尔，准备提包离开，却又突然再次开了口，“附近有家不错的餐厅，要是待会儿房子看好了，不如我们一起吃个饭。”

王烨点点头，应了一声好。

中介见陈彤走远，立马上前谄媚道：“王小姐，你看到了，多少人垂涎着这套房子呢。择日不如撞日，要不，咱赶紧把房子定下来吧？”

“OK。”说着王烨把身份证交到了中介手中。

安福路，Amokka白色的小洋楼内，抬头是老式的木质屋顶，餐桌摆放得极其随意，沿窗望出去，是满墙翠绿的爬山虎。虽然才刚过五月，但上海已经开始潮热起来，阳光射进餐厅里，即使开了冷气，还是有些温热。

陈彤拾起小刀切开了菠菜叶上的水波蛋，金黄的蛋液随即流淌一片，翠绿的菠菜叶看起来可口诱人。

“吃吧。”

王烨礼貌地点点头，叉了一小撮，刚放进嘴里，就立马尝到了蛋液以外的味道。

“这是黑松露油和……”

“和帕玛森芝士。”陈彤笑笑，“想不到你一口就吃出来了。”

王烨不好意思地红了脸：“之前学过烹饪，大概了解一些，您见笑了。”

“现在的女生愿意学做料理的不多了，难得你有心。”

“纯属爱好。”

王烨也不知道为什么，每次看见陈彤，总有一种不真实的感觉。并不是说陈彤虚假，而是她的举手投足，都让王烨觉得她是一个非常遥远的人——优雅的谈吐，娴静的举止，和身边大多数女人都不同。王烨细想，才体会到，她的双眸之中，缺少的是大多数女人无法掩饰的欲望，澄净得让人羡慕。

“对了，我听说你现在已经是BUNK的supervisor（主管）了，是吗？”

“也是被逼上梁山。”王烨无奈地笑了笑。

“至少说明，你的能力有目共睹。”

“我确实觉得自己只是运气好，这不是客套话。”

“你打算一直留在BUNK吗？有没有想过，出来看看？”

王烨没有想到陈彤会问这样的问题：“暂时还没有打算。”

“如果是我盛情邀请呢？”

陈彤从包里掏出一只红色信封，递到王烨面前：“我昨天正式从杰克斯邦德离职了，决定和倪总成立我们自己的原创品牌Liberty（自由），这个想法其实已经有了近十年了，现在差不多时机成熟，不知道你有没有兴趣加入呢？”

“恭喜，可是，我还没有做好准备。”

“没事，这件事你不用立马答应下来，可以回去好好想想，我等你的消息。薪资方面，你可以随便提，我们是以最大诚意邀请你的。”

“我会好好考虑的。”

陈彤抢着结了账，开着她那辆宝马7系走了。王烨站在路口，突然有些不知所措。她不禁怀疑，陈彤是真的来这里找房子，还是特意来找她的。

二

周一的例会结束之后，王烨打算列出下周的工作计划，刚回到座位上，就接到了郭靖打来的电话。

“有空吗？”

“不算太忙。”

“能出来一会儿吗？大概半个小时就行，我在公司附近的咖啡厅。”

“好。”

距离上一次见到他又过去了一两个月，这一次，郭靖的着装随意了很多，不像往常那样刻意地正式，而是换了一套休闲的Polo衫。王烨坐下的时候，发现郭靖已经帮她点好了单，不是咖啡，而是枸杞红枣茶。

“之前偶然注意到你不怎么爱喝咖啡，所以帮你点了这个，不知道合不合你口味。”

“都好。”

“其实我今天过来找你，是来正式和你辞别的。”郭靖双手相握，带着往常开会时的那种严肃口吻。

“你要走了吗？去哪儿？”

“暂时也没有想好去哪里，可能会搬去北京，也有可能去深圳。总之，想换一个环境，开始人生的下一个十年。”

“挺好的。不过，为什么要专程来和我告别呢？”

“你是指，为什么不和其他人告别？”

“嗯。”

“没什么原因，只是觉得，这么多人里，或许只有和你会有下一次的相逢。”

“男人的第六感吗？”

“或许是吧。对了，我上次带你去吃的那家面馆关了，本来想带你最后去吃一次，但世事总是有不尽如人意的时候。”

“那，祝你接下来的十年，越来越好。”王烨举起手里的茶杯。

“你也是。”郭靖的咖啡杯碰了上去。

上海进入五月，知了就忍不住开始喧闹了，葱葱郁郁的梧桐树下，还混杂着叮叮当当的自行车铃声。郭靖和王烨站在路口，握手告别。当郭靖戴上墨镜，坐上那辆出租车时，王烨知道，这一次，是真的“再见”了。

她抬起头，看着湛蓝的天空，突然想起三年前的夏天，自己和Shadow刚刚来到上海，拖着行李挨家挨户看房子的情景。那时候她们抱怨上海怎么这么热，抱怨房租怎么这么贵，抱怨上海怎么这么不近人情，但她怎么也想不到，自己不知不觉，已经在这个她抱怨了无数次的城市里待了三年了。

三

新一期的宣传企划案刚出来，BUNK办公室里的女人们就都疯了，她们简直无法想象，日本总部收购了全球最fashion（时尚）的年轻品牌CHA，同时和草间弥生的联名秋冬款敲定了今年最火的明星郑浩然代言。不仅如此，BUNK的季度销售额又一次回到了行业榜首，真可谓三喜临门。

为此，公司给每个员工都放了三天假作为奖励，王烨本想在家好好休息，结果被倪赟死皮赖脸拖着去了一趟九龙山。

那天他们半夜就开车出发，到得很早，正好看见了日出。

“欸，你不会就是带我看来日出的吧？这可能是你最土最没创意的一次了。”

“当然不是，你跟我来。”

说着，倪赟拉着王烨的手，朝海边走去。站在九龙山脚下，看着日光洒满海面，倪赟突然停下脚步，指着那片荒芜空旷的芦苇地说：“这里我已经买下来了，我打算把面料工厂建在这里。这样，就可以离你近一些了。”

倪赟紧握着王烨的手：“虽然很多次我都想说出口，但是从来没有正式说过，今天，我想趁着这个机会，把心里话都说出来。”

“倪赟。”

“嗯？”

“我明年不一定还在上海，我随时都可能离开。”

“然后呢？”

“你会尊重我的任性和每一次选择吗？”

“我会开车，不管你想去哪里，我永远都能当你的司机。”

“即使离开你从小生活的城市，去到一个陌生的地方？”

“这个世界已经小到只有我和你了，去哪里又有什么关系呢？”

“即使我们会吵架，会分手，甚至可能把彼此只留在过去的回忆里？”

“那我依旧可以当你的司机，不过，只能载你，不能载你以后的男朋友。”

“幼稚！”王烨忍不住笑着骂了一句。

“我不相信爱情会天长地久，我不相信仪式，不相信誓言，但是，我相信每一段感情都有它存在的意义。”

“你好像长大一点了。”

那天回去的路上，倪赟换到了副驾驶的位置，王烨开着开着，他便睡着了。他的脸侧过来，靠在王烨的肩上，王烨怀疑他是装睡的，嗯，他一定是装睡的。

王烨拿起手机，给陈彤打了过去。

“喂，陈彤老师。”

“王烨吗？”

“嗯，我打电话是想告诉您，抱歉，我还是不过去了。”

“是吗？真是遗憾，不过没关系，Liberty 的大门随时为你敞开。”

“还有件事。”

“你说。”

“谢谢您。”

“嗯？”

“总之，谢谢了。”

假期结束的第二天，王烨亲自带着新来的职员去 BUNK 正大广场门店做实习前的报到，那也是她刚入职时实习的店铺。那次实习结束之后，她已经有很长一段时间没有来过陆家嘴了，原来的店铺也不知什么时候从三层搬到了地下一层去。

当她在商场大厅见到那些刚刚毕业入职的大学生时，突然一下子觉得自己老了。他们的眼神里带着纯真向上的激情，彼此间的交谈也带着未被世俗沾染的稚气，这是只有二十二岁的年轻人才会散发出来的光辉。她和杨曦然第一次来这里的时候，正因为没有领导在场，遭受了无数白眼和冷落，所以在她上任之后，第一件想要改变的事便是这个。

“他们都叫您王爷，我们要叫您什么？”一个扎着马尾辫的小姑娘怯怯地问道。

“随意。你们爱怎么叫就怎么叫吧。”

“真的吗？”大家原本有些拘谨的神情顿时放松下来。

“嗯。”

那天下午，当她看见那些新人在店里认真听取每一条注意事项时，好像又回到了三年前的那个夏天。他们焦急，忐忑，慌张，羞涩，在培训结束后，被要求第二天上班时必须穿 BUNK 牌子的衣服，而在拿到第一笔工资前，他们为了省一点钱，只能在打折区里不断徘徊，在缺码断号的衣服中挑选。长短不一又不合身的着装让他们显得狼狈不堪。

王烨默默地拿起购物筐，挑选了最新的款式，然后来到收银台。

“您好，一共是 2575 元。”

王烨拿出信用卡，快速结账，然后用七个袋子把衣裤分类装好，交给收银员：“麻烦你等下帮我送给那几个孩子，就说是你们店里提供的工服。”

“请问您是总部的同事吗？”

“嗯，麻烦了。”

“提供工号可以给您打个折的。”

王烨摆摆手：“不用了，就当为公司营业额做贡献吧。”

“有您这样的领导真好。”收银员也忍不住夸赞起来。

王烨没有停留太久，便匆匆离开了，临走时，她又回头看了那群大学生一眼，粲然一笑。

王烨走出正大广场的那一刻，突然有点眩晕，站在人潮涌动的街头，她仿佛看见了对面人行道上有个人在对她微笑，那个人好像妈妈，她几乎想越过红灯直接冲过去。可是，绿灯亮起的那一刻，她却停住了，她很快就发现，那个女人并不是在对着她笑，而是对着朝自己奔跑过去的孩子笑。

王烨背过身，拍了一下自己的脑袋，自嘲地笑了笑。此刻，大厦外墙的绿光玻璃里，映照出她二十五岁的样子。看着玻璃里的自己，她才意识到，原来自己好久没笑了，原来她笑起来这么像妈妈。

全文完

2018/1/15 于北京

2018/5/20 二稿修订